KEITAI
SHOUSETSU
BUNKO
野いちご SINCE 2009

新装版 この涙が枯れるまで

ゆき

○ STARTS
スターツ出版株式会社

幸せって何?

僕は知らなかった。
君と出会って気づいたよ。
幸せの本当の意味。

あなたは幸せの本当の意味……。
答えられますか?

僕は……。
ずっとずっと……。
ここから君を想い続けるよ。。

contents

プロローグ	6

第 1 章

出会い	8
ヤキモチ	21
すれ違い	39
告白	52
同じ体温	66
嘘	80
別れ	92

第 2 章

桜	100
新たな出会い	112
過去	131
涙	174
道	200

第 3 章

再会	226
迷い	251
答え	277
夢	301

最終章

運命	330
真実	365

エピローグ	402
あとがき	404

プロローグ

太陽をなくした世界に、
僕はいる。

暗くて、狭くて、
先の見えない世界で……。
僕は今日も君を想っている。

このヒラヒラと桜が舞う中で、
君を、君の笑顔を……。
思い出している。

第1章

出会い

　君と出会ったのはいつだったかな……。僕は君と出会ったことが運命としか思えない。それだけ僕は君のことが好きだったんだ。

　桜が咲く頃……僕は新しい道へと1歩踏みだした。真新しい制服に身を包み、桜が舞う中で緊張した面持ちで立っている僕は、鈴木優。染めたての茶色い髪の毛をなびかせ、1歩足を踏み入れた。これから何が起こるのかと、少しだけワクワクしながら。

「新入生はこっちへ!!」

　まだ名前も知らない先生についていく僕たち。ふと横を見ると、1人の生徒に目が行った。

　そう、この生徒こそ僕が心から愛した女性「小林百合」。とてもきれいな人だ。ツヤやかな茶色の長い髪の毛、白く透明な肌、リンゴのような赤い唇。そして、なんといっても一番の魅力は大きな瞳だ。

　僕の目は彼女に釘づけになる。そこから動けなくなるくらい、僕は彼女に惹かれていた。これが一目惚れってやつかな？　見とれていたら、後ろから声が聞こえた。

「優!!　こんなとこにいたのかー!!　どこに行ったかと思ったよ」

　こいつは中学の頃からの友達……和樹だ。

「悪りぃー、俺も迷ってたんだ」

……嘘に決まっている。本当は見とれていたんだ。内緒にしていてごめんな？　和樹。
「なぁ、優‼　俺、かわいい子を見つけた！　めっちゃ美人！」
「は？　まじで？　どれ？」
「あっちのほうにー……って、いなくなっちゃった」
「また会えるだろ、そん時は教えろよ！」
「あったりまえ」
「つうか、クラス見に行こうぜ？」
「うん」
　僕たちはクラス発表の掲示板へ向かい、クラス編成が張りだされている掲示板に近づいた。ところが、掲示板の前にはたくさんの人。まともに見えるはずがない。
「優～、見えないや」
　和樹は背が僕より低い。つま先を立てて頑張って見ようとしていた。
「俺が見てやるよ」
「悪いな‼」
　僕は掲示板を見て、自分の名前と和樹の名前を探す。
「あっ、和樹、あった。でも俺とお前、違うクラスだわ」
「まじか～」
「まぁ、いいじゃん？　クラス行こうぜ？」
　僕らは人込みから抜けだし、別れてそれぞれ新しいクラスに向かう。
　目の前には【1-2】と書かれたプレート。僕の新しい

クラス。「1年間よろしく」と呟いて僕は教室に入っていった。クラスには知らない人ばかり。僕の表情が曇りだす。黒板に張りだされている座席表に目をやると、僕の席は真ん中の列の前から4番目。隣は小林百合という人。

　僕は気がつかなかったんだ。この時、少しだけ運命が動いたことに。

　席についた。後ろの人は、僕とは合わなさそうな人。僕はあせりだした。

　しばらくして、教室がだんだんとざわつきだす。ゆっくりと隣を見ると、そこには今朝一目惚れした彼女がいたんだ。この人が小林百合。これが百合との出会いだった。入学式とか、はっきり言って面倒くさかったんだ。でも、もうそんな気持ちは、どこにも残っていなかった。

　その理由は、君がいたから……。

　ガラガラー。

　教室に先生が現れた。

「えっと、初めまして。1-2の担任の林和子です。みなさん、よろしくね」

　想像していたのは男で怖そうな人。でも全然違った。とても優しそうな女の先生。少しだけ安心した。隣には一目惚れした彼女。担任は優しそうな人。まじ、楽しくなりそう!!　そうだ!!　俺、友達を作らないと!!　僕は重要なことを思い出した。

　前の奴は、どんなんだ？　後ろ姿は、髪の毛がツンツンで、金髪？　入学式に金髪はすごいな。って、僕も茶髪だ

けど。僕らの学校はレベルはそこそこだし校則もないし、まじ最高の学校。って、早く友達を作らないと……。
　その時、いきなり前の奴が僕に話しかけてきた。
「名前、なんていうん？」
　笑顔がとてもかっこよくて、僕は戸惑ってしまった。
「はっ？　俺？」
「君しかいないやろ！」
　彼はまた笑顔を見せる。
「だな。俺は鈴木優」
「優か……おっしゃ!!　お前、俺の友達第１号だから！」
「まじ？　よろしく。名前、何？」
「俺、斉藤歩です～」
「歩？　かわいいやん」
「やめろって!!　かっこいいと言え!!」
　高校生になって初めての友達ができた。なかなかの好スタートだ。

　──キーンコーンカーンコーン。
　終業のチャイムが校内に響く。
「じゃあな！」
「おう！　じゃあな、歩！」
「ゆーうー」
　背後から僕を呼ぶ声。僕は声が聞こえてきたほうに顔を向ける。……和樹だ。
「帰ろーぜ」

「おう、帰ろー」
　教室を出た時、急に和樹が僕を引き止めた。
「あっ、優!!」
「なんだよ？」
「俺、今朝かわいい子を見たって言ったじゃん？　あの子だよ」
　和樹が指さす方向を見ると……そこには、彼女がいたんだ。友達と仲良く会話をしている小林百合。ショックというか、びっくりした。
　——和樹とかぶってしまった。
　和樹は背がちょっと低めで、顔はかっこいいというより、かわいい系に入る。僕から見ると和樹は弟みたいな存在。正直言って和樹との友情は壊したくない。でも、僕もその人のことが好きって言ったら、僕らの友情は壊れると思うんだ。だから内緒にしておくことにした。
　でも、この考えが甘かったのかな……。あとでこれほど後悔することになろうとは、思ってもいなかった……。
「おい？　優？」
　僕は気が動転したのか、しばらく何も考えられなかった。
「ごめん!!　あっ、あの子？　あの子、俺の隣の席だよ!!」
「まじで？　じゃあ、メルアドとか聞いてみてよ!!」
「は？　なんで俺？」
「いーじゃん!!　友達じゃーん。頼む!!」
　どうしよう……なんで俺、協力してんだ？　でも、それで話しかけられるし……。まぁ……いいかな……。

翌朝の7時30分。
〜〜♪
携帯の目覚ましが設定時間ぴったりに鳴り響く。しかし、気づいたのは8時。
「ヤベ!!」
ちょっと寝過ごしてしまった。急いで制服に着替えて、髪の毛を整えると家を飛びだす。
家を出たのは8時20分。家から学校までバスと自転車で40分。完璧、遅刻だ。まじ憂鬱だし、面倒くさくなってきた。でも、彼女に会えるんだから行かなきゃ!!
自転車を置いてバスに乗り込む。バスの中は比較的空いていた。当たり前だ。みんな今頃、学校にいるんだもんね。
少したつと学校が見えてきた。
【清秀高校前】
バスの中にアナウンスの声が響く。当然この時間に門は開いていない。僕は門をよじ登って教室に向かった。
昨日入学したばかりの学校には、まだわからないことがたくさんある。教室もまだわからない。だけど走った。彼女に会うために……。
バタバタと静かな廊下に響く足音。近づいてくる1年2組の教室。
ガラガラー。
「すみません!!　遅れました!!」
みんなの視線が一斉に僕へと移る。
「鈴木くん、おはよう、席ついて」

「はい……すみません」

　席につこうとした時、前の席の歩が「おはよ！　どうした？」と聞いてきた。
「ただの寝坊……」
「あはは―、どんまい」

　どこからか視線を感じて僕はふと横を見る。小林百合が僕のほうを見ていた。そして、目が合う。僕の鼓動が高鳴りだす。

　ドクン……ドクン……。

　人と目が合うだけでこんなふうになるんだ。忘れかけていたかのように思いだす。人を愛するというこの感覚。どうしてだろう？　それは君だからかな……。ほかの人だったら、こんなふうにならないのかな。僕は君に惚れてしまったから、こんなふうになるのかな……。

　少しの間、見つめ合った。この時間だけは、幸せだった。彼女はニコッと笑って視線をそらした。僕はうれしくて手が震えた。鼓動はまだ高鳴っている。
「おい、優!!　優―？　おいって!!」

　歩が何回も僕の名を呼んでいた。
「はっ？　何？」

　僕は現実の世界に引き戻された。
「お前、まだ眠いんじゃねぇの？　学級委員を決めるんだってさ」
「は？　そうなの？　やらねーし」
「だよな～」

「誰かいないの？」
　林先生が怒ったような表情を見せる。
　……。
　誰ひとり立候補する人はいない。静かすぎる教室。
「困ったなぁ……仕方がない、クジで決めましょ」
　もちろんみんなは「えー」という反応。
「だって誰もやらないじゃない？」
　それもそうだ。誰だって面倒くさい仕事はしたくない。
「今からクジ作るから、待ってて‼」
　先生は張りきってクジを作りはじめた。
　……そして10分後。
「完成！　赤で当たりって書いてあったら学級委員だから‼　男女１名ずつね。こっちの箱が男子、こっちの箱が女子だから！　取りにきて」
　先生の言葉で一斉に動きだすみんな。僕と歩も取りにいった。
「はぁ〜……よかった！　俺はセーフ……。優は？」
　僕は４つに折られた紙を開いていく。
「……当たり」
「はっ？　まじで？」
　歩は僕の手にある紙をのぞく。そこには赤い字で大きく【当たり】と書いてあった。
「ドンマイ……だな」
　歩は苦笑いをし、自分の席に戻っていった。
「まじ、ありえん」

しょうがないと思って、席についた。
「さて！　誰になったかな？　学級委員になった人、前に出てきて」
　……最悪だし……。僕は小さく舌打ちをして席を立とうとした時、近くで誰かが席を立つ音が聞こえた。
「男子は鈴木くんで、女子は小林さんね」
　同時に立ち上がった僕と彼女を見て先生はこう言った。えっ!?　小林百合が僕と同じ学級委員!?　僕はまたあの感覚になる。
　ドクン……ドクン……。
　前に立たされる僕と彼女。パチパチと拍手をするクラスのみんな。ドクンドクンと高鳴る僕の胸の鼓動。
「席ついていいわよ」
　あ〜、この感覚からやっと解放される。そしたら「鈴木くん」と僕を呼ぶ彼女の声。小林百合が話しかけてきた。またあの感覚が動きだす。
「学級委員、よろしくね」
「……うん」
　僕はたったこれだけしか答えられなかった。今となれば少し後悔だ。もっと話せばよかったな……。でもあの感覚のせいで、言葉が出なかったんだ……。

　——キーンコーンカーンコーン。
　1時間目の終わりだ。学級委員って最悪なはずだけど、最高になりそう。和樹……ごめんな。もう止まることはで

きない……。彼女への気持ちが日ごとにどんどん膨らんでいく。まだ会って２日目なのに……。ごめんな、和樹。
「優ちゃん♪」
　相変わらずハイテンションの歩。
「キモッ。何？」
「ひでーし!!　つうか、優って彼女いんの？」
「……いないよ」
「嘘やん!!　優、かっこいいのにー。俺の彼女も言ってたし」
　歩、彼女いんだ〜……。当たり前か……かっこいいもん。
「歩の彼女って誰？」
「あれー」
　歩が指さす方向には、小林百合と水島沙紀という子。
「あのめちゃ美人じゃないほう」
「あー、水島さん？」
「そうで〜す」
　水島さんも十分かわいい人だ。
「いつから？」
「中学が同じだから、中２ぐらいから」
「長くね？」
「だろ？　俺、一途だもん」
「へー……」
　僕は歩の話を深くまで聞く余裕はなかった。窓辺で話す君を見ていたんだ。君は気づいていたかな……。
「優？　おい？」
　歩は僕の肩を揺さぶった。

「ボーッとしてた」
「大丈夫かよ？　ハハーン、さては優、沙紀の隣にいる子が好きなんだろ〜」
「は？　なんで？」
「お前を見てればわかるから」
　歩は白い歯を見せて笑う。
「まじで？……うん……」
　僕は照れくさくなって頭をかいた。
「やっぱし!!　ちょっといいことしてやる」
　と言って、歩は沙紀を呼び寄せた。
「何？」
　歩は沙紀と小さい声でやりとりした。時折、沙紀がこっちをチラチラ見るから、僕のことを話しているんだなって思った。話が終わると、
「百合ーこっち来て」
　小林百合に手招きする水島沙紀。僕はびっくりした。ヤバい……彼女が来る……。
「なぁにー？」
「ごめんね、小林さん!!　実はこいつが……」
　と、話しはじめた歩を僕はさえぎった。
「俺が言うから……あのさ、えっと……えっと……」
　言葉が続かない……。
「優!!　頑張れ」
「鈴木くん!!　頑張って」
　歩と沙紀の声援が聞こえる。

「なぁに?」
　不思議そうに僕を見つめる百合。じわじわと手に汗をかきはじめる。僕は両手をぎゅっと握り、勇気を振り絞った。
「えっと……メアド教えて?」
　言えた!!
「えっ、……うん、いいよ」
　そう言って百合はニコッと笑ってくれた。
　この日、僕は前に進んだ気がした。でもこの時、恐怖のカウントダウンも同時にはじまっていたんだ。
「はい、これメアドだよ!!」
　百合から紙をもらった。
「ありがとう、今日、メールするね」
「待ってるね」
　やった!!!!　俺、すごい!!　今日の夜が楽しみだ♪
「優一、よかったな!」
「歩!　まじありがと!　お前最高!」
「照れるからー。だって俺らダチじゃん?」
「さんきゅ!!」
　するともうすぐ授業がはじまるのに教室に和樹が入ってきた。僕は百合からの紙を隠そうとしたのだが……。
「この紙、何?」
　ヤバい!!　取り返そうとしたけど遅かった。紙を見た和樹は硬直している。
「和樹、出ようぜ?」
　僕は和樹を廊下に連れだした。

「優!! これってあの子のメアドじゃね!?」

 手紙を持って興奮する和樹。

「……おう」

 僕はまともに和樹の顔が見れなかった。

「まじで!? 俺のために? まじ感謝!」

 ヤバい……。

 ──キーンコーンカーンコーン。

 タイミング悪すぎだろ……。

「俺、今日メールしてみる!! じゃあな☆」

 と、元気よく教室に戻っていった和樹。僕もしぶしぶ教室へ戻る。席につくと、

「顔色悪いぞ? どうした?」

 歩は僕の変化に気づいたのか、心配そうな口調で言ってきた。はっきりと顔に出ていたらしい……。でも歩には言えない。せっかく協力してもらったのに、紙をパクられたとか言ったら怒るに違いない……。黙っておこう……。これでまた百合との距離は離れていった。

ヤキモチ

「俺、今日メールしてみる」
　という和樹の言葉が耳から離れない……。
　和樹はメールしたのかな？　百合とどんなメールしたのかな？　すごく気になる。和樹に連絡すればいいことなのに、それをしたら怪しまれそうで、できるわけない。
　明日、和樹から何を聞くのだろう。明日、百合は何を思うのだろう。そんなことを思いながら眠りについた……。

　〜〜♪
　携帯の目覚ましが鳴り響く……。
　いつもと同じ朝。でも本当は全然違う朝だったんだ。いつものように支度して、家を出る。いつもと同じバスに乗り、いつもと同じ時間に学校につく。そして、いつもと同じようにクラスに向かった……。
　──ガラガラ。
　少し古びたドアの音。僕は教室の中に足を踏み入れた。
「おーっす、優」
　朝から陽気な声を出して僕にあいさつをするのは、歩だ。歩は沙紀と一緒にいた。
　百合はまだ来ていないみたい……。
「鈴木くん、昨日はどうだった？」
　沙紀が満面の笑顔を向けてくる。だが僕は、そんな沙紀

に応えることができない。
「……うん」
「どうした？」

　歩たちに言えなかった。沙紀は百合に聞くかもしれない、歩は沙紀に聞くかもしれない……。でもたぶん、それはまだ先のこと。今じゃない。今は言えない……ごめんな、歩、沙紀。俺……弱虫で……。

　すると、後ろから「おはよー」とテンションの高い声が聞こえてきた。その声の主は百合だ。僕は顔を伏せた。
「百合、おはよ」
「沙紀、斉藤くん、鈴木くん、おはよ」
「おはようさん」

　歩はほほ笑み、百合にあいさつをする。
「……おはよ」

　僕は下を向いたまま小さい声であいさつした。よりによって今日は実力テストで早く帰れない。嫌な1日になりそうだな……。

「はじめ」

　先生の合図で、みんな問題を解きはじめる。緊張感で張りつめた教室には、シャープペンの音があふれ返る。

　残り10分を切った頃、僕はいろいろ考えた。もう諦めよう。もう好きじゃない。和樹を応援する。そんなことばかり。でも現実は、すべて逆のこと。まだ諦めない。まだ好きなんだ。和樹には負けたくない。僕の想いは加速し続け

ていく……。少しずつ速くなっていく……。

そしてチャイムが鳴った。

1時間目のテストが終了。出来はまぁまぁ。僕はふと横を見てみた。百合も僕のほうを見ている。だが僕はすぐに目をそらした……。すると、
「鈴木くん」

突然、百合が僕に話しかけてきた。
「何?」
「昨日、木田和樹っていう子からメールが来たんだ……知ってる子?」
「うん、俺のダチ。実はそいつから頼まれたんだ。ごめん」
「いいよ、いいよ! でも鈴木くんからじゃなくてちょっとショックだったな……」
「ごめんね」
「ううん、いいよ」

こう言って百合は沙紀のほうへ走っていった。百合の言葉を頭の中で繰り返す……。
『鈴木くんじゃなくてショックだった』

僕じゃなくてショック? ということは、僕だったらうれしかったのかな……。どういうことだろう……。どういうことだ? 百合は僕に気があるのかな?

まぁ、そんなことはないだろう……。都合のいいほうにばっかり考えるのはやめよ。違っていたらキツイし。

2時間目のテストからうれしさのあまり、記憶にない。

そして太陽が一番高い位置に来る時間となった。
「優!! 学食行こうぜ」
「おー」
　そっか、今日から学食が使えるんだ。高校生って感じがする。給食とは全然違うし。何か楽しい☆
「優ーどれにする？」
　ずらりと並ぶメニュー。どれもおいしそう。
「俺はー、日替わりでいいや。安いし」
「俺も☆」
　だって日替わりランチ450円とか安すぎでしょ。迷うことなく即決定──♪
　僕と歩は空いているテーブルで昼食を食べはじめる。
「なぁ、優!! いい話してあげようか？」
「何？」
　歩は水を一口飲み、続きを話した。
「今度、俺、優、沙紀、小林さんで遊ばね〜？」
「はっ？ まじで言ってんの？」
「まじまじ！ だって沙紀と考え中だもん」
「うれしいけど……悪いじゃん。大丈夫なん？」
「任せろって!!」
　はっきり言ってうれしかった。また百合との距離を縮めることができそうだったから。それと和樹より前に行けそうだったから。
　携帯を手に取ると、新着メールが１件来ていた。誰だ？メールを開くと差出人はライバル、和樹。

【あとで話そうぜ☆】
　僕はあまり行く気はしなかった。でも和樹は友達だから、話くらいは聞いてあげられる。

　僕は昼食後、和樹と中庭で会うことになった。
　中庭に行くとそこにはもう和樹がいた。
「なんだよ？」
「昨日はまじ、さんきゅ！　メールした」
　本当は動揺していたが、バレないように隠した。
「どうだった？」
「めっちゃいい子！　ヤバい、俺、本気かも……」
　和樹は顔を両手で隠し、その場にしゃがんだ。地面に散ってしまった桜の花びらがあちらこちらに飛んでいく。まるで僕みたいだった。
「まじ？　やったじゃん。頑張れよ」
　僕はそんな和樹を、ただ悲しく見つめることしかできなかった。
「おう！　じゃあな!!」
　和樹は照れた顔を見せて去っていった。
　――やったじゃん。頑張れよ。
　なんて思うはずがない。
　一瞬だけ僕は和樹になりたいと思った。空を見上げると、2羽の鳥が楽しそうに飛んでいた。僕はそれをうらやましい気持ちで見て、教室に向かっていった。でも、廊下を歩いていると急にイライラしだした。なんだろう……この気

持ち……。これってヤキモチ？　ヤバい……和樹にヤキモチを妬いている。でも人間って素直なんだなって思った。

教室に戻ろうとした時、後ろから声が聞こえた。

「あの……」

振り返るとそこには、見たことのない女の子がいた。たぶんほかのクラスの子だろう。背がすらっと高く、ストレートの長い髪。ツヤのある唇。そして、長い脚。とてもきれいな女の子だ。

「何？」

「これ受け取ってください!!」

彼女が渡してきたのはピンク色の便せんだった。僕はそれを受け取る。それを確認して、彼女は走り去っていった。

なんだったんだろう……。とにかく僕は教室に戻った。

「優!　遅かったな〜」

「ん〜、何か変なものもらった」

「何？」

渉と一緒にいた沙紀も、不思議そうにその手紙を見た。

【ここにメールください。待ってます。1 - 3 相沢瞳(あいざわひとみ)】

それを見た渉と沙紀が声を合わせて、

「相沢瞳ー!?」

と叫んだ。

クラスにいた生徒たちの視線が僕たちに集まる。

「何？　知り合い？」

「優、知らねぇの？　相沢瞳って有名じゃん。かわいくて美人でスタイルがいいっていうあの相沢瞳だよ!!」

「えっ、知らん〜。確かに美人だったよ」
「鈴木くんすごいね！　百合もかわいくて美人で有名だけど、相沢さんもかなりの有名人だよ!!　モテモテだね」
「そうなんだ……どうしよっかな」
「メールしねぇの？」
「だってほら……俺には……」
「確かになー。沙紀はどう思う？」
「私はねー……」
　と言いかけた時、百合が後ろから沙紀に抱きついた。
「どうしたの？」
「えっ、別になんでもないよ」
　沙紀が手紙を隠そうとしたけど……遅かった。百合はひょいっと沙紀から手紙を奪ったのだ。
「この手紙、なぁに？」
　あせる3人。僕は生唾を飲み込んだ。
「なになに〜？　メールください。相沢瞳……。どうしたのこれ……」
　百合から笑顔が引いていく。
「優がもらったんだってさ……」
「ふーん……鈴木くんは相沢さんにメール送るの？」
　少しだけ百合の目がうるんでいた。
　百合は教室を出ていってしまった。足音だけが耳に残る。
「百合……」
　沙紀が心配そうに百合の名前を呼ぶ。
「俺……のせい？」

「優のせいか？　わからん……」
「俺、ちょっと行ってくる」
「おっおうー」

　僕は勢いよく教室を出て、百合のあとを追った。百合はどこだ？　見つからない……。1年5組の前で百合を見つけた。よかったー……。

　……和樹？　百合と話しているのは、和樹じゃないか？　まだ昨日メールしたばっかりなのに、もう話すようになったんだ……。

　またイライラしだした。あの感じ……。あのヤキモチが僕を襲った。僕はその光景を見ていられなかった。楽しそうに話す和樹と、それを聞いて笑う百合をこの世界から消したかった。これがヤキモチ……。嫌なものだな……。

「優ー。百合は見つかった？」
「……俺……」

　僕は決心をした。

「あ？」
「俺、あの子にメールするよ!!!!」
「はっ!?　小林はどうするんだよ!!」
「小林は……諦めた」
「鈴木くん、本気で言ってるの？」

　沙紀が僕の顔をのぞく。

「うん……メールくらいよくない？って思って」

　僕は苦笑いしか……できなかった。

「そうだな……」

歩は遠くを見て考え事をしていた。
「小林のことは諦めたわけじゃない……でも今は……」
　外の風が強くなる……。
「何かあんの？」
「今は言えない……」
「じゃあ、言える時が来たら言えよ？」
「悪いな」

　先ほどと同じ足音で百合が教室に戻ってきた。
「百合、どこに行ってたの？」
　こう沙紀に聞かれていた。でも百合は、
「んー、ちょっとね」
　とだけ言ってごまかしていた。でも僕は知っている。百合がどこに行って、誰と話していたか。
　……昼からの授業は部活登録。
　まだどこに入るか決まっていない。"帰宅部"にしたいけれど１年生は強制入部なんだ。面倒くさ……。
「優は何にする？」
　歩は面倒くさそうな顔をして頭をかいていた。
「俺ー。中学でやってたバスケかな」
「優、バスケやったんや!?　似合うな〜」
「なんだそれ。歩は？」
「実は俺もバスケ！」
「一緒やん」
「優とは気が合うなー」

「そうだな！　水島さんは？」
「沙紀ー？　沙紀は調理部だってさ」
「あー、それっぽい」
「あいつ料理好きだからなぁ〜。優、耳、貸して」
「なんだよ？」

　僕は歩のほうに頭を傾ける。
「小林はテニス部だって!!」
「だから何？」
「なんだよー、もっと喜べ」
「ごめんな」

　歩、本当は喜んでいた。ただ顔に出さなかっただけ。
　ありがと、歩。
　これでまた1つ百合のことを知れた気がするよ。でも、まだまだ百合のすべてを知るには時間がかかりそう……。
　すると、
「あっ学級委員の鈴木くんと小林さん!!　今日残ってやってほしいことがあるの」

　いきなり林先生が僕と百合を見て言ってきた。
「はっ？　なんで？」
「いいじゃない！　今日教室に残ってね」

　僕は仕方なく「はぁーい」と返事をした。百合も「わかりました」と返事をしていた。

　今日僕は百合と2人きりになる……。それがうれしくてたまらなかったんだ。
　でも現実はそんな甘くなかった……。

──キーンコーンカーンコーン。

　授業が終わった。でも僕にとっては終わりではない。先生に頼まれたことがあるから残らなきゃならない。百合と一緒に……。
「えっとね、君たちにはこのプリント3枚を1つにまとめてほしいんだよね。クラスの人数分あるんだけど、2人でならできるわよね？」

　「はい」と従順に答える僕と百合。「じゃあ、お願いね」と言って先生は教室から出ていった。

　1年2組の教室には僕と百合しかいない。沈黙のまま時は流れていく。夕焼けが教室を照らす。

　何か照れてきた……。百合の顔がまともに見られない。百合の顔に映る夕焼けがさらに百合をきれいにする。

　ドクン……ドクン……。

　またあの感覚だ……。今思えば、和樹も僕と同じこの感覚なのかな……。和樹……。今日、百合と楽しそうに話していた。また気持ちが曇る。

　そんな沈黙を破ったのは百合のほうだった。でもそれは聞きたくない話だったんだ。
「ねぇ、鈴木くん……木田くんっていい人だね」

　ドクン……ドクン……。
「なっ、なんで？」
「今日話しかけられたの。メールとは違って楽しかった」

　ドクン……ドクン……。
「……鈴木くん？」

「……」
　何か話さなきゃ……。
「……和樹いい奴だろ？　かっこいいし……付き合えば？」
　僕の身勝手な発言。
「え……」
　また沈黙開始。教室に響くのはホチキスの音だけ。
「鈴木くんは、あの相沢さんとメールするの？」
「小林に関係ない……だろ」
　今思えばひどいことを言ってしまった。
　百合の顔を見た。僕のことを見ていた。百合の瞳が昼休みと同じように、うるんでいた。
　気づかなかった。その時、百合が僕と同じヤキモチでいっぱいということを……。僕は逃げだしたかった。僕の体はヤキモチで埋めつくされていく……。
「小林、男子のほう終わったから、俺、帰る」
「え？」
「男子のは先に先生に渡してくるから、小林はあとから渡しにいけよ」
「……うん」
「じゃあな」
　古びたドアの音が余計に虚しさを誘う。
　百合ごめん……。1人にしてごめん……。僕がまだ弱虫でガキだから……。僕は君を連れだせない……。君を和樹から横取りできない……。ごめん……。
「失礼します」

「あら、鈴木くん‼……小林さんは?」
「まだやってるみたいなんで……。これ男子の分です」
「ありがとう。気をつけて帰るのよ?」
「はい……失礼します」
　今日は楽しくなかったな。
　百合はなんであんなことを聞いたのだろう。そして百合は和樹のことを楽しそうに話した。それも許せなかった。世界が自分の思いどおりになればいいのに……。そう思ったんだ……。

「ただいま……」
　僕は疲れた体を引きずりながら階段を上っていく。
「疲れた」
　僕はベッドに横たわった。どうしたいんだろう?　百合が好きなのに……。素直に行動できない……。
　次第に僕はちっぽけな人間なんだなって思えてきた。ポケットに手を入れた。この紙は……。
【メールください　相沢瞳】
　あぁ……そっか……メールしなきゃな。僕は体を起こし、携帯を手に取りアドレス帳にアドレスを入れていく……。
　数分後アドレスの入力が完了する。しかしなんて文字を打てばいいんだ?　僕はあまり女の子とメールしない。面倒くさいんだ。でも送らなきゃ……。
【鈴木優です☆】
　こんな感じ?　そして……送信ボタンを押し、枕の横に

携帯を置いた。

〜〜♪

だが携帯はすぐに鳴りだす。あの子からだ。

【メールありがとう！ びっくりしたでしょ？ ごめんね】

また内容を考える……。

【いいよ。気にしないで(^-^)v】

それから相沢瞳とのメールが続いた。

内容は、中学のこと、部活のこと、クラスのこと。相沢さんはバスケ部にしたらしい。僕と一緒だ。少しだけバスケの話で盛り上がった。メールは夜まで続いた……。

もう1つ新着メールが来ているのに気づいた。誰からだろう？ アドレスは知らない人からだ。

メールの内容は、

【鈴木くんですか？ 小林百合です】

僕は内容を見て携帯を勢いよく閉じた。

なんで？ なんで百合から？ なんで？ またあの感覚が僕を襲う……。なんで百合からメールが来るんだ？ 誰から聞いたんだ？ 学校で僕のアドレスを知っている人は、歩と和樹と相沢瞳ぐらいだ……。

どうして？ 返事したほうがいいのかな……。でもなんて打ったらいい？ 答えが出ない……。メールをして、もしそれが和樹に知れたら……。2人の友情は終わりだ。

ピッ……。

僕は百合からのメールを消した……。百合からメールが来ていないことにしたんだ。

夢を見た。百合が和樹のほうへ行ってしまう夢……。僕は必死に追いかけた……。でもその距離は縮まらない。それでも走った。ようやく2人に追いつこうとした時、2人は消えてしまった。
　僕はまわりを見渡した。そこには2人の姿はもうない。後悔だけが残る。僕の目から涙が出てきた。そこで夢は途切れたんだ。

　起きると目には涙がたまっていた。嫌な夢だな……と思い、制服に着替えて学校へ行く支度をする。
　僕は勢いよく家を飛びだした。
　学校について気がついた……。昨日のメールのこと。百合から来たメールを返していない……。会いたくないな。
　下駄箱で歩と会った。
「おっは！　優」
　歩が思いきり僕の背中を叩いてくる。じんじんと痛む。
「おー」
　僕はスリッパに履き替える。
「朝からテンション低いなー」
「んなことないよ」
　2人で教室に向かった。教室には楽しそうに話す百合と沙紀とクラスの子。今思えば僕は百合と沙紀以外の女子と話したことがなかった。
　僕は積極的じゃないし、無口なほうだから別にいいんだけど。

「あっ、歩ー。おはよ」
「おっす！　沙紀おはよ」
　相変わらずラブラブだな……。
「鈴木くんもおはよ」
「おはよ。水島さん」
「てか、水島さんって呼ぶのやめてくれない？　もう友達じゃん？　だから沙紀でいいよ」
「優、惚れたらぶっ殺す」
　歩が僕を鋭い目つきでにらんできた。
「わかった」
「少し仲が深まった気がする！」
「ずるーい」
　すると後ろからかわいらしい声が聞こえた。百合だ。
「鈴木くんおはよ！　私のことも百合って呼んでよ！」
「えっ？」
「そっちのほうが呼びやすいでしょ？」
「うん……まぁ」
「決定ね！」
　素直にうれしかった。これから彼女のことをちゃんと百合と呼べる。こんな単純なことでもうれしい。
「おい！　優!!」
　廊下から僕を呼ぶ声がした。恐る恐る振り返る……。そこには眉間にシワを寄せて立っている和樹がいた。
「ちょっと来いよ」
　和樹は明らかに怒っている。どうしたんだろう？

「なんだよ？」
　僕たちは中庭に向かった。初めてヤキモチを妬いた場所。
「お前……小林とどうなってんだよ」
「は？　どうもなってねーし」
「嘘だろ？　昨日聞かれたんだ」
「何を？」
「お前のアドレスだよ」
　百合は昨日、和樹にアドレスを聞いていたんだ。
「お前とメールしたいからって教室に聞きにきたんだ。なんでだよ!?　なんで俺に聞いてきたんだよ!!」
「……知らねぇよ」
　僕は視線を足元に落とす。
「俺しょうがなく教えたんだ。そしたら『ありがとう。これでメールができる。うれしいな♪』って言ったんだ。もう小林は俺のことを好きにならない」
「……」
「優!!　お前ちゃんと返事したよな？」
「……してない」
「はっ？」
「してないよ。来たけど消した。お前に悪いと思ったから」
「意味わかんねぇよ」
　次の瞬間……和樹の拳(こぶし)が僕の顔に当たった。暗くなる視界。気がつくと僕は地面に倒れていた……。
「いいかげんにしろ!!　お前どれだけやれば気が済むんだよ!!　俺と小林の２人を傷つけたんだぞ!?　もうお前には

あきれた」
 和樹は去っていった。僕は呆然とそこに座っていた。

　——キーンコーンカーンコーン。
 チャイムが鳴る……。授業がはじまる……。そんなどころじゃない……。もう無理だ……。
 2人を傷つけた？　俺が？
 ごめん……ごめんな……。百合……僕は君を幸せにはできない……。
 とりあえず僕は教室へ戻った。袖口から出た血を拭きながら。口の中には鉄の味が広がっていた。僕はもう何もできない……。そんな気がしたんだ……。
 まだ授業ははじまったばかり、静かすぎる廊下。1年2組の教室へと向かった。

　この時から僕は百合を避けはじめた。百合……僕はまだ君を守れない。君を好きではいられないんだ。僕は自分の気持ちに嘘をつきはじめたんだ。ごめん……百合……。

すれ違い

　あれから何日間、百合と話していないだろう……。
　メールも来ないし、百合はどう思っているのだろう。
　和樹とも連絡を取っていない。クラスが離れているし、まったく会うことはなかった。たぶんまだ怒っているのだろう……。だからかかわらないことにした。謝れば済む話だけど、無理な気がしたんだ。
　でもそんなことを忘れられる時があった。相沢瞳とのメールのやりとり。とても優しくて面白くて、楽しいんだ。その時だけは、百合と和樹のことを忘れられた。
　百合と僕が話さなくなって、歩と沙紀はちょっと大変そうだった。気を使ってくれていたんだ。ごめんな。ありがとう。まじ、歩と沙紀はいい友達だよ。そんなことが当たり前になっていく毎日。
　でも百合を想う気持ちだけは変わらなかったんだ。これが正直な気持ち。でもそんなことは言えない。
　そんな時、休み時間にいつもと同じように歩と話していたら、ポケットの中にある携帯が震えだした。携帯を開けてみると【新着メール　1件】という文字。誰だ？　と思い、開けてみると、和樹からだった。
【話がある】
　メールの内容はこれだけ。和樹……。今さらなんだろう？　僕は昼休みに、嫌な思い出のある中庭へ行った。

「和樹……」
「優……久しぶり。この前は悪かったな……」
　いきなり和樹が謝ってきた。僕はそんな和樹を見て驚きを隠せないでいた。
「いや、俺も悪かった……ごめんな」
「ま～いいよ！　しょうがねぇじゃん？　優はかっこいいし、俺、勝てる気しねぇもん」
「……」
「優はさ……小林のこと好きなんだろ？」
「……わからん」
　和樹は小さくほほ笑んで空を見上げた。真っ青な空を。
「そっか。まぁ、好きでも好きじゃなくてもさ、俺に構わず行動してくれていいから」
「はっ？　ゆり……あ、小林のことはもういいのかよ？」
　僕は和樹の意外な発言にまたしても驚く。
「うん、俺、好きな人できたし」
「まじで？」
「うん、もう小林は好きな人いるから無理じゃん、俺はちゃんと進んでるの」
「そっか……頑張れよ」
「おう！　さんきゅ!!　じゃな」
　和樹は手を振って戻っていった。
　和樹が言った言葉を胸の内で繰り返していた。
『俺はちゃんと進んでるの』
　和樹はちゃんと前に進んでる……。それに比べて僕は前

に進んでいるだろうか……。

　久しぶりに見た和樹は、とても輝いていた。今の僕は全然輝いていない。まわりを気にして何も行動できない弱虫。

　僕の気持ちは……百合が好き。

　ただそれだけ。僕は百合が好きなんだ。誰にも負けないくらい、百合を好きなんだ。僕の気持ちははっきりした。僕は本当に百合が好きなんだ。話しかけよう。でもびっくりするかな。ひとまず教室に戻ろう……。

　3組の前を通ると、誰かが僕を呼び止めた。
「優くん」
　僕を優くんと呼ぶのはまだあの子しかいない。相沢瞳。まともに話すのはあの手紙をもらった時以来だ。
「お〜瞳？」
　なぜ呼び捨てかって？　瞳って呼んでって言われたから。この前、百合に『百合って呼んで』って言われたけど、緊張して言えなかったんだ。でも瞳ならちゃんと呼べる。何か不思議だな。瞳はかわいいし、いい子なんだけど、百合みたいな気持ちにはならないんだ。これが百合と瞳の大きな違い。
「優くん？」
　瞳は僕の顔をのぞいた。美しい顔が視界に入ってくる。
　この2人のやりとりを静かに見つめていた人がいた。その人は1年2組に戻っていく。目には一粒の涙。そう、百合だったんだ。

僕は瞳から話しかけられてびっくりしたけど、なんだかうれしかった。好きなのかな？　でもこれは百合を想う"好き"と全然違っていた。百合……百合を想えば想うほど僕は幸せな気持ちになる。新鮮なんだ。

　でも僕がクラスに戻ると何か様子が変だったんだ。1人泣いている百合。そして、百合を慰める沙紀と心配そうに見つめる歩。

「歩……どうしたんだよ？」

「優……まぁいろいろ」

「何かあったのか？」

「今は言えないみたいなの」

　と沙紀は言うが、そんなはずはない。明らかに歩と沙紀は何か隠している。僕に言えないことなのか？

　何もわからないまま授業がはじまる。気になって仕方がない。先生の話など耳に入らない。だから、僕は勇気を出して話しかけてみたんだ。

「百合……どうしたの？」

　初めて百合と呼んだ。百合は涙目でこっちを見て、首を横に振る。僕には言えないことなの？　僕は百合の力になれないの？　僕は百合と話しちゃいけないの？　今の僕には百合と話す資格なんてないんだ。もしかして和樹に前、言われたことは本当なのかもしれない。

『優は小林を傷つけた』

　本当にそうだったら……。本当に本当だったら……。僕はバカだ。後悔という暗い闇が僕に襲いかかるんだ……。

今日、百合にメールしてみよう。歩にすべてを話そう。そしたら何かわかるかもしれない。このまま百合との距離が縮まらないのは嫌だ。頑張ろう。

　放課後、僕は歩と沙紀をファーストフード店に呼びだした。そしてすべてを話した。
　和樹が百合を好きだったこと。百合からメールが来たこと。瞳と話したこと。百合が改めて好きだと実感したこと。歩と沙紀は真剣に聞いてくれた。
　話が終わると歩は、
「やっと話してくれたな」
　と言ってくれた。
「優、全然話さねぇもん」
　歩は大きくアクビをした。
「ごめんな」
　僕はオレンジジュースを一口飲む。
「そっか〜。で、どうするんだよ？」
「まず百合と話がしたい……それで今日泣いてたわけを聞きたいんだ」
「それがいいかもね！　でも鈴木くん、相沢さんとメール続けるの？」
「うん。でも自分から送らないよ。もう迷いたくないんだ」
「そっか。おい……沙紀、百合のアドレス教えてやれよ」
「おっけ！」
　沙紀が携帯を見ながらメモ帳に百合のアドレスを書いて

いく。そして僕にそのメモ帳をくれた。僕の元に百合のアドレスが戻ってきた。時間はかかったけど、ちゃんと戻ってきた。謝ろう。百合に。許してくれないかもしれない。

　僕がバス停で待っていると、向かい側の歩道に、見覚えのある人がいた。百合だった。そして僕は自分の目を疑った。目を何度もこすり、もう一度その光景を見た。
　でもその光景が変わることはなかった。なぜ百合が……男の人と何かもめているみたいだ。僕はそれを見ていることしかできなかった。体が動かなかったんだ。
　その光景を横切るように、バスが来た。僕はバスに乗り、窓のほうへ足を運んだが、もう百合たちの姿はどこにもない。誰だ？　なんで？　この２つの疑問が僕の頭の中を埋めつくしたんだ。

「ただいま」
　家には、まだ母さんは帰ってきていない。もちろん父さんも。
「優おかえり〜」
　奥から出てきたのは姉の幸だ。
「どうしたの？　そんな暗い顔して」
「幸……俺、ダメだ」
「は？」
　僕は一部始終を幸に話した。
　自分の中ではもう抑えきれない……。誰かに助けてほし

かったんだ。
「そっか〜。でもまだわかんないじゃない？　その……百合ちゃん？と、なんの関係なのかもさ」
「うん……」
「連絡先、知ってるんでしょ？　それで、聞いてみれば？」
「うん……」
「私、今は大学が休みだから、いつでも話は聞くからね」
　と言い残して、幸は自分の部屋へと戻っていった。
　僕はポケットの中を探る。中から出てきたのは、今日、沙紀から教えてもらった百合のアドレス。メモに従って入力していくと、あることに気づいた。
【090-85＊＊-＊＊＊＊おまけ☆】
　沙紀が百合の電話番号も書いてくれたんだ。メールか電話……。どっちにしよう……。究極の選択。メールのほうが簡単だけど、電話のほうが伝わりやすい気がした……。
　悩んだあげく僕は電話をすることにした。
　──プルプル……。
　携帯を握る手が次第に汗ばんでいく。百合は出てくれるかな……と不安になりながら待った。
　少したってから、
《はい……もしもし？》
　百合の声が聞こえた。
　どうしよう。何を言ったらいいんだろう。
　ドクン……ドクン……。
　あの感覚が動きはじめた……。

《誰?》
「あっ……俺。優……です」
　声を絞りだし、なんとか言えた。
《鈴木くん?　どうしたの?》
　突然の僕からの電話に百合は驚いていたのだろう。
「えっと、謝りたくて……」
《えっ?》
「百合……ごめんな。俺……百合を傷つけたのかもしれない。本当にごめん。……許してくれる?」
《……どうしよっかな～》
「そんな怒ってんの……?」
《ううん、怒ってないよ。こうして電話くれたしさ》
「本当?　ありがとう」
　百合の言葉を聞いて、硬直していた体もだんだんほぐれていく気がした。
《いいって!　じゃあ、これからはまた話してね?　もう無視はナシ!　私、無視されて……すごくショックだった》
　『すごくショック』って聞いて、ちょっと悲しくなった。同時に、百合には悪いことしたなって思ったんだ。
「ごめんね?　てか今日なんで泣いてたの?」
《いろいろたまっててさ!　ごめんね!　ありがと!》
「うん……こっちこそありがと!　じゃあね」
《じゃあね……バイバイ!》
　──プツッ。
　虚しく聞こえる、電話の切れた音。

……よかった。ちゃんと言えて。次第に笑みがあふれる。久しぶりに話せてうれしかった。あの男のことは聞けなかったけど、胸がいっぱいだったんだ。これで少しは距離縮まったかな？　歩と沙紀には感謝しなきゃ。あと幸にも。ありがとう。

　〜〜♪

　その時、握っていた携帯が鳴りだした。

【新着メール　１件】の文字。見覚えのあるアドレスからだった。さっき入力していた百合のアドレスだ。

【電話ありがとう(*^^*)　うれしかったよ♪】

　という内容。僕はうれしくて立ち上がった。確かに見えたんだ。百合との距離が縮まるのが。

　〜〜♪

　携帯の目覚ましで起きる。いつもと同じ朝。でも僕には違う朝に思えた。いつもより朝がきれいに見えたんだ。

　僕はいつもより早く学校に行った。百合に会うために……。百合と話すために……。

　体育館で朝練をやっている部活があった。

　――ダーン、ダーン。

　ボールが弾む音。バスケ部だ。僕もバスケ部だけど幽霊部員。もちろん歩も。部活なんて面倒くさかった。高校生で部活なんてやらなくていいと思っていた。

　体育館に、瞳の姿が見えた。サラサラのストレートの長い黒髪を、１つに結び、上手にボールをあやつっていた。

瞳は僕に気づき、こっちに向かってきた。
「おはよう！」
「おはよ。偉いね」
「うん、優くんと違ってね」
「うるさいから」

　この２人のやりとりを横目で見ていた人がいたんだ。あの人。バス停で百合と話していた人。そう、滝川先輩。僕はまだその時、彼の存在に気づいていなかったんだ。

　瞳と話し終えて、僕は教室に戻った。まだ20分前だから百合も歩も沙紀も誰もいない。まぁ待っていよう。
　少しすると、百合が元気よくやってきた。
　緊張してまともに顔が見られない。
「優くんおはよ！」
「おはよ……」
　……今、百合が僕に『優くん』と言った？　初めて言われた。百合に"優くん"って。今日はいい日になりそうだ。

　——キーンコーンカーンコーン。
　学校が終わってしまった……帰ろ。
　下校中あることを思い出した。今日は僕が好きな歌手の新しいＣＤが発売される日。買いに行かなきゃ……。
　僕はＣＤ屋に足を運んだ。棚から新譜を取りだす。僕はＣＤを持ってお金を払い店を出ると、またあの光景が目に映った。百合と知らない人。ケンカしているみたいだった。

百合を助けようと必死にその場所へと走った。彼らの声が聞こえてくる。
「滝川先輩、やめて!!」
「なんでだよ!!」
「もう無理だから」
「意味わかんねぇ」
　男の人が百合の腕をつかむ。百合はそれに必死に抵抗していた。
「ちょっとやめろよ」
　僕は２人の間に入った。
「優くん!?」
　百合は目を丸くして僕を見た。
「お前……誰？」
「百合の友達です。彼女嫌がっているじゃないですか。やめてください」
「は？　お前には関係ないし。あ、お前が見たことあるわ。この前、体育館で相沢と話してただろ」
　ドクン……。
　なんで知ってるんだ？　百合が聞いたらまた百合との距離が遠くなる……。でももう遅いんだ。道路を走る車のライトが僕たち３人を包む。
「そんなこと関係ないだろ？」
「お前、相沢と付き合ってんの？　すごい仲良さそうだったけど？」
「付き合ってませんから。俺には好きな人いますし」

「ふーん、それって相沢とかぁ？」
「は？」
　この２人のやりとりを、僕の後ろで聞いていた百合。
「だって連絡取ってるんだろ？」
　ドクン……。
「図星？」
「今は関係ねぇし。百合、行こ」
「うっ、うん……」
　百合の腕をつかんで僕は滝川先輩の前から消えた。
「百合ー。まだ終わってねぇから」
　と後ろから聞こえる。
　ドクン……ドクン……。
　まだおさまらない胸の鼓動。すると突然百合が衝撃的なことを聞いてきた。
「優くんの好きな人は相沢さん？」
　僕はすぐに返事ができない……声が出ない……。
「なんで……そんなこと聞くの？」
「気になったからかな……」
　ドクン……。
「違うよ!!!!　本当に!!」
　そうだ、僕が好きなのは今目の前にいる百合だけだ。誤解してほしくない。
「じゃあ、誰？」
　今、百合って言ったら信じてもらえないかもしれない。だからまだ言わない……。

「今は言えない……」
「そっかぁ」
「あのさ……滝川先輩？　だっけ？　あの人は誰なの？」
　僕は短時間でいろいろ聞いた。
　滝川直(なお)。2歳上の同じ学校の先輩。百合の元中学の先輩。そして百合の元カレ。別れたのは入学式あたりらしい。でも、滝川先輩は納得していないみたいなんだ。だからあんなにもめていたらしい。
　滝川先輩が百合の元カレ……。滝川先輩は僕と違って大人っぽかった。顔もかっこいい。耳にたくさんのピアスが特徴的だった。百合と付き合っていた。またイライラしてきた。ヤキモチ。でも百合はもう好きじゃないと聞いて少し安心した。じゃあ、百合は今誰が好きなんだろう……。
　百合を駅まで送ってあげた。
　駅に近づくにつれ、人込みが増す。百合は電車で学校まで来ていることを、この時に初めて知った。まだ僕は百合を知らなさすぎる。
　彼女を見送って、家に帰った。家に帰ると僕は反省をした。百合が一番好きなんだ。百合……。僕は君にこの想い伝えるよ……。

告白

　僕は決めたんだ。百合に告白するって。
　今までの僕は弱くてダメな人間だったけれど、百合を想う気持ちは誰にも負けない。負ける気がしなかったんだ。
　百合は僕のことを好きじゃないかもしれない。でもちゃんと伝えよう。僕は百合が好きだ。大丈夫、この気持ちは嘘じゃない。
　〜〜♪
　携帯が鳴る。
【新着メール　1件】
　差出人は【瞳】。久しぶりに瞳からメールが来た。
【話があるから、明日の朝、体育館に来て☆】
　話ってなんだろう……。
【わかった☆】
　僕はこう文字を打ち送信ボタンを押した。まぁ明日の朝にはわかることか……。寝よ……。僕は明日"告白"という大きな賭けをしに行くんだ。

　翌朝、僕は瞳との約束があるため早く学校に行った。カバンを机に置いて、体育館に向かった。
「瞳？」
　瞳はステージの上にちょこんと座っていた。
「あっ、おはよ!!　ごめんね」

「いいけど……何？」
「私が優くんに気があるって知ってた？」
　実は手紙をもらったあの日から気づいていた。瞳が僕を好きだということを。
「私、優くんが好きなんだ……あたしじゃ、優くんの彼女になれないかな……？」
　何も音がしない体育館。この日、朝練はやっていないから体育館はすごく静かだった。
　２人しかいない体育館……。瞳からの告白……。どうしたら……。でも答えは出ていた。
「ごめん……俺、好きな人がいる……」
「……そっか……。わかった、ごめんね？　でも普通に話しかけてもいいでしょ？」
「いやっ、そっちのほうがうれしい……」
「ありがとう。何かすっきりした!!　じゃあ……ね」
「瞳……ありがと、俺みたいな奴、好きになってくれて」
「優くんはいい人だよ？　だから好きになったんだもん。頑張ってね！　バイバイ」
「うん……バイバイ」
　瞳ありがと。頑張るよ。瞳はツヤやかな髪を揺らして、朝日が差す出口へと向かっていった。僕も瞳と同じ出口へと向かい、教室に帰った。
　ホームルームを終え、授業開始のチャイムが鳴る。
　僕はずっと告白のことを考えていた。
　隣では百合が真剣に授業を受けている。前の席の歩は、

顔を伏せて寝ている。ふと外に目を向けた。本当は違う。外を見るふりをして百合を見ていた。横顔の百合はとてもきれいで、つい見とれてしまう。

　この横顔もすべて僕のものになればいいのに……。今日が運命の日だ。今日、世界が変わる。

　あっという間に放課後となった。
「百合ー、今日部活やってくの？」
「うん！　やってくよ」
「そっかぁ。頑張ってね！　バイバイ」
　僕の隣での沙紀との会話。沙紀は歩と帰っていった。百合も教室から出ていった。僕に「バイバイ」と言ってから。
　百合に告白できなかった……。今日したかったのに。待てよ……さっき百合が部活をやっていくって言っていたな……てことは……僕も学校に残っていたら百合に会えるかもしれない。そう思い僕は学校に残った。そして、僕は歩きだした。百合が部活をやっているテニスコートへ。

　ポーン……ポーン……。
　ボールが打たれる音。僕はフェンス越しに百合を見た。隣にいる時とは違う感じだった。夕焼けのせいで、百合の体がオレンジ色に染まっている。2人きりで教室に残っていたあの時と同じ夕焼けの色だった。
　僕は百合の部活が終わるのを待った。2時間ほどあったけれど、百合を見ていたらあっという間だった。

オレンジが黒に変わっていく……。僕は少しだけ寝てしまった。そしたら「優くん？」と愛しい人の声が聞こえた。
　後ろにいたのは部活を終えた百合だった。あたりを見回すともう誰もいない……。オレンジが黒に変わっていた。
「どうしてたの？　こんなとこで」
「えっと……百合を待ってた」
「あたしを？」
「うん……好きな人が教えられるようになったから」
「そうなの？……誰？」
「後ろ向いて？」
「うん」
「今から背中に名前書くから当てて」
「何か楽しいね」
「じゃあ、行くよ……」
　僕は百合の小さい背中に【ゆり】と書いたんだ。ざわざわと風にざわめく木々の音が僕を急かした。
「くすぐったい!!　えっと……ゆ……り……？」
「わかった？」
「優くんが好きな人って、私……？」
「うん」
　僕は迷うことなく首を縦に振った。
「百合は……どう思う？」
「あたしの好きな人、当ててみて」
「えっ？　うん」
「背中向けて？」

百合の指が僕の背中をなぞる。百合が書いた文字……。それは【ゆう】だった。
「……百合も俺を好き？」
「うん、好き」
「本当に？」
「うん、本当に」
「本当に本当？」
「だから本当だよ。優くんが好き」
　僕はうれしさのあまり声が出なかった。ただ立っているだけで精いっぱいだったんだ。百合と両思い。世界が輝いて見えた。夜空に浮かぶ星が、僕たちを祝福してくれているかのように輝いていた。
「じゃあ、これから百合は俺の彼女だから。絶対に幸せにする」
「うん、じゃあ、これから優くんは私の彼氏ね。よろしくね」
「うん……何か照れるな」
　僕と百合の距離は一気に縮まった。僕は百合を必ず幸せにします。僕は……必ず……百合を……。
　僕たちは手をつないで学校をあとにした。
　初めてつなぐ百合の手は、とても小さくてきれいな指だった。僕は緊張して手に汗をかいていたと思う。百合は気づいていたかな……。
　駅まで百合を送っていった。
　その間、いろんなことを話した。百合の誕生日は8月27日。O型。1人っ子。そのほかいろいろ。少しだけ百合を

知ることができた。これからいっぱい知っていけるといいな。僕はそんな期待と楽しみで胸がいっぱいだったんだ。

　学校から駅までは、結構距離がある。僕は百合の手を握ったまま駅まで歩いた。

　その間、僕たちの会話はつきなかった。

　内容は、ほとんど覚えていないんだ。ただ１つだけ覚えていること。それは百合の手のぬくもり。それだけなんだ。
「じゃあね」
「うん……」

　あっという間にもう駅だ。駅は仕事を終えて疲れた肩を叩くサラリーマンや、学校を終え一生懸命携帯をいじっている女子高生などで込み合っていた。百合と離れるのはとても寂しい……。でも百合は僕の彼女。一番近い存在。だから大丈夫。
「まもなく２番線に電車がまいります」

　僕たちを引き裂くアナウンス。
「じゃあ……行くね」
「うん……また明日ね。帰ったらメールする」
「わかった！　待ってるね」
「バイバイ」

　プシュー。

　静かにドアが閉まる。百合の姿が僕の前から少しずつ、ずれていく……。百合は僕に手を振り続けた。僕も百合に手を振り続けた。

　電車が見えなくなるまで僕は駅にいた。百合を見送ると

バス停に戻った。その間、僕はいろいろ考えた。
　百合との関係。これから百合とどうしていくか。とか……うれしいことがたくさんある。思い出をたくさん作っていこう……と。

　僕は家について、百合にメールした。初めてメールした時とは何かが違う気持ちで。送る時、少し戸惑ったんだ。百合はちゃんと返してくれるかな。今思えば、この時の僕はバカすぎたんだ。
【百合、今日はありがと。あとこれからよろしく】
　送るとすぐに返事が来た。
【こっちこそ送ってくれてありがとう(*^o^*)　今日が私たちの記念日だね】
　記念日。それは４月27日。この日は絶対忘れない。
　それから百合とのメールは続いた。いや、やめたくなかったんだ。百合を少しでも感じていたい。そう思ったんだ。

　……翌日。僕は少しは成長したような気がする。人を愛することで僕の弱さとか、素直な気持ちとかわかったから。これはすべて百合のおかげ。百合には感謝するよ。
「優！　おはよ!!」
　めずらしく歩と下駄箱で会った。
「おはよ」
「何かいいことあった？」
「なんで？」

「顔に出てるから♪」
　そんなに顔に出ていたかな。もうすぐ百合に会える。すごく緊張する。
　僕は１歩１歩百合に近づいていった。１年２組。僕が教室に入ると僕のほうへ走ってくる人。昨日から僕の彼女の百合だ。
「優くんおはよ！」
「おはよ」
　僕は百合の頭にポンッと触った。百合はうれしそうに笑顔を向ける。この笑顔ももう僕のものだ。僕はこの笑顔が欲しかったんだ。手に入れるのに時間は長くかかったけれど、もう僕のもの。それがうれしくてたまらないんだ。
　「何？　もうそんな関係なの」と聞く歩に、僕は迷わず「うん」と答えた。
「嘘!?　まじで？」
「まじだよ。なっ百合」
　と僕は百合を見つめた。百合もすぐに「うん」と言った。新鮮でたまらない瞬間。
　僕はこんな毎日が続けばいいと思ったんだ。いや、続くと思っていたんだ。

　５月。もうすぐ中間テストがはじまる。
　期間中、百合は残って勉強するため、下校時はなかなか会えなかった。とても憂鬱だった。テストなんて早く終わればいい。

期間中のある日、僕たちは図書館へ残って勉強をすることにした。久しぶりに2人だけで会えると思って、早く授業が終わってほしいとソワソワしていた。だから今日よく先生に当てられたのかな……。
「優くん、ここでやろ？」
「うん」
　夕暮れ時の図書館はオレンジ色に染まっていた。僕が告白をした時のことを思い出す。僕の前に百合が座る。正面を向いて勉強する百合をあまり見たことがない。いつも横向きだったから。横向きの百合もきれいだけど、正面から見る百合もとてもきれいだった。
「優くん……ここ、わかる？」
　百合が質問してきたのは数学だった。僕は数学が得意だった。苦手なのは英語。百合は英語が得意だった。苦手なのは数学。正反対だった。
「わかる？」
「うん……なんとなく」
「教えて？」
　耳にかかっていた百合のきれいな髪がさらっと落ちた。
「えっとね……これはまずこうするんだ」
「うん……それで？」
「それで……」
　僕の思考は停止した。百合の顔が近づいてきたから。百合の髪の毛が僕の顔に当たる。シャンプーのいい香りが僕をかき乱す。

もうないと思ったのに、再び、あの感覚に襲われた。僕は百合を見つめた。百合も僕を見つめた。少しずつ２人の距離が短くなる。目を閉じる百合。次第に僕も目を閉じた。
　そして、僕たちは初めてキスをした。キスをしている時、百合の長いまつげがくすぐったかった。夕焼けが僕たちを包み込む。
　だんだん離れていく百合と僕。目を合わせクスッと笑い合った。
「緊張するね」
「そうだな」
　百合と初めてのキス。キスをするのは初めてではないんだけど、何かが違った。それは百合だからかな。ちょっと不思議な感じ。
　それから勉強再開。僕たちは６時近くまで勉強した。

　帰ったのは８時。
　それからご飯を食べて、休憩して、勉強をした。百合が頑張っていたから僕も頑張る。だから勉強をした。また百合の名前の隣にある僕の名前を見たかったから。百合の隣は誰にも譲らない。そう思いながら勉強をした。

　そして時は流れ、テストがすべて終わった。出来はまぁまぁ。次も百合の隣に並べるかな……。そう思っていた。今日からは百合と帰れる。うれしいな。
「優くん、帰ろ！」

「うん」
　テスト期間以外、僕たちは一緒に帰るのが日課になっている。
　クラスのほとんどの人が僕たちが付き合っていることを知っている。たぶん学年の全員が知っていると思う。当然瞳も知っているだろう。何か申し訳ない気がする。教室を出ようとした時だった。
「ちょっと待ったぁ～!!」と引き止めたのは歩と沙紀。
「なんだよ？」
「今から４人で遊ぼうぜ！」
「え～」
「え～って言わない!!　ずっと前に約束したじゃん、４人で遊ぼって」
　今思い出した。百合が僕の彼女じゃなかった時、歩と沙紀がひそかに計画を立てていたっけ……。まぁ楽しそうだからいっか。
「いいよ、行こ。百合もいいだろ？」
「うん☆」
　と元気な返事をする百合。
「おっしゃ、行こうぜ」
　僕たち４人は元気に教室を出ていった。
「まずは～、あれだろ」
「あれ？」と僕と百合と沙紀が言う。
「そう、あれ」
　歩の目の先には、ゲームセンター。

「ゲーセン？　なんで？」
「プリクラ撮ろうぜ」
　……プリクラ!!?
「なんで!?」
「記念にさ。いいだろ？」
　歩はいきなり何を言いだすかわからない。「いいよ〜撮ろ」と、歩の意見に賛成する沙紀。「うん、撮ろ」と、百合も賛成したようだ。残るは僕1人。
「優もいいだろ？」
「……いいよ」僕は仕方なく了解した。
「じゃあ、出発〜」
　僕たちはゲームセンターに行った。
　プリクラの機械操作をすばやくこなす歩。慣れているのかな。そういえば歩の携帯にプリクラが貼ってあったな……。沙紀と撮ったのかな。
「じゃあ、撮るよ〜。笑って」
　カシャ……。
　明るい光が僕たちを包んだ。そして数分後、小さな箱みたいなところから1枚の紙が出てきた。
「できたー」
「見せてー」
「歩、きもー」
「んなことないから!!　分けようぜ」
　僕は今まで付き合った子と撮ったことがなかった。初めてのプリクラ。でもこれをどうしたらいいだろう……。

「優くん、携帯に貼ってよ」

「え？」

「携帯に貼って？　百合も貼るから」

「うん」

　僕はプリクラを貼った。百合……今もこの携帯にはプリクラが貼ってあるよ。はがしたいけど、はがすことができないんだ……。

　僕たちは歩と沙紀と別れた。僕は百合を駅まで送った。これも日課なんだ。

「今日楽しかったね♪」

「うん、そうだな〜」

「プリクラ……今度は2人のが欲しいな」

「うん、撮りに行こうよ。今度」

「絶対ね」

「俺プリクラ初めてだったんだ」

「嘘ぉ？」

「本当だよ。百合が初めて」

「私が初めてか……何かうれしいなぁ……」

「うん、俺も」

　街路樹は車が通るたびに揺れる。そんな歩道を僕たちは歩いていた。そして駅につく。

「じゃあね」

「バイバイ」

　別れのキス。目を閉じ、柔らかい唇に触れる。

　これもだんだん日課になりつつある。僕はこの時が一番

幸せって実感できる。百合を肌で感じることができる。百合は僕のものって実感できる。

　キスって不思議な行為。キスをするたび、僕は百合をさらに好きになる。キスをするたび、百合と1つって感じがする。

　百合……君は僕とキスをする時、何を思ってしていたの？　百合……僕は気づいてなかった。君の心にはまだあの人の存在があったなんて、僕は知るはずもなかったんだ。

　　――テストの結果発表の当日。
「優～、張りだされた～」
「おうー」
　僕たちは掲示板に向かった。掲示板の前は以前と同じぐらいの人だかり。僕の名前は百合の隣にあるかな……？
　掲示板に目をやると、
【1位　鈴木優】
【2位　小林百合】
　と書かれていた。僕は自分の目を疑ったんだ。僕が一番になれるはずがなかった。
「おい……優、一番だぜ……？」
「……うん」
「すげぇじゃん!!　おめでと！」
　僕はうれしくて歩に言葉を返せなかった。また僕は百合の隣。僕の一番居心地のよい場所を得たんだ。
　百合、君の一番居心地のよい場所はどこでしたか？

同じ体温

気がつけばもう8月。夏休みだ。セミの声がとてもうるさくてイライラする。

百合との交際は相変わらず順調だった。もうすぐ付き合って4カ月の記念日が来る。記念日の8月27日は百合の誕生日と同じ日なんだ。

僕はその日百合の家に泊まることになっている。プレゼントを持って。何にしようか迷ったけど、ペアリングにした。指輪に僕の名前と百合の名前を刻んで。百合はどういう反応をするかな。喜んでくれるかな。27日がすごく楽しみだ。

それにしても暑い。部屋を出たくない。でも今日は久しぶりに百合と遊びにいく日。僕はまだ眠い目をこすりながら1階へと下りた。

「優、おはよ」

「おー」

リビングにいたのは姉の幸だ。幸は百合のことを知っている。一度、僕の家に来た時に紹介したから。なんでも話せるまじ最高の姉。

「今日も遊びに行くの〜？」

「おう」

「どこ行くの？」

「星美港水族館」

「いいな〜」
「幸は？　旬くんと遊びに行かないの？」
「旬は……忙しいから……ね」
　旬くんとは幸が大学に入った時にできた彼氏。医大生でなかなか会えないらしい。
　何気なく時計に目を移すと、8時半。ヤバい!!　百合との待ち合わせは駅に10時。
　僕は急いで顔を洗って、ご飯を食べて着替えをした。何を着ていこう……。クローゼットの中から適当に取った服を着て、携帯と財布を持って家を出た。駅まで30分かかる。家を出たのは9時25分。ギリギリ間に合うかな……。
　僕には知るよしもなかった。あの人の存在。滝川先輩。
　そこに百合もいたなんて気づきもしなかった。僕は本当にバカな人間だ。

　駅についたのは9時50分。どうにか間に合った。
　百合はまだ来ていない。暑い中、百合を待った。でも10時すぎても百合は来なかったから、心配になって電話をかけてみた。
「百合？　どこにいんの？」
《ごめんね、もうすぐつくから!!》
「早く来いよ？」
《ごめんね》
　百合のそばには誰かがいると感じた。でも、僕は気づかなかったふりをした。怖かったんだ。百合が離れてしまう

と思ったから。
　10分ぐらいして、百合が走って僕のほうへ向かってきた。
「ごめんね!?　寝坊しちゃって」
「うん……大丈夫?」
「うん!!　ごめんね。行こ」
　百合……本当のこと言って。怒らないから……。本当のことを言ってほしかった……。百合は僕に嘘をついたんだ。でもね、百合。僕は百合を信じるよ。

　水族館まで電車を使って1時間ぐらいかかる。電車の中はとても涼しい。隣では百合が楽しそうに話している。
「ねぇ、水族館で何を見る!?」
「ん〜、なんでもいいよ」
「じゃあ、百合が決めよ!」
　百合はとてもうれしそうだった。
　水族館にはあっという間についた。
「ついた。早く行こ」
　百合は僕の手を握り、僕を引っ張る。
「優くん。かわいい〜イルカだよー」
　百合は僕に笑顔を見せる。僕はもう百合の嘘を忘れていた。そしてだんだん楽しくなってくる。
「百合これすごくね?」
　僕はカラフルな熱帯魚を指さした。
「うん、すごーい」
　隣には無邪気な笑顔を見せる百合がいる。百合と一緒に

いるだけで、とても楽しい。
　百合はこの時、楽しかったのかな？

　気がつけばもう夕方。
「もうすぐ閉園の時間です」
　館内アナウンスが流れる。
「帰ろっか？」
「うん……帰ろっか」
　百合の手を握ったまま歩きだした。そしたら
「優くん待って」
　百合が歩くのをやめた。
「どうした？」
「写真……撮らない？　カメラ持ってきたの」
「写真？　いいけど」
「じゃぁ、撮ろ？」
　僕は百合の隣に並んだ。
「私の背じゃ、優くん入らない……」
　百合は手を必死に伸ばし、僕たちのほうにカメラを向けている。
「バーカ。お前ちっさいから無理なんだよ」
「ひどーい」
「これは俺の役目」
　こう言って僕は百合からカメラを奪った。
「撮るよ」
「うん」

——パシャ。

カメラのフラッシュはプリクラの時より眩しかった。
「ありがと」
「おう、現像したら見せてな？」
「うん！」

僕は百合の笑顔を確認し、手を引いて、水族館から出ていった。
「今日はとっても楽しかった!!　ありがとう。また一緒に行こうね」

電車の中でも百合は笑顔を絶やさないでいた。
「これから嫌というぐらい連れてってやるよ」
「約束ね」

僕たちはキスをして別れた。

もう、心にあったモヤモヤは完全に消えていた。何かすっきりした気分。でもまた僕を不安の闇の中に突き落とす出来事が起こったんだ。

僕は家へと向かう帰り道で滝川先輩に会ったんだ。すれちがう瞬間、お互い睨み合う。

すると先輩が口を開いた。
「お前、百合と付き合ってるんだって？」
「それが何か？」
「あいつ、一途そうに見えて結構すごいから気をつけたほうがいいぜ」
「俺は百合を信じてるんで」
「信じてる？　あのなぁ……人をあまり信じないほうがい

いぞ」
「おかまいなく」
　僕の言葉を聞いて先輩は鼻で笑った。
「まぁ頑張れよ。そのうち真実がわかっから」
　こう言い残し、先輩は去っていった。
『そのうち真実がわかる』
　この言葉を聞いて僕は不安の闇へと落ちていった。またモヤモヤが僕の心を覆いつくす。
　僕は帰ってから今日の出来事を１つひとつ整理していった。今朝百合と電話をした時、近くに人の気配を感じた。もしかしたらあれは先輩だったのかもしれない。そして寝坊という嘘。もし先輩と会っていたなら、どうして百合は隠す必要があるんだろう……。百合は本当に僕のことが好きなんだろうか……。

　８月26日が来た。夏の暑さは変わらない。今夜、僕は百合の家に泊まりにいく。この前の不安はまだあったが、百合のことを信じようって決めたんだ。
　〜〜♪
　百合からのメール。それを見た僕は家を出て待ち合わせの駅へと向かった。
　駅につくともう百合はいた。
「百合？　待った？」
「待ってないよ。行こ」
　僕たちは冷房で涼しくなった電車に乗る。家は１つ先の

駅の近くにあるという。僕は百合の家に行くのは初めてなんだ。だからこんなに緊張しているのだと思う。

電車を降りて、少し歩いた。道にはあまり人がいない。世界には僕たちしかいないような気がしたんだ。

百合の家についた。すごく立派な洋風のかわいらしい家。

僕たちは百合の部屋に向かった。初めて入る百合の部屋。きれいに片づいていて、すごく女の子らしい。僕の緊張は続いたまま。

「あんま見ないで～」
「なんで？　見せてよ」
「まぁいっかぁ～」

と笑顔を向けた。僕はまた嫌な想像をしてしまった。

この部屋に滝川先輩を入れたことがあるの？　この部屋で何をしたの？

百合……僕は百合しか見ていない。君の心には誰がいますか？　僕は君の一番でしたか？

百合の家についてから数時間が経過しようとしていた。でも僕の緊張はまだおさまらない。あと少しで0時だ。僕は0時ちょうどにプレゼントを渡すと決めていた。プレゼントはペアリング。百合は気に入ってくれるかな。

2つの針が重なった。

「百合……誕生日おめでと」
「ありがとう」

僕たちはキスをした。百合……生まれてきてくれてありがとう。

「百合……４カ月たったね。早かったな」
「そうだね、でも幸せ」
「幸せ?」
「うん、優くんに会えて幸せ。優くん……ありがとう」
　僕は百合から『幸せ』と聞けて、本当に幸せだったんだ。
「百合……これ」
　僕は百合にプレゼントを渡した。かわいくラッピングされた小さな箱。
「私に?」
「うん」
　百合はうれしそうにプレゼントを開ける。
「優くん……これって……」
「ペアリング」
「嘘……」
「本当だって。ほら」
　僕は百合に左手を見せる。
「……」
「百合?」
「ありがとう!!　すっごくうれしい!!!!　つけていい?」
「俺がつける」
　僕は百合の左手の薬指に指輪をはめた。
「百合、気に入った?」
「すごく!!　今までの誕生日の中で一番幸せ!!」
　僕は百合の一番になれた気がした。百合にお礼を言わなければならない。

「百合、聞いて？」
「うん？」
「今はこんな安い指輪しか買えないけど……大人になったらちゃんとした指輪を買ってあげる。百合……それまで俺から離れないでほしい。俺は必ず百合を幸せにする、約束するよ」

　百合は下を向いた。百合の目から涙があふれたんだ。僕はその涙を手で拭いてあげた。愛しい……。愛しすぎる。僕は君を心から愛していたんだ。

　僕は百合を抱きしめた。百合も僕を抱きしめてくれた。百合……僕は君を離さない。絶対に。僕はゆっくりと百合をベッドに運んだ。百合の目はまだ涙でいっぱいだった。

　そして僕たちはひとつになったんだ。

「百合……また泣いてるの？　嫌だったかな」
「違うの……うれしいの……。優くんと同じ体温でいられるから」

　同じ体温。僕は今百合と同じ体温なんだ。僕は幸せでたまらない。

　百合……あの涙の本当の意味はなんだったのかな。その涙は、僕に流した涙じゃなかったの？　百合……僕以外の奴に涙なんか見せないで。

　……あっという間に朝が来た。カーテンからのぞく太陽が眩しかった。世界が明るかった。隣には百合がまだ寝て

いる。
　僕は百合を見た。百合……昨日は幸せだったよ。ふと百合の左手に目をずらす。昨日あげた指輪がない。落ちたのかな？　と思い、僕は指輪を探した。
　あった。指輪はベッドの下に落ちていた。指輪を取ろうとすると横に何かが置いてある。なんだろう。手に取ったのは一冊のアルバム。僕は中を開けたんだ。
　そこには滝川先輩と百合が写っていた。写真の中の百合は、まだ僕には見せたことのない、とびきりの笑顔。日付を見てみた。そこにはこう書いてあったんだ。
　今年の8月5日。
　僕は目を疑ったんだ。その日は百合と水族館に行った日だ。そんなことあるわけない。でも、確かな証拠があったんだ。
　写真に写った百合の服と、水族館のデートの時に百合が着ていた服が同じだったんだ。その日の帰り道、滝川先輩に会ったことを思い出す。
『そのうち真実がわかる』
　この言葉の意味がわかってしまったんだ。
　僕は何も見なかったことにした。アルバムを元の場所に戻した。そしてまだ寝ている百合を見たんだ。僕は落ちていた指輪を百合の指にはめた。
　今思えばこの指輪は百合の指には大きすぎた気がする。この指輪は百合には合わないのかな。
　百合は昨日本当に幸せでしたか？

この日から僕は百合を疑いはじめた。

　本当は疑いたくはなかった。でもね、百合……君は嘘が下手すぎる。上手とか下手とか、そんなの関係ないんだけれど、百合……僕は君のなんだったの？　僕は君の一番にはなれないの？　ねぇ……答えてよ。

　百合が寝返りをうつ。その時、寝言を言ったんだ。それは僕の名前ではなかった。確かに百合はこう言った。

「直」

　……気がつくと、僕はまだ寝ている百合を置いて百合の家から逃げだしていた。

　僕にとってあの場所はつらすぎる。百合と滝川先輩との思い出がまだ残っている。百合が先輩の名前を呼んだ時、僕の心はボロボロになってしまったんだ。百合の中に僕が入るスペースはないと確信した。

〜〜♪

　着信音が鳴る。相手は誰なのか見なくてもわかる。当然百合からだ。僕は電話を切った。今は出たくない。何を言われるのかわからないから。

　また着信音が鳴る。仕方なく僕は少し震えながらその電話に出たんだ。

《優くん!?　今どこにいるの？》

「わからない……」

　本当にわからなかったんだ。百合の家を飛びだして、右へ行ったか左へ行ったかも覚えてなかった。

《どうかしたの？》

「……百合は俺のことどう思ってるの？」
《えっ？　何を言ってるの？　ねぇ、優く……》
　……プツッ。
　僕は勢いよく電話を切った。僕は今何を言った？　僕は百合になんて言った？　一番聞いちゃいけないことを聞いたかもしれない。
　僕はまわりが見えなくなる。僕は今何をしているんだろう。僕は何がしたいんだろう。昨日の僕に戻りたい。昨日の幸せな時間に戻りたい。でも現実はそんな甘くないんだ。
　僕は携帯の電源を入れた。百合からの連絡が来ないように電源を切っておいたんだ。新着メールの問い合わせをしてみる。
【新着メール　10件】
　すべて百合からだった。
【今どこにいるの？】
【どうしたの？】
【連絡ちょうだい】
　というメールが10件来ていた。僕はとりあえず謝った。
【ごめん】
　これだけ打って送信をした。
　すると携帯の着信音が鳴った。
【百合】
《優くん、今どこにいるの？》
「……わかんない……。緑公園ってとこ」
《緑公園!?　わかった!!　すぐ行くから》

と言い、百合は電話を切った。百合に会ったらなんて言おう。なんて言おう……。

「優くん!!!!」

　前方から心配した顔で百合が走ってきた。そして僕に抱きついてきた。
「なんで朝、私が起きたら横にいなかったの？」
「ごめん……」
「何かあったの？　しかもなんで『俺のこと好き』なんて聞いてくるの？」
「……」
「私は優くんが一番だよ!?」

　僕が一番？　嘘だ。そんなはずがない。でも今の僕は言えない。言えるはずがない……。百合が好きだから。百合を愛しているから。

「本当？」
「本当だよ？　私は一番、優くんが好き」

　神様……もう一度百合を信じてもいいですか？

　その瞬間、百合の左手から指輪が落ちたんだ。もう一度、僕は百合を信じることにした。信じたかったんだ。僕は百合が好きだから。僕の百合を想う気持ちは嘘ではない。百合も僕が一番と言ってくれた。滝川先輩より僕を選んでくれたんだ。僕は信じよう。

　僕たちは百合の家に戻り、再び百合の部屋に入る。昨日ここで僕たちはひとつになった。そして百合は泣いたんだ。

その涙は僕のために流した涙かはわからないまま。
　百合の左手を見た……指輪がない。
「百合……指輪は？」
「え？　あっない!!」
「落としたの？」
「家に出た時はあったのに!!!!」
「……どうする？」
「探しに行くに決まってる!!!!」
　僕たちは百合の家を出た。もう夕方になっていてあたりが暗いせいか、なかなか指輪は見つからない。
「ない〜、ないよぉ……」
　百合は必死に探している。
「……公園は？」
「行ってみよ!!!!」
「うん」
　公園についた時はもうあたりは完全に暗かった。
　見つかるのかな……。すると街灯の下で何か光るものが見えた。あれは……指輪だ。
「優くん、あった!!!!　よかったぁ〜」
　百合は喜んでいた。こんな安っぽい指輪なのに、見つけてとてもうれしそうだったんだ。この百合の姿を見ていたら、僕の不安なんてどうでもよくなっていた。

嘘

　百合といろいろあったけれど、僕たちの交際は今も続いている。
　夏休みが終わった。久しぶりの学校。久しぶりに歩と沙紀に会える。なんだか楽しみ。久しぶりの教室。久しぶりに見るみんなの顔。みんな肌が黒く焼けていた。それがとても新鮮だった。
「おーっす、優！」
　久々に見た歩の顔はなんだか懐かしかった。
「あれ〜優〜、その指輪なぁんだ？」
「これ〜？　百合とのペアリング」
「嘘ぉ〜すげぇ!!　俺なんか沙紀に何もあげたことない」
「……仕方ないって!!」
「だよな〜。でも愛があるから大丈夫♪」
　愛があるから大丈夫か……。歩は幸せ者だな。ああ……ダメだ……。また変な方向に考えてしまう。
　教室に見慣れた人が入ってきた。
「優くん、斉藤くん、おはよ〜」
「おっす」
「あれ？　百合はペアリングしてねぇの？」
「……今日忘れちゃって。ごめんね、優くん」
「おぉいいよ」
　返事まで間があったのが気になったけど気にしない。

僕はふと百合の腕を見た。肩の近くに青黒い小さなアザができていたんだ。半袖から少し見えている。
「百合……どうしたの？　そのアザ」
「……あっ。ぶつけちゃったんだぁ～。私ってすごくドジだから☆」
「バカやん!!」
「斉藤くんには言われたくなぁい」
　百合、本当に本当？　疑問を抱えたまま２学期がはじまった。

　ある日、僕の中で１本の線が切れた。何事もないように接してくる百合が本当に嫌になっていた。嫌いではないんだ。でも百合の気持ちがはっきりしていないから僕は百合に聞けない。
　百合と２人での学校の帰り道、前から滝川先輩が現れたんだ。このあと、僕と百合は離ればなれになる。
「百合～元気～？」
「滝川先輩やめてください」
　僕は百合をかばう。真実を知っている僕は、それでも百合をかばう。
「なぁ、これっていくらしたの？」
　僕は何が起きたのか把握できなかった。僕たちの前に差しだされたもの。それは２人のペアリング。
　僕のではない。僕はしていたから。とすると、これは百合の指輪。でも今日百合は確か指輪をしていたはずだ。そ

して僕は百合の左手を見る。確かにしてある。

僕は先輩から指輪を奪った。その指輪の内側に、百合と僕の名前が確かに刻んであった。やっぱりこれは僕が百合にあげた指輪。じゃあ、今百合がしている指輪って……？

「百合、指輪貸して」

「……」

百合は下を向いて何も言わないでいた。

「貸せない理由でもあんの？」

僕はキレそうになったが、百合を怖がらせちゃいけないと思ってその感情を抑えた。

「貸して」

僕は百合の左手にある指輪を無理やり外した。

「優くん!! やめて!!」

「なんでだよ、見せれねぇ理由でもあんの？」

百合は激しく抵抗するが、指輪のサイズが大きかったため、百合の指輪は簡単に取れた。僕は百合の指輪の内側を見た。

名前が刻まれて……ない。僕は自分の目を疑った。そして隣にいる百合さえも疑った。

何がなんだかわからなくなった。何かが壊れていく。

「……ごめんなさい」

百合は小さな声で謝ってきた。

「意味がわかんねぇ……どういうこと？」

すると滝川先輩が笑いながらこう言った。

「この前、こいつから奪ったんだよ、こいつが俺の横で寝

てる時。いつだったかな〜、確か新学期のはじまった頃だったかな〜」

　僕はひどい脱力感に襲われた。頭の中が？マークで埋めつくされていく。

　百合が先輩の横で寝た時？　新学期がはじまった頃？

　確かにあの時、百合は指輪をしていなかった。もし先輩の言うことが合っているなら、あの時すでに指輪はなかったってことになる。僕は何も考えられなくなった。

　もう限界だった。もう無理だった。真実を知っているのに、気づかないふりをしていた自分がバカに思えた。百合を信じるって言った僕はバカだった。でも、僕が勝手に思い描いていた真実は、本当の真実ではなかったんだ。それを知るのはだいぶ先のこと。

　沈黙になる。何かが崩れ落ちていく。まるででき上がったパズルを壊されるように……。

「百合……もう限界だ。お前の嘘に耐えるのはもう無理だ」

　僕は言葉を詰まらせて静かに百合に言った。

「えっ……？」

「俺、もうついていけねぇ。お前を信じた俺がバカだった」

　こう言い捨て、僕はその場所から立ち去っていった。今までの僕はなんだったんだ。百合……僕は百合に騙されていたの？　僕は百合から完全に離れていった。

　それからあとが大変だった。

　僕は百合からかかってくる電話も、来るメールもすべて

シカトした。そして僕は学校を休むようになった。百合に会いたくない。百合と話したくない。

でもさすがに出席日数がヤバいと思い、久しぶりに学校に行った。次第に足取りが遅くなる。学校に遅刻していくことにした。

学校につくと、すでに3時間目ははじまっていた。久しぶりの教室。ドアを開けた。自分自身が変わっても、この教室の古びたドアの音は何も変わっていなかった。ホッとする。

「遅刻しました」

「もう少し早く来い」

今の授業は数学だった。みんな僕を見る。

「優!? すげぇ久しぶりって感じがする!!」

歩が目を輝かせて僕を見てきた。僕はそんな歩に笑顔を見せた。

「そうだな」

僕は席につく。百合の隣の席へ。

「優くん……久しぶり……だね」

突然、隣の席の百合が話しかけてきた。

「……」

だが僕は黙り続けた。本当は話したかった。百合にいっぱい嘘をつかれたけれど、僕はまだ百合が好きだった。

ノートと教科書を出し授業を受けた。授業中、百合のほうは一度も向かずに。

授業が終わると僕はすぐ教室を出た。

百合から離れたかった。1人で冷静になって考えたかったんだ。

そして僕は屋上へ向かった。僕は空を久しぶりに見た感じがした。ずっと家にいたから空なんて見てなかった。空を見ていたら何か壊れていたものが直っていく気がした。

僕は自分の気持ちを整理していった。1つ。1つ。ゆっくりと僕は考えた。最初に出た結論。それは百合とちゃんと話すこと。ちゃんと話そう。百合の話をちゃんと聞こう。

僕は教室へと戻った。
「百合、次サボれるか？」

久しぶりに百合と話す。あれ以来、連絡も取っていなかったから。
「うん、大丈夫」

百合は少々驚いていたがすぐに笑顔になった。
「じゃあ、来て」

僕と百合は屋上へ行った。空を見て話したほうがちゃんと言えそうな気がしたから。青空に白い雲が浮かんでいる。僕は生唾を飲み、話しはじめた。
「百合、今までごめんな」

僕はちゃんと百合の顔を見て謝った。
「私こそ……ごめんね」
「百合……本当のこと話してよ。俺も話すからさ」

まず僕から話した。
「知ってたんだ、百合と滝川先輩がまだちゃんと別れてな

いって。確かそれを知ったのは8月27日。百合の誕生日だった。ベッドの下から写真が出てきて……あれは……なんだったの?」

「あれは……ごめんなさい。確かにあの時はまだ滝川先輩のこと忘れてなかった……。でも優くんと結ばれた時、どっちかにしなきゃって思ったの。でも、なかなか結論が出なくて……」

　百合の体が縮こまっていく。きっと僕が怒ると思って怖がっているのだろう。

「それで俺に嘘をついていたの?」

「うん……優くんを失いたくなかったから」

「百合……あの時に言った言葉は本当だった?　嘘だった?」

「あの時?」

「百合は俺に言ったじゃん。指輪をあげた時に。一番幸せだって。あれは嘘だったの?」

　僕は百合の答えを聞くのが怖かった。なんて言われるのだろうと思い、とっさに下を向いた。

「嘘……ではなかったよ」

　それを聞いてどこかで安心している僕がいた。

「そっか……じゃあさ……百合の中で一番は誰だった?」

「……」

　百合は黙ってしまった。

「俺?」

「……」

「滝川先輩？」
「……」
「百合……百合はずるいよ。ずるすぎる」
　百合……君は何に迷っているの？　君はずるい。
「滝川先輩のこと……忘れられなかった……。忘れたかったんだけど……。でも、だんだん優のことも気になりはじめて……」
「俺が告白した時、どっちが好きだった？」
「……わからない」
「……百合……もう終わらせようか」
　僕は一番言いたくなかった言葉を口にした。
「えっ？」
　百合は涙であふれた瞳を僕に向ける。
「もう俺にはお前は無理だよ……」
　直りかけていたものがまた崩れだす。
「なんで……」
「お前、本当意味わかんねぇ。どうしたいの？　何がしたいの？」
「私は優くんと付き合いたい」
「それが意味わかんねぇんだよ。お前、俺と付き合ってた時だって、結局お前ん中には先輩がまだいたじゃねぇかよ。違う？」
「……」
「ほらな、何も言わねぇじゃん。言えるわけないよな。だって当たってるんだろ？」

「でも、私はちゃんと優くんが好きだったよ!?」
「いいかげんにしてくれ……もううんざりだ……」
「優くん!? 嫌だよ……お願い……」
「俺はお前を一度信じたんだ、もう一度信じるって。でもこんなんありかよ。もう無理」

　僕は屋上から立ち去った。勢いよく階段を下りていく。
「優くん待って!!!!」
　僕のあとを追ってくる百合。そして僕の袖をつかんだ。
「離せって!!」
　百合の手を振り払おうとしても百合は僕を離してはくれない。
「嫌だ。もう1回だけ私を信じて!! 本当の話を聞いてよ!!」
「嫌だ、聞きたくない」
「私は優くんがすべてなんだよ?」
「どうせそれも嘘だろ? お前、嘘つくのうまくなったな」
「何を言ってるの? 話を聞いて……」
　僕はこの次の瞬間、一番言ってはいけないことを言ったんだ。
「離せ」
「嫌だ」
　僕たちのやりとりは廊下中に響く。振り返る人たち。見られている僕たち。こんな状況がすごく嫌だった。そして僕は人生で最大の嘘をついた。
「もう百合が好きじゃない」

「本当に？　もう私を好きじゃないの？」
　嘘だ……。嘘だ……。僕は君が好きすぎる。でも僕の心はもう限界を越えていた。
「じゃあ、優くんが『百合を幸せにする』って言ったのは嘘なの!?」
　百合は泣きながら言う。
「……」
「ねぇ優くん答えて……答えてよ……」
　百合は僕に答えを求める。
「放して」
「おい!!　やめろって」
　こう言って僕たちの間に入ってきたのは歩だ。離れる僕たち。
「おい、優!!　何があったんだよ、なんだよこの騒ぎ」
　僕の中にたまっていたものが涙となって僕の目から流れだす。
「……優？」
　歩はそんな僕を見て驚いていた。
「百合を信じられない……百合を幸せにできない……」
「私は優くんがいるだけで幸せだよ？」
　百合……やめてくれ。言う言葉すべてが嘘に聞こえる。
「俺は百合が好きじゃない」
　僕ははっきりと言ってそこから逃げだした。
　あのあと、百合はどうなったのかな……。傷ついたかな。百合……ごめん。僕がこんな弱い人間で。僕が百合を守れ

なくて。僕が百合を幸せにできなくて。僕の目からは涙がまだ流れ続けていた。

僕は百合を少しでも幸せにできたかな……。少しでも幸せにできたのなら、僕はそれだけで十分だった。でもこの胸の中にできた大きな穴はなんだろう。

百合の存在。この大きな穴の中には百合がいたんだ。今思った。百合の存在はとても大きいということを。でもあと戻りはできないんだ。僕は百合に言ってしまったから。『もう百合を好きじゃない』って。

百合……嘘だよ……。嘘だよ……。僕の胸の中の穴を埋めるのは君なんだ。百合の存在は僕にとってすごく大きかった。

気がつけば、僕たちの5カ月記念日の27日は、勝手にすぎていた。少しずつ百合を忘れていこう。でも僕の左手にはまだ指輪がはめてあった。

僕はそれから行きたくなかったけど毎日学校へ行った。

百合に会うのはとてもつらいけれど、僕は学校に行った。そして先生に頼み、席替えをしてもらった。理由は百合から離れるため。それしかない。

今の僕の席は南側の一番後ろ。グランドがよく見える席。百合の席は北側の一番前。僕たちはクラスの中で一番遠い。

これでよかったんだ。

百合と同じだった学級委員も1学期で終わったから、もう僕は百合とのかかわりがなくなった。

でも、僕はあの指輪を大事にポケットの中にしまってある。百合の左手にも指輪があった。僕たちは別れたわけではない。百合がちゃんと別れるとは言っていないから。でも僕たちは一言も話さない変な関係。
　僕が学校から帰ろうとした時、僕に話があると呼びだした人がいた。
　滝川先輩。
「お前……ちゃんと百合と話したか？」
「してない」
「は？　してねぇの？」
「俺はもう百合を好きじゃない」
　嘘つきな僕。
「……悪かったな。実はあの時……」
「聞きたくないんで」
　僕は帰った。滝川先輩の話なんて聞きたくなかった。
　滝川先輩からじゃなく百合から聞きたい。ちゃんと百合から聞きたい。
　僕が真実を知るのはずっと先になってから。でもそれは百合から直接聞けなかったんだ。

別れ

　次の日、僕は百合と話した。百合と話すのはあの日以来。百合の目を見るのは、あの日以来。百合……目が腫れているよ？　また泣いたの？　誰のために泣いたの？

　僕は話しはじめた。自分に素直になって。
「百合、俺は百合が好きだったよ。本当に好きだった。百合はどうだったか知らないけど、俺は好きだった」
「私も」

　百合は僕の話す言葉にうなずいて聞いてくれていた。
「でも俺は限界を越えていた。もうボロボロになってた。百合はどうして嘘をついたの？　百合はずるいんだよ……前にも言ったけど、百合はずるい」
「私の……一番は優くんだよ」

　僕は素直な気持ちを言ったんだ。
「百合……別れよっか……」
「……本当に信じてもらえないの？」
「百合には幸せになってほしい。俺よりいい奴いると思う」
「私は優くんじゃないとダメなんだよ……？」

　百合はか弱い声で言ってきた。

　雲が太陽を隠し、地上から光がなくなっていく。
「百合……やめて。何も言わないで。俺はもう迷いたくない」
「……」
「百合……さよなら」

僕は百合の前から去っていった。百合の横にポケットから出した指輪を置いて。
　百合……さよなら。百合……。ありがとう……。
　――そして僕たちは別れた。

　季節がだんだん冬になる。
　12月。あたりはクリスマス一色になっていた。
　僕は新しい道を歩みだした。僕は歩きはじめたんだ。でも１人になって考えるのは百合のことばかり。百合が……大きすぎる。
「優〜、ちょっと来て」
　僕は母さんに呼ばれ、１階のリビングへと下りていく。
「優は27日バイトあるの？」
　僕は冷蔵庫に貼ってあるカレンダーを見て、バイトの予定を思い出していた。
「なかった気がする」
「27日何が食べたい？」
　ああ……そっか。27日は僕の誕生日だ。忘れていた。今思えば百合と４カ月違いだ。４カ月前は楽しかったな。百合の家に泊まって、指輪を渡して、僕たちはひとつになった。僕はあの時幸せだった。横には大好きな百合がいた。でも今は大好きな百合はもういない。
　僕は明日16歳になる。

　12月27日。僕の生まれた日。

【優くんお誕生日おめでとう☆】

　朝、携帯を見るとメールが来ていた。瞳からだった。とても懐かしくてたまらない。うれしくて、うれしくて、少し涙が出た。

　もしこのメールが百合からだったら、瞳以上にうれしいだろう。でも百合には新しい携帯番号を教えていない。来るはずなかったんだ。

　――トントン。

　僕の部屋がノックされる。

「優？」

　ドア越しに聞こえたのは母さんの声だ。急いで涙をティッシュで拭いた。

「何？」

「家の前に百合ちゃんが来てるのよ……」

　百合が来ている？　なんで今さら？　僕は弱虫でした。

「どうする？」

「家には上げるな。俺が行く」

　家の外に出た。そこには百合が寒そうに待っていた。鼻と頬を赤くして小刻みに震えていた。

「……何か用？」

　僕は冷たく言った。

「……久しぶりだね……。あのね……今日、優くんの誕生日だからさ……プレゼントを持ってきたの」

　百合は持っていた小さな紙袋を僕に渡してきた。

「……いらない」

「……もらって？」
「中身、何？」
「香水なんだけど……」
「もらってもいいけど、俺つけないよ」
　僕はこう言えば百合は諦めると思ったんだ。
「……それでもいいから……優くんに似合うと思って買ったの……だからもらって」
　それでもいい？　百合はそれでもいいの？　百合……僕を想わないで。百合……僕にかかわらないで……。
　僕は百合に紙袋を押しつけた。
「百合……お願いだから……この香水は違う奴にあげて」
　百合の目から涙があふれだす。
「私……優くんにもらってほしい……」
「俺は受け取れない……百合を忘れたいから」
　僕はこう言い捨てて、勢いよくドアを開け、家の中に入っていった。
　僕は百合を受け止められないから。僕は完全に百合から離れた。勢いよく閉まる音が僕の心を余計に苦しめる。その場にしゃがみ込むと苦しさが涙となって頬を伝う。
「……うぅ……ぐすん。ごめ……ん……百合……俺……」
　百合ごめん……。あんなひどいことをして……。あんなひどいことを言って……。百合……ごめん……。
　外は雨が降りだした。この雨は僕の涙のように、この空は僕の心のように、雨を降らせ続けた。

——短い冬休みが終わった。

　僕は学校で百合を見るとまだあの感覚に襲われるんだ。あの百合を見た時と同じ感覚。

　ドクン……ドクン……。

　僕は何も変わっていなかったんだ。毎日必死に抑えた。僕は誰にもバレないように必死に……。でも歩や沙紀にはバレてしまうんだ。

「優……後悔してるんじゃねぇの？」

「後悔？」

「まだ百合を好きなんじゃねぇの？」

「俺が？　んなわけないだろ。俺はもう、あいつにあきれたんだ」

「でも体は正直だろ？」

　確かにそうだった。

　百合を見るたび、僕の鼓動は速く動きだす。僕は百合が好きだった。嘘をつかれても、ひどいことをされても、僕は百合が好きで仕方がなかった。

「優の顔を見てるとさ……あの頃と変わらねぇんだよ」

「あの頃？」

「そう。あの頃。入学したばっかりん時。優が百合を見つめてる時と変わらねぇもん」

　自分ではわからなかった……。僕は変わっていなかったんだ。自分では変わったと思っていた。でも変わってなかったんだ。

「歩……やめてくれ、もう百合を思い出したくない……」

僕はあの記憶がよみがえらないように強く目を閉じた。
「百合がまだ好きなんだろ？　毎日、百合を思い出してるんじゃねぇの？」
「……」
　歩の言葉が僕の強がりをとかしていく。
「おい!!　優!!!!」
　歩は僕の優柔不断な態度を見て、大きな声を張り上げた。
「……俺は百合を好きじゃないんだ……」
「嘘つけって!!!!」
「嘘じゃない」
「……もしそれが本当なら後悔すんなよ」
　後悔……。
　後悔なんていくらでもする。いくらでも……。

　百合、僕は君に会えて幸せでした。君に会えて成長したと思う。傷ついたりもしたけど、君に何かをもらった気がするんだ。君を好きになって後悔はしていないよ。君を愛していた。君を離したくなかった。
　ごめんね、百合。ずっと祈っているよ。君が幸せになるのを。君に好きな人ができるのを。僕は願うよ。僕は百合の隣にいなくなるけど、百合は大丈夫だよね。百合は強いもんね。百合……さようなら。
　でも百合は強くなかったんだ。百合は僕と同じ弱虫だったんだ。百合は僕と似ていたんだ。
　こうして僕の1年生の日々は幕を閉じた。

第2章

桜

　百合がいない生活が当たり前のようになっていた。
　桜が咲きはじめる。僕は２年生になった。
　そういえば、こんな季節に僕は百合と出会った。君と出会えて幸せだった。でももう百合は僕の隣にはいない。もう忘れよう。百合が前に進むため。僕が前に進むため。

　始業式。
　クラス発表。僕は何組になっただろう。
「優〜」
　後ろから歩の声が聞こえてくる。
「おっ!!　歩じゃん!!　久しぶり」
「だなぁ。俺たち、同じクラスだぜ☆　あと沙紀も」
「やったじゃん!!!!」
　百合は……？　百合は同じクラスじゃないの？　僕はクラス発表の張り紙を見た。……そこには百合の名はなかった。百合は別のクラスだった。
　僕は何を期待しているのだろう。もしまた同じクラスになったらつらいのは百合のほうだ。百合にもうつらい思いはさせたくない。百合、頑張れよ。
　僕は新しい教室へと入っていく。
　新しいクラス。２年６組。担任は１年の時と同じ林先生。歩、沙紀、先生。変わっていたのは、横に百合がいないと

いうことだけだった。
「優は最近どうよ？」
「俺？　なんもねぇ……」
　本当に何もなかった。春休みはバイトばかりのつまらない日々を送っていた。毎日、学校へ行って、そしてバイトに行って家に帰る。その繰り返しだった。家からあまり出たくなかった。思い出すから。百合とのことを。この街には百合との思い出が多すぎだから。百合との出来事を思い出すと、僕は胸が苦しくなる。だから僕は外へ出なかった。
「優は彼女作んねぇの？」
　この歩の質問に僕は戸惑いが隠せない。まだ百合が好きだったから。だから僕は彼女を作らないんだ。
　すると僕の肩を叩く人がいた。
「……友達にならん？」
　こう話しかけてきたのは後ろの席の１人の男の子。すごくさわやかで体育会系。肌は黒く焼けていた。まるで人懐っこい猫のようだ。
「おー、いいよ、俺、鈴木優!!　優でいいよ」
「優か……よろしくな。俺は土屋安里だから」
「安里な☆　よろしく」
　これが安里との出会いだった。
「安里〜じゃあな」
「じゃあな。優!!」
　安里はさわやかに教室から去っていった。
「歩、沙紀。じゃあな」

「お〜」
「ばいばぁい」
　この別れの言葉で1日が終了する。

　時がすぎ、桜はすっかり散って、梅雨の季節に。
　クラスにはだいぶ慣れた。ある日の休み時間。
「優はさ〜、今、彼女欲しいとか思わん？」
　突然、安里がこう言ってきた。
「……いらねぇなぁ」
　僕は冷静に答え、見ていた雑誌のページをめくる。
「あのさ……変なこと聞くけど、小林さんと別れたの？」
　この質問にびっくりした。僕たちが昔、付き合っていたことは学年全員知っていた。当然、別れたことも知っていると思っていた。
「……別れた！！！！」
　僕はあせりながら次々にページをめくっていく。
「なんで？」
「だってあいつ嘘つくもん」
　百合……。"あいつ"呼ばわりしてごめんね……。
「……そっかあ」
　安里は少し安心したようなため息をもらした。
「どうした？」
「いや……何も」
　僕はこの時の安里の変化に気がつかなかった。

そしてもう梅雨の時期となっていた。
　毎日雨ですごく嫌になる。憂鬱だな……。
「鈴木くん〜」
　僕を呼ぶ先生。
「なんすか？」
「これ、ちゃんと行きなさい」
　と、1枚の紙をもらった。
【鈴木優　身だしなみ　放課後に職員室まで】
　ヤバっ。引っかかった……。当たり前だよな。今の僕は学年一目立つ髪の色をしていて、ピアスもつけていたから。

　僕は放課後、仕方なく職員室へ向かった。
　——ガラガラ。
「失礼します」
「鈴木、こっちへ来なさい」
　生徒指導の先生が僕を見つけ手招きをする。僕は生徒指導の先生のほうへ向かった。
「なんだ、この色とピアス」
　先生は持っていたボールペンで僕の髪を触る。
「はい……」
「なんでこんなことをした？」
　——百合に嫌われるため。
「わかんないです」
「お前、成績よかったじゃないか。今はどうしたんだ」
　——百合から離れるため。

「……」
「戻せなんて言わないから、ちゃんとしろ」
「……はい」
「もう行っていいぞ」

　先生は再び、仕事をはじめた。
「失礼します」

　僕は先生の背中に向けて言い、職員室のドアを目指す。僕が職員室を出ようとした時、いきなりドアが開いた。そこには百合が立っていた。僕の目の前に百合が立っていた。

　ドクン……。

　こんな近くで百合を見たのは久しぶりだった。どうしよう……。僕たちの目が合う。
「優っ、あっ……鈴木くん……久しぶりだね」
「……あぁ」

　僕はこの状況に耐えることができずに逃げだした。

『鈴木くん』

　百合は僕との約束を守ってくれていた。でも寂しかった。こうやって百合とは離れていく……。少しずつ……少しずつ。僕はそれがとてもつらい。

　憂鬱だった梅雨の時期が明けようとしていた。そして夏がやってくる。セミの声がうるさい。暑い。何もかもがダルい。でも僕は学校へ行く。

　そんなある日、僕は歩からある話を聞いた。
「何か〜沙紀が言ってたけど、安里って百合と付き合って

るらしい……」
「……そうなんだ」
「安里が告ったんだって」
「ふ〜ん……俺には関係ないし」

　僕の気持ちが曇る。そうだったんだ……。百合は今、安里と付き合っているんだ……。でも僕は、安里を恨まなかった。友達だし一緒にいて楽しいので、知らないフリをした。見つめていたんだ……。

　僕じゃなかった。ただの思い込みじゃないか。でも僕は安里を恨(うら)んだりはしなかった。友達としていい奴だし、一緒にいて楽しいから、知らないふりをしていた。

　時はすぎ、もうすぐ夏休みになろうとしていた。
　僕は帰る時、安里と百合を見てしまった。
　2人は手をつないで帰っていた。百合は楽しそうに笑っていた。昔、僕たちが一緒に帰っていた道で今、百合の横にいるのは、安里。安里に代わっただけなのに、苦しい。なんだろう……この気持ち。このモヤモヤした気持ち。これって……ヤキモチ。僕が昔、和樹に妬いていたヤキモチを、今は安里に対して妬いている。まだ僕は百合を忘れていないんだ。百合との思い出は、もう昔のことだけど今もはっきり思い出せる。まだ僕の中は百合でいっぱいなんだ。

　あっという間に明日で終業式だった。本当に早かった。また夏休みもバイト三昧なんだろうな……。

〜〜♪
　部屋でのんびりしていると突然、携帯が鳴る。携帯のランプが眩しく光りだした。
「んーどうした？」
《あっ、優〜？　私、あみぃ》
　あみは百合と別れたあとに出会った子。違う高校で、百合を忘れたくて、よく遊んだりしていた。けど電話がかかってくるのは久しぶりだった。
「おー、どうした？」
《優さ〜、8月27日ヒマ？》
　聞いた瞬間、目の前が暗くなっていく。8月27日……。
　百合の誕生日。僕たちが結ばれた日。
《優〜？》
「……あっ、うん〜。バイトないからいいよ」
《本当にぃ〜!?　その日〜祭りあるから一緒に行こ》
「わかった」
《じゃあにぃ〜》
　あみの元気な声が聞こえなくなった。聞こえるのは、強い風の音と、僕の鼓動だけ……。去年の思い出が頭をよぎる。あの日は幸せだったな。今年の百合の誕生日は安里が祝うのかな……。百合の部屋で……。あの場所で……。あの時間に……。また僕をヤキモチが襲いかかる。
　ドクン……ドクン……。
　もう一度人生をやり直せるのなら、僕はあの日に帰りたい。百合はいつに帰りたいかな？

そして８月27日。
とうとうその日は来てしまった。
百合……誕生日おめでとう。携帯にメールが送られてきた。差出人はあみ。
【今日６時に駅ね〜ヽ(*´∀`)ノ】
【わかった☆】
６時に、あみと駅で待ち合わせすることになった。
百合の誕生日はあみとの予定で埋まっていく。百合に直接おめでとうって言いたかった。
百合は僕と別れたあと、僕の誕生日に家まで来てくれた。でも僕は百合に最低なことをした。僕は百合を祝う資格なんてなかったんだ。
17時半をすぎた時、僕は駅に向かった。
駅に近づくにつれ、次第に人が増えていく。駅は人であふれていた。あみどこかな……？　僕があみを探していると、人込みの中に安里を見た。その横には当たり前のように百合がいた。
僕はすぐ視線をそらした。諦めよう思っているのに、諦められない。現実逃避するようにぎゅっと目を閉じた。
「ゆっ、優〜!!!!」
すると人込みの中から、あみが姿を現した。
「あみ、大丈夫？」
僕はあみの体を支えて、人ごみの少ない場所へと移った。
「せっかくの浴衣なのに〜」
あみは乱れた髪を直していた。

「かわいいじゃん！」
「そう〜？　ありがとぉ」
　あみは本当にかわいかった。ピンク色の浴衣がとても似合っていた。
「すごい人だな〜」
　それにしても、あたりにはすごい人。歩けるスペースなどないに等しい。
「本当……でも楽しい！」
「まじか」
「だって優が一緒だもん」
　僕はこのあみのサインに気がつかなかった。僕の頭の中にあったのは、百合と安里のことだけだったんだ。今何しているのかな、今何を話しているのかな、とか。思いたくなくても思っちゃうんだ。
「優？　どうしたの？」
　あみは急に黙ってしまった僕を不審に思い、顔をのぞき込んできた。
「え？……なんでもないよ」
「……楽しくなかったかな？」
　悲しそうな顔を見せるあみに、僕は笑顔を作った。
「んなワケないじゃん」
「よかったー。……痛ッ」
「どうした？」
「足が痛くて……」
　あみはその場にしゃがみ込み、足の小指を押さえていた。

「休もっか？　手貸せよ」
「うん……」
　僕はあみの手を握ろうとしたんだ。
　ドーン。
　花火の音が鳴る。すると向こうから誰かが泣きながら走ってくる。白の浴衣姿のかわいらしい人。そう、百合が走ってきた。
　百合に気づいた時には、僕は走っていた。百合がいるほうへと。その場にあみを置いて。人込みの後ろから、あみが呼んでいる。でも僕には聞こえない。
　人込みの中から百合の手を握って引いた。久しぶりの百合の感触。思い出すあの記憶。
「……百合？」
　百合は驚いていた。百合の目には涙があふれていた。
「百合？　どうしたの？」
　百合の大きな瞳から次々と涙が流れてくる。
「……鈴木くん……なんでもないよ！」
「安里は!?」
「ケンカしちゃったぁ……」
「あっちで話そ？」
　僕は百合の手を握ったまま静かなところへ行き、百合の隣に座って話を聞いた。
「なんでケンカしたの？」
「私が悪いの」
　百合は流れた涙を手でぬぐい、静かに言った。

「⋯⋯安里、心配してると思うよ」
「⋯⋯そうね」
「⋯⋯久しぶりだね」
　僕は夜空に散る色とりどりの花火を見た。大きな音を鳴らして散っていく花火。
「ん？」
　大きな音で聞き取れなかったのか、百合はもう一度聞き返してきた。
「こうやって隣同士で話すの」
「そうだね」
「百合は⋯⋯ちゃんと前に進んでる？」
　この僕からの質問に百合はすぐに答えなかった。
「前に⋯⋯進んでるよ」
　僕はこの言葉に少し悲しくなった。百合を応援するって言ったのはいいけれど、本当は少し複雑だったんだ。
「そっか」
「鈴木くんは？」
「俺？　俺も少しずつ進んでる」
「よかった⋯⋯」
　〜〜♪
　百合の携帯が鳴る。静かな場所に鳴り響くのは、失恋ソング。
「安里くんだ⋯⋯私、行くね」
「道わかる？」
「うん、大丈夫」

「気をつけてね」
「ありがとう、バイバイ」
　百合は安里の元へ帰っていった。
　僕は引き止めることのできない、ただの弱虫だった。
　〜〜♪
　次に鳴ったのは僕の携帯だった。着信はあみからだ。
「あみ……ごめん」
　僕は最初にあみに謝った。
《心配したよ〜どうかしたの？》
「知ってる人だと思ったら違う人だった」
　僕は苦手な嘘をつく。
《びっくりしたよ。いきなり走りだすから》
「ごめんね？　1人にして」
《大丈夫だよ！　ねぇ……優？》
「何？」
《優は1人で抱え込みすぎだよ……》
「うん……そうかもね」
《優……私に言ってよ。私、優の力になりたい……》
　……ドーン。
　また大きな花火の音が鳴る。
　美しさに感動する人々。でも、僕には何かが終わりを告げるかのような音に聞こえた。僕の答えははっきりしていたんだ。僕は百合が好き。だからあみは断った。
　もう迷わない。迷うわけがない。でもこの先、僕の道は迷路になる。出口のない迷路へと。

新たな出会い

　　緑色の葉が茶色に変わっていく。

　　夏は終わろうとしていた。そして秋が来る。2年生の2学期になっていた。2学期といえば、文化祭と修学旅行がある。修学旅行は沖縄。とても楽しみだった。

　　ある日のホームルームの時間。

「来月10月に修学旅行があるのでその班決めをします」

「優〜どうする？」

　　歩が振り返りながら言う。

「なんでもいいよ〜」

「優〜、歩〜、俺あっちの班行くから、ごめんな」

　　すると安里が両手を合わせてこう言ってきた。

「お〜わかった」

　　安里は違う班へ行ってしまった。

「じゃあ、俺と沙紀と優にしよ〜ぜ」

「沙紀いいの？」

「うん！　歩と回りたいし！」

「じゃあ、もう1人どうすんの？」

　　班は4人から6人。僕たちは3人で1人足りない状態だった。あたりを見回すともうほとんどの班ができていた。

「みんな決まった〜？」

　　先生は腕時計を見ながら言う。

「先生〜俺たちの班1人足りない！！」

「誰か余っている人がいるんじゃない？　足りないことはないはずよ」
「先生、私が余っています」
　そう手をあげて言った人。姿勢がとてもキレイで、みんなと違う空気を持つ女の子。目がくりっとしていて、小顔で背が高く、まるでモデルのような人。こんな人、クラスにいた？
　これが僕とナナの出会い。
　ナナが僕たちのほうへと歩いてくる。
「ごめんね？　迷惑じゃない？」
「全然！　よろしくな!!」
　歩が笑顔でナナを受け入れた。
「私、広瀬ナナっていうから……それに私なんか入ってよかった？　沙紀さん……ごめんね？」
「気にしないで!!　それに私のことは沙紀でいいから！　私はナナって呼ぶ！」
「ありがとう」
　ナナは安心した表情を浮かべてほほ笑んだ。
「座れよ」
　僕はナナを輪の中に入れる。
　ドクン……ドクン……。
　忘れかけていたあの感覚がよみがえる。百合の時と同じ感覚。横にいるのは百合じゃないのに。なんでだろう。ただ、初めて話したから緊張しているだけなのかもしれない。僕は百合が好きなんだ。でもなぜかナナが横にいると、百

合のことは意識からなくなっていた。
「沖縄って言ったら〜海だよな!!」
「そうだね〜! でも10月だとね〜……」
「だな〜」
「でも夜の海はキレイだと思うよ」
　ナナが僕たちの会話の中へ入る。僕はうれしくなるんだ。
「えっと……鈴木くん……だよね?」
　するとナナが僕に話しかけてきた。まわりの声で、あまりはっきりと聞き取れなかった。
「え?」
「間違ってる?」
「……優でいいよ」
「じゃあ、優ね。大丈夫?」
「え? 何が?」
「優はいつも何か考えてるから」
「……」
　ナナは僕の心が読めるのかな。ナナが僕を救ってくれるって思ったんだ。僕の心に１つの救いの手が差しのべられてきた。それは百合の手? いや、違う。すっとしていて細長い指。そう、ナナの手だったんだ。ナナといると僕はなんだか不思議な気持ちになる。トゲが１つひとつ丁寧に抜かれていくような気がする。そんな気がしたんだ。
「歩〜俺バイトあるから帰る〜」
「おーじゃあな」
　僕は歩たちに別れを告げて帰っていった。

「優」
　突然ナナが僕を呼んだ。
「どうした？」
「うん……優ってさ、小林さんと別れたの？」
「……おー」
「でもまだ好きでしょ？」
　なぜナナはわかるのだろう。僕がまだ百合を好きだって。
「優、わかりやすいよ？　優の弱み握っちゃった」
　ナナはうれしそうに八重歯を見せて笑った。
「言うなよ？　俺、バカみたいじゃん」
「……バカじゃないよ……仕方ないよ……」
　突然ナナの顔が曇る。
「？」
「なんてね！　また明日ね」
　手を数回振り、ナナは僕から遠ざかっていった。
　ナナは何が言いたかったのだろう。この時に膨らんだ気持ち。それは、"もっとナナのことが知りたい"という気持ちだったんだ。
　そんな気持ちを胸に抱き、僕はバイトに向かった。百合と別れたあとすぐにバイトをはじめた店でまだ僕は働いている。

　気がつけば外は真っ暗になっており、時計の針は夜の10時を示していた。長かったバイトが終わる。疲れた、と思いながら、暗い道を歩く。道路を挟んだ反対側の道に、見

覚えのある人が歩いていた。

　それはナナだった。こんな時間に何をしているのだろう？　女の子が1人で。僕はナナの顔を見てみた。外灯に反射して何かが光る。それは、涙だったんだ。あれは涙？　ナナ泣いているの？　ナナの涙は何かに似ている。あの日の百合の涙に似ていたんだ。

　ドクン……。

　ナナが気になる。僕は百合がまだ好きなのに、ナナが気になるんだ。本当に僕はずるい人間だ。

　長い夜が明け、朝になった。

　頭の中からナナの涙が消えない。僕はいつもどおりに学校へと行った。

「優〜、おはよ」

　近くから誰かの声が聞こえた。僕は視線を地面からサッカーゴールに移す。

「お〜、安里」

　そこには手を振っている安里がいた。安里はまだ百合と付き合っているのかな。気になるけれど、聞かない。聞けやしない。またヤキモチを妬くから。

　僕は教室に向かう。まだ歩と沙紀は来ていない。教室にはナナがいた。本を読んでいた。

「ナナ？　おはよ」

「おはよ」

　ナナはニコッと笑う。昨日の涙が嘘のようだ。

「ナナ……昨日……」
「ん？　昨日？」
「いや、何も」
「そう？」
　ナナは本に目を戻す。その姿を見てなんだか胸が苦しくなる。ナナのことが知りたい。そう思っていた。
　ふと僕はカッターシャツからのぞいていたナナの手首を見た。そこにはたくさんの切り傷があったんだ。
「ナナ……お前、手首……」
　そう言うとナナは手首を隠し、あわててどこかへ行ってしまった。
　──ナナ、君は僕と似ている。
　こう思ったのは、君の過去を知ってからなんだ。ナナ、僕は君の中に入ってはいけませんか？　僕は教室から勢いよく出ていったナナを追いかけた。
「おっ、優〜？」
「歩、おはよ!!　ちょっと行ってくる」
「どこにだよ？」
「ナナのとこ」
「広瀬？」
　100メートルほどある長い廊下を懸命に走る。人を次々に追い越しながら、僕は探した。ナナを。ナナはどこにいる？　いない。ここにもいない。どこにもいない。秋だからといって涼しいわけではない。僕の額から汗がにじみ出てくる。僕は最後に屋上へ行った。

そこには下を向いて座っているナナがいた。
「ナナ……」
「来てくれたの？」
「ナナ……何があったの？」
　ナナは寂しい瞳をして遠くを見つめた。
「今は言えないかな」
「……話したくなったら言えよ？」
「優は……優しいよね」
　こう言ってナナは僕を見る。
「全然。俺は百合にひどいことしたから」
「ひどいことしたって思っているから優しいんだよ」
「……そうか？」
「私、優には頼らない!!　優が大変だから」
「なんで？　頼ってよ」
「優は自分のことでいっぱいでしょ？」
「……」
「優、無理しちゃダメだよ」
　キーンコーンカーンコーン。
　授業がはじまる音。まだナナと話したかった。
「授業はじまっちゃったね」
　ナナが立ち上がろうとした。
「もう少しいろよ、てか、いてください」
　僕は帰ろうとしたナナの腕をつかみ、引き止めた。
「……はい」
　僕たちは授業が終わるまで話し続けた。ナナと話してい

ると落ちつくんだ。こんな気持ちは百合の時以来。僕は前に進んでいる。確実に。1歩、1歩。そして百合を忘れていく。1つ、1つ。

　僕とナナは次第によく話す仲になっていた。だんだん僕の中の百合の存在がなくなっていく。代わりにナナの存在で埋めつくされていった。

　今日のホームルームは、修学旅行で何をしたいかなどを計画するという。班で集まって計画を立てる。修学旅行まであと1週間。みんな楽しみなのか、すぐに教室がざわめく。僕もその1人。だって、ナナがいるから。
「なあ〜、どこ行くー？」
「行きたいとこあんまなぁい……ブラブラしたいなぁー」
　沙紀はガイドブックを真剣に見ていた。
「優と広瀬は？」
「俺ー？　俺もあんまない」
「私は……星の砂が欲しいな」
「星の砂ぁ!?」
　僕と歩と沙紀が口をそろえて言う。
「うん……沖縄ではすごく有名なの。欲しいなって」
「何かきれいそう！　沙紀も欲しい〜」
「よし!!　じゃあ、星の砂、買おうぜ！」
　こう言って歩は沙紀が見ていたガイドブックを横取りし、星の砂について調べていく。
「でもどこに売ってんの？」

「……それが……わからないの」
「……まじ?」
　それを聞いて歩の動きが止まる。
「いいじゃん!!　探せば!　絶対あるよ」
　そんな歩を見て沙紀が歩の背中を叩いた。
「ごめんね?　何か……わがままで」
「全然いいし!!　気にすんな」
　歩は満面の笑みを浮かべ、ガイドブックを閉じた。
「ありがと」
　ナナはクスッと笑う。その瞬間、僕の心が動きだした。
　ドクン……。
　百合に感じたあの感覚。僕はこの修学旅行で、また涙を流すことになるなんて思っていなかったんだ。

「優～、今からヒマ?」
「お～、バイトないしヒマ～」
「今日沙紀が部活だから一緒に帰ろうぜ」
　歩と帰るのは久しぶりだった。
「優、どっか行こ?　ハラ減った」
「お～」
　僕たちはファーストフード店へ向かった。メニューを頼んでテーブル席に座る。
「優はさ……広瀬が好きなの?」
　僕は思いきりむせてジュースをこぼしそうになった。
「はっ?　なんだよ……いきなり」

「気になったから〜。好きなの？」
「……わかんねぇ。ナナはほっとけない。今思えば、もう俺、百合のこと忘れてきてるんだ」
「そっか……あっそういえば、安里と小林、別れたらしい」
　ドクン……。
「えっ？」
「つい最近だってさ」
　歩はジュースを飲み、僕を見た。
「そうなんだ」
「これ聞いてどう思った？」
　歩は僕の反応を見て面白がっているのだと、思っていた。
「……別に」
「ふぅん。つうか〜沙紀が言ってたけど、広瀬って何か壁みたいなものあるよな」
「壁？」
「お〜。だってダチ作らねぇじゃん？」
　そういえばそうだ。ナナは休み時間いつも本を読んでいる。沙紀以外の女子と話しているところなんて見たことがなかった。
「何か近寄りにくいよな」
「そう……か？　いい子だよ……」
「優は広瀬のことになるとうれしそうにするよな」
　こう言うと歩は怪しく笑った。
　歩には勝てない。歩は僕のすべてを見抜いているように思う。歩がいなかったらきっと立ち直れそうになかった。

そんな気がするよ。

　歩と別れてから、僕は考え事ばかりした。
　——百合と安里は別れた。
　——ナナは僕たちに心を開いてない。
　でも一番考えたのは、やはりナナのこと。ナナが気になって仕方がない。僕はナナが僕たちに心を開いていないって聞いてから、すごく寂しかった。ナナを振り向かせたい。ナナとの距離を縮めたい。そんな感情が高まっていった。
　あと３日で修学旅行。準備をしなきゃと思っても、なかなかできない。今日帰ってからやろう。こう心に決め、僕は学校へと向かった。
　下駄箱にナナがいた。いつもなら早く来て、教室で本を読んでいるのに、今日はめずらしく遅かった。
「ナナ？　おはよ」
「あっ、おはよ」
　……ドサッ。
　ナナのカバンの中から何か落ちたみたいだ。
「ナナ？　何か落ちた」
　僕は落ちたものを拾った。どうやら本みたいだ。小説ではなくて、詩集だった。
「はいっ……これ。ナナ、詩が好きなの？」
「ありがとう。うん、好き」
「おもしろい？」
「うん、優も読んでみたら？」

「俺、文字苦手」
「そう？」
「うん。でも読む機会があったら読んでみる」
　ナナと話していると夢中になってしまう。教室までの時間がいつもよりとても長く感じられた。
　教室につくと、ナナはすぐに自分の席に座って本を読みだした。昨日の歩から聞いた言葉が離れない。
『広瀬って何か壁みたいなものあるよな』
　本当にそうかな？　もし壁があるのなら、あんなふうに話してくれるかな。僕は1日中そのことについて考えた。

　学校帰り、修学旅行で必要なものを買いにいった。歯ブラシと、新しいスウェットと、ワックスとシャンプーとリンス。あと何がいるっけ？
　本屋の前を通りすぎようとした僕は、何かに導かれるように、その道を戻って本屋に入り詩集を探した。ナナがよく読んでいると言った詩集を。
「えっと、えっと……」
　たくさんの種類の詩集があって、どれが今日ナナが持っていた詩集かわからなかった。確か題名は……『涙あふれる詩集』だった気がする。
「涙あふれる……涙あふれる……あった」
　詩集コーナーの一番端に、それはあった。僕はその詩集を手に取り、レジへ向かった。
　買い物を終え、家に帰って詩集を読んだ。読み終わると、

僕の目には涙があふれていた。すごく感動した。
一番感動した詩は【君の隣】。

僕の隣には君がいて君の隣には僕がいる
これが当たり前だと思っていた
でも今の僕の隣には君の姿はなく、誰もいない
君は、どこに行ってしまったの？
僕は君を探したよ。何日も何時間でも何年も……
でも君を探しだせなかった
僕はなんて愚かな人間なのだろう
君を見つけることができないなんて
早く出てきてよ
僕の隣は君しかダメなんだ
君の隣は僕の一番の特等席なんだ
僕はいつまでも君を探し続ける
そして僕は君の隣から離れないよ。永遠に

この詩を読んで僕は考えた。僕の隣には誰が必要だろうか？　ナナ？　百合？　この答えが見つかるのはまだ先のことだった。
僕はその詩集を本棚へしまう。ナナが教えてくれた詩集を大事にとっておこう。そう決めたんだ。そして僕は今日買ったものをカバンの中に詰めはじめた。
修学旅行が楽しみだな。楽しみが増えると１日がとても短い気がした。

修学旅行当日。
　僕は出発ロビーに向かう。ほとんどの生徒が来ていた。
「優〜」
　僕を呼ぶのは歩だ。彼のいるほうへ向かった。僕は気づかなかったんだ。この時、百合とすれちがっていたことに。
「おはよ、今日暑くね？」
「まじ暑い〜でも晴れてよかったな」
「お〜」
　今日は快晴。太陽が雲の隙間から元気な顔を見せてくれていた。すると誰かが僕の肩を叩く。僕は後ろを向いた。
「優おはよ」
　そこにはナナの姿があった。
「ナナじゃん、おはよ」
「並ばないの？」
「並ぶよ？」
　僕たちはクラス順になって並んだ。先生がチケットを配布する。沖縄までは２時間ぐらいでつく。僕たちは沖縄へと旅立った。
　僕は飛行機の中でずっと寝ていた。朝が早かったから。

　飛行機は目的地である沖縄へと到着した。
「沖縄〜!!」
　歩はすっかり観光気分で、さっきからずっとこの調子だ。つられて沙紀もはしゃいでいた。僕は眠い目をこすりながら、まわりを見た。沖縄は僕が住んでいるところと全然違っ

た。ビルなんてないし、何より空気がおいしかった。

　次に僕たちはバスに乗る。僕の隣はナナ。歩と沙紀を隣同士にしてあげた。ちょっとした心遣い。僕は窓側に座った。僕はずっと外を見ていた。ナナのほうは見れなかったんだ。すごく緊張していて……。もしかしたらナナに僕のこの鼓動が聞こえたかもしれない。

　バスが走っていく。移り変わる景色。海が見えはじめた。青く、透き通った海。僕はナナを呼ぶ。
「ナナ、見て。海きれいじゃね？」
「あっ、本当だ〜。10月なのにきれいだね」
「なぁ〜夏とかだったら泳ぎたかった」
「私も」
　僕はだんだん楽しくなっていった。それは横にナナがいるからかな？　沖縄という違う場所だからかな。

　……沖縄の海に夕日が沈んでいく。もう夜になろうとしていた。
　僕たちはホテルの部屋へと向かった。
「じゃあ、沙紀、またあとで行くから」
「うん、わかった」
　僕と歩はいったん沙紀とナナと別れて、部屋へと向かった。
「優〜何号室？」
「確か602」
「ＯＫ！　あっ、ここだ」

僕は先ほど渡された鍵で部屋のドアを開けた。
「ついた〜」
　僕たちは部屋の中へ入り荷物の整理をしはじめた。僕はふと景色を見た。ここから見えるのは一面に広がる夜の海。
「すげ〜」
　僕はただその景色に感動していた。
「全然地元の景色とは違うよな‼」
　僕と歩は興奮を抑えきれなかった。
「この感動を沙紀と広瀬にも伝えようぜ」
「いいね！」
　僕と歩は沙紀たちの部屋に向かう。
「沙紀の部屋は〜508‼」
「なんで俺らの部屋の番号は忘れてて、沙紀たちのは覚えてるんだよ」
「へへ〜」
「まぁいいけど」
　僕たちは沙紀とナナの部屋につき、歩がチャイムを押す。
　ピーンポーン。
　部屋の奥から沙紀の声が聞こえる。
「は〜い」
「おっす」
「早いね〜！　入って入って！」
　沙紀が僕たちを中に入れる。
「おじゃま〜」
「沙紀〜、景色見た？　ヤバくね？」

「見たよ！　キレイだよね」
　僕が沙紀とナナの部屋に入って気づいたこと。あれ？部屋に……ナナがいない。
「あれ？　沙紀、ナナは？」
　僕は不思議に思い、歩と景色を眺めている沙紀に聞いてみた。
「あ〜さっき風に当たりにいくって言って、外に行ったよ」
「こんな時間に？」
　時計を見ると、もう夜の9時を回っていた。ナナが心配でたまらない。
「俺、ナナ探してくる。悪いな」
「いいよ〜」
「行ってこい！」
　沙紀と歩に言われて、僕は部屋をあとにする。
　ナナはどこにいるのだろう。僕は無意識のうちに、海に向かっていた。真っ暗で何も見えない。ここにはいないのかなと思った。でもナナはいたんだ。浜辺にちょこんと座って、海を見ていた。
「ナナ？」
「あっ、優……」
「どうした？　考え事？」
「ん……疲れたから、風に当たりたくて」
「そっか、でも冷えるよ」
　暖かい南の島だからといって油断はできない。ましてや今は10月だ。風邪を引くかもしれない。

ザーン。
　波の音が遠くなったり近づいたりする。同時に潮風も当たる。
　ナナは何を考えているのだろう。こんなところで、しかも１人で。頭の中に歩から聞いた言葉がよみがえる。
『広瀬は心を開いていない』
「ナナはさ……」
「何？」
「俺たちに心……開いてる？」
　僕は思いきって聞いてみたんだ。
「え？」
「ナナは１人で考え事してる時が多いし、友達作らないし、俺たちと話してる時とか何か違うっつーかさ……」
「……そうだと思う？」
「うん」
　ナナ……この時の僕は無神経すぎたね。でも、それでナナの心を開くことができた気がするよ。
「……私もいろいろあるのよ」
「何？　いろいろって!!!!」
「気になる？」
「うん」
「ダメ。絶対、幻滅するから」
「なんで？　俺、ナナのこともっと知りたい。ナナの力になりたい!!　そばにいたい!!」
　勢い余ってとても恥ずかしいことを言ってしまった。

ザーン……。
　波の音しか聞こえない。
「優、何を言ってるの？」
「まじだよ……」
　僕の頬が赤く染まっていく。
「優は、私の過去を聞いたら、私から逃げだすと思うよ」
「過去？　過去に何かあったの？」
「……」
「ナナ？」
　ナナの頬に雫みたいな液が伝わっていた。
「……ナナ泣いてるの？」
「……ご……めんね、ここまでしてくれる人、初めてだったから」
「ナナのことほっとけないから。ナナのこと守りたいから」
「……ありがと……優だけだよ……私に手を差しのべてくれたの」
　ナナ……僕もその言葉をナナに返すよ。僕も君が手を差しのべてくれたから、僕は百合のことを忘れられたんだ。
「……優……途切れ途切れになっちゃうけど、私の過去を聞いてくれる？」
「うん……ちゃんと聞く」
「お願いだから、逃げださないで……そばにいて」
「うん、そばにいるよ。ナナ……」
　ナナはゆっくり話しはじめた。僕はナナの過去へとタイムスリップする……。

過去

【ナナside】

　私は広瀬ナナ。

　小学生までは積極的で、とても明るく、男子からも女子からも人気があった。だけど中学の時、私の中の何かが変わった。

　ある日の休み時間、私の人生が大きく傾いた。

　いつもどおりの毎日。いつもどおり友達と会話を楽しんでいた。

「ナナってさ〜、本当すごいよね」

「えー？　なんで!?」

「だって頭いいし、スポーツできるしぃ」

「そんなことないよ」

　私はみんなが好きだ。話していると楽しいし、癒されるから。でもある事件がきっかけで私は変わりはじめた。

　ガラッ……。

　担任の先生が勢いよく教室のドアを開ける。びっくりする生徒たち。

「広瀬……ちょっと来い」

　私は深刻な表情をした先生に呼ばれた。

　何か嫌な予感がした。

「落ちついて聞け……今、電話があってな、ご両親が事故で亡くなったそうだ……」

「……え？」

　私は先生の言っている意味がわからなかった。理解できなかった。

　両親が亡くなった？　今日行ってらっしゃいと見送ってくれたのに……？　私はただ立ちすくむだけだった。

　私は急いで先生の車に乗り、病院に向かった。

　移動中、ずっと手が震えていた。自分で両親の存在を確かめるため。現実を見るため。静かすぎる病院の廊下を走った。5歳上の兄はもう来ていた。

「お兄ちゃん!!　……お父さんとお母さん……は？」
「……ナナ」

　兄は首を横に振るだけだった。目から涙があふれていた。この時、現実がはっきり見えた。両親が死んだという現実。
「お兄ちゃん……嘘だよ……」
「嘘じゃないって!!　本当だよ……」

　現実が見えたはずなのに、うまく見えない。

　なんで……？　涙で視界がおかしくなったのかな。
「……これからどうするの？　お父さんもお母さんもいなかったら……どうするの？」

　本当にどうすればいいのだろう。私たちが生まれる前にお祖父ちゃんもお祖母ちゃんも亡くなっているから私たちは行くあてがなかった。
「……あとから考えよ……家に帰るぞ。もう手続き済んだから」

　兄が私の手を握ってくれた。震えた手をぬくもりで包ん

でくれた。
「うん……」
　まだ中学3年生の兄がとても男らしく見えた。兄も不安でいっぱいなのに。ずっと私の手を握って家まで行ってくれた。

　真っ暗で誰もいない家につく。
　今日元気よく出ていった家。笑顔で送ってくれた母がいた家。私が行く前に「今日も頑張れよ」と言って会社へと向かった父がいた家。
　今では「ただいま」と言っても、お母さんの笑顔もお父さんの笑顔も見えない家となっていた。また涙が出てくる。かすかに残るお母さんの匂いで、まだお母さんがいる気がした。「おかえり」って笑顔でリビングから顔を出してくれそうだった。
「……お母さん……いるの？」
　私は幻を見た。笑顔のお母さんを。
「ナナ……？　何を言ってんだよ……」
「だってお母さんがいるよ」
　私はリビングのドアを指さす。
「母さんがいるわけないよ……」
「なんで？　お兄ちゃんには見えないの？　あそこにいるよ？笑ってるよ？」
「やめろ！！！！　ナナ……」
　兄が私の目を手で覆う。視界が真っ暗になる。涙が次々

と流れだす。

　お父さん……お母さん……。なんで私たちを置いていってしまったの？　なぜ……？　どうして？　お父さん……私お父さんのこと大好きだった。怒られることばかりしていたけど、怒られたあとにお父さんは笑顔で優しく私の頭をなでてくれたよね？　私……あの瞬間が大好きだった。

　最後に交わした言葉は『おはよ』。

　たったこれだけ。もっと話せばよかった……。もっとお父さんの笑顔を焼きつけておけばよかった……。お父さん……私お父さんの娘に生まれてきて本当によかった……。お母さん……お母さんには本当にいろいろ迷惑かけちゃったね。ケンカが絶えなかったけど、一番私のことを理解してくれて、話をちゃんと聞いてくれて……私、お父さんとお母さんが大好きです。

「お兄ちゃん……私、頑張る……私、頑張るから……今日は思いっきり泣いてもいいよね？」

「あぁ……」

　そして私は兄の胸の中で赤ん坊に戻ったかのように泣いた。兄も私と一緒に泣いてくれた。私にはまだ兄がいる。2人で歩いていこうとしていたんだ。

　私はどれくらい泣いただろう。

　泣いても、泣いても、何か物足りない。泣いても、泣いても、両親は戻ってこない。でも人間は必ずお腹が空く。

「……ナナ？　お腹減らない？」

兄が私の部屋をノックして言ってきた。
「うん……減ったあ……」
　目を赤くして私は言う。
「リビング……行こっか」
　私たちはリビングに向かった。テーブルにラップに包まれたお母さんの用意したご飯が置いてあった。そこには置き手紙が添えてあった。
【今日の夕方、お父さんを空港まで送っていきます。もしかしたら夕飯に間に合わないかもしれないから、温めて食べてね】
　今日のメニューはハンバーグ。私と兄の大好物だった。
「……母さんと父さんは空港に行く途中、事故にあったんだね……」
「……うん」
「母さん……最後の最後まで俺たちに優しかったよな」
　兄の言葉に涙が込み上げる。
「……今日が母さんの最後の夕飯だな……」
「私……お母さんとお父さん……大好きだったよ」
「俺もだよ」
　涙が再び流れる。
「ナナ？　今は俺がいるから、安心して？」
　兄がとてもたくましく思える。兄の言葉ですごく安心できた。でも私にはまだまだ試練が残されていた。
「ナナ、食べよ」
　兄は母が作ったハンバーグをレンジで温める。私はご飯

を茶碗に盛りつけた。
「いただきます」
　私は湯気が立ったハンバーグを一口サイズに切り、口に運んだ。
「お……いしい」
　母の手作りの味が、母の愛情が伝わってくる。
「おいしいな。母さんのハンバーグ絶品だもん」
「私この味絶対忘れないよ。大好きなお母さんの味。絶対忘れない」
　本来ならお母さんも一緒にハンバーグを食べていたはず。そして必ずおいしいと言っていた。でも今いるのは兄と私だけ。その現実が嫌でたまらなかった。
　私たちは食べ終え、片づけをし、部屋へと戻った。泣き終えたはずの私はまた泣きはじめた。兄には聞こえないように、小さい声で。そして泣き疲れて眠った。

　私は夢を見たんだ。
　目の前にはお父さんとお母さんとお兄ちゃんがいる。3人とも笑顔で。それを見た私も笑顔になる。お父さんの手とお母さんの手を握ろうとしたらフッと消えてしまった。兄だけがいる。
　お父さん？　お母さん？
　こう呼ぶと、答えるかのように「頑張れ」と声がした。まぎれもなく、父の声。
　やだ……行かないで。頑張れなんて言わないで。

「ナナならできる」
　次は母の声。
　できないよ。ナナは何もできないよ……。待って……。待って……。
　そこで夢が終わった。
　起き上がるとベッドの横で兄が寝ていた。私の手をずっと握ったまま。
「お兄ちゃん……私、頑張るよ。ナナにならできるよね」
　私は父と母の言葉どおり、諦めずに頑張ることにした。

　翌日の夜、両親のお通夜が行われた。
　親戚が大勢、来てくれた。私は泣かなかった。もう泣かないって決めたから。両親が火葬されていく。私は見つめることしかできなかった。
　胸が……苦しい。まだ実感できない部分があって、両親の死を否定している自分がいた。頑張らなくちゃ……。お父さんが言ったように。私は約束を守る……。ただそれだけを思った。
　火葬された両親はとても小さな箱に納まっていた。

　お通夜が終わり、私たちは親戚の人に呼ばれた。
「これからのこと話すわよ」
　ゴクン……。私は唾を飲んだ。
　私たちはこれからどこへ行くのだろう。どうすればいいのだろう。不安がよぎる。

「まず、涼、君は私たちのところへ来なさい」

それを聞いた兄は、

「は？　なんで俺だけ？　ナナは？」

と言い、目を丸くした。

「ナナちゃんは……隣の県の叔母さんのところよ」

それを聞いた私と兄の表情が固まる。

隣の県の叔母さんの家……。私はあの叔母さんが嫌いだった。小さい頃遊びに行った時、すごくしかられたから。そして叔母さんも私を嫌いだと思う。すごい嫌だ。でも一番嫌なのはお兄ちゃんと離れること。離れたくない。

私はその場所から逃げた。あふれだす涙を抑えて。

……遠くから、お兄ちゃんの怒った声が聞こえる。お兄ちゃん……。お兄ちゃん……。私にはお兄ちゃんしかいないのに。お兄ちゃんを取らないで……。

「ナナ……？」

私は必死に涙を隠そうとした。でも涙は止まってはくれなかった。

「……ナナ、ごめんな……？　俺、お前を守りたかった。でも俺はまだ中学生だし、何もできないんだ……」

「うん……」

「高校になったらお前と暮らす。お前を迎えに行くから、それまで待っててくれる？」

「うん……うん……」

「約束するから」

私たちは指切りをした。お兄ちゃんは必ず私を迎えに来

てくれるって信じていた。でもね、お兄ちゃん。なんで迎えに来てくれなかったの？　私……お兄ちゃんのこと信じていたのに。あの指切りは……嘘だったの？

　そして私たちは離れ離れになった。
　お父さんとお母さんとの思い出の家を出ていった。お兄ちゃんに別れを告げ、私は新しい家へと向かった。
　ピンポーン。
　叔母さんの家のチャイムを鳴らす。
「……あら……来たの？」
「これからよろしくお願いします」
「……上がりなさい」
「はい……」
　ここが私の新しい家。でもここではつらいことばかりだった。私の居場所なんてどこにもなかった。
「ここがあんたの部屋よ」
　と連れてこられた場所。そこは汚らしい物置だった。
「片づけて使ってちょうだい」
　6畳という狭い物置。とても窮屈で仕方がなかった。私はまず片づけをした。掃除機を借りてホコリを取った。掃除が終わると一応部屋らしくなった。
「ちょっと来なさい」
　私は叔母さんに呼ばれた。
「夕飯は今食べて」
　叔母さんに言われ私は適当な場所に座った。明らかに何

かが違う。叔母さんの作っているものと、目の前にある料理が、全然別のものだった。私の目の前には茶碗に半分のご飯とお漬物があった。
「早くしなさい」
と言われたので、私は食べはじめた。それらを食べ終えたが、まだ足りない。
「……もう少しないですか？」
すると、叔母さんが鋭い目つきで私を見た。怖くてたまらなかった。
「ごっごめんなさい」
私は急いで部屋に戻った。ふとお兄ちゃんの顔が目に浮かぶ。お兄ちゃんに会いたい。また涙が出る。こんな毎日が続くなんて嫌だ。ここには私の居場所はない。そう確信した。

お父さん、お母さん、会いたいよ。私……頑張れない。頑張れなんて言わないで？　置いてかないでよ。助けてよ。私を捨てないでよ……。

すると1階から笑い声が聞こえた。叔母さんの家族が楽しく食事をしているのだろう。私は1人ぼっちだった。

その夜、私は叔母さんにあることを言われた。それはここの家で住むキマリだった。

ご飯は一緒に食べない。必要以上に家族と話さない。お風呂は一番最後。わがままを言わない。欲しいものがあっても欲しいと言わない。

息がつまりそうなキマリだった。こんな毎日が続いてい

く。でもお兄ちゃんから１カ月に１回送られてくる手紙で頑張れた。しかしその手紙も半年で途絶えた。
　そして１年、２年がすぎ、私は中学生になった。でもお兄ちゃんは迎えにこなかった。私は県内の中学校へと通った。誰ひとりとして知る人はいない。

　——入学式。
　桜の花びらが散る。
　積極的だった私から、地味で静かな私へと変わった。
「ねぇねぇ！　どこの子？」
　私の席の前の子が話しかけてきた。でも私はどこの子？と聞かれても答えることができなかった。私は小学校を卒業していない。隣の県へと移ってきたが、そのあと小学校へは通わせてくれなかった。毎日叔母さんの農業の手伝いをしていた。だから答えることができなかった。
「何、この子〜」
「どうしたのぉ？」
「この子、話しかけても無視するんだけど〜!!!!　ウザッ」
　陰口をきかれても私はなんとも思わなかった。私は誰とも話さない。暗い世界へと足を踏み入れた。
　中学で初めて"いじめ"というものを味わった。でも何も言わなかった。黙ったまま何もしない。何か言ったら余計ひどくなりそうだから何も言わなかった。
「うわ〜このノート誰か配ってよ〜」
「嫌だ〜うつるぅ〜」

いつもと同じいじめ。私は見ているだけ。
　バサッ。
　私のノートが落ちる。拾おうとした時、私をいじめている主犯が私の手を踏んできた。
「お前さ〜何か言えよ!!!!」
「……」
「ウザいんだけど〜!!　あっ、私いいこと知ってるぅ〜」
　後ろにいた女の子たちが興味津々になって聞いている。
「お前さ〜親２人とも死んだんだってぇ？」
　ドクン……。
　教室が一気に静まる。
「死んだって何〜？　キャハハ」
　ドクン……ドクン。
「何かね〜死んだらしいよ〜」
　ドクン……ドクン……ドクン……ドクン……。
　私の鼓動が早くなる。
「自殺でもしたんじゃねぇの？　キャハハ」
　私はこの一言でまわりが見えなくなった。何かが私の中で崩れた。
「……お父さ……んと……お……母さんのことを……悪く言うんじゃ……ない」
　目に涙がたまる。
「あ？　聞こえね〜」
「お父さんとお母さんのことを悪く言うな!!」
　私は近くにあったイスをそいつらに向かって投げた。

「は？　何こいつ!!」
　一斉に私に飛びつく。ある女の子が私の頭めがけてイスを投げつけた。気がついたら私は走っていた。教室を出て学校を飛びだした。
　いじめていた子たちが私を追いかけてくる。でも私は必死に逃げた。そして、息を切らしながらある公園まで走ってきた。ここまで来れば安心だと思ったから。
「はぁ……、はぁ……」
　息が上がる。うまく息ができない。私は自分を落ちつかせた。
　ふと頭に手をやる。手を見たら赤黒い血がついていた。頭から血が出ていた。さっきイスを投げられた時に当たったのだろう。持っていたタオルで血を拭いた。意識がなくなっていく。

　私はゆっくり目を開けた。あたりは暗く、夜になっていた。寒くて、寒くてたまらなかったが、一番寒いのは自分の心だった。私は何かが変わった。そう思った。
　そして、叔母さんの家に帰ろうとした時、「お嬢ちゃん」と誰かに声をかけられた。振り向くと50代ぐらいのおじさんがいた。
　怖くて逃げようとした時、その人が私の手を握った。何がなんだかわからない。怖くて声も出ない。
　どうしよう……どうしよう……。
「お嬢ちゃん……おじさんと遊ぼうよ……」

嫌……。嫌だ……。助けて……。お兄ちゃん……。
「こっち来なよ」
　強い力で私の手を引っ張った。私は必死に抵抗する。
　嫌……やめて……私に触らないで……。次の瞬間、私とおじさんの間を裂いた人がいた。
「やめろよ、かわいそうだろ？」
「なんだ？　お前」
「この子めっちゃ嫌がってるだろ？　あっち行けよ」
　と、おじさんにガンを飛ばす。おじさんはおびえて逃げていった。
　この人は誰だろう？
「大丈夫だった？　気をつけなよ」
「……ありがとう」
　彼は私に笑顔を向けた。とてもまぶしい笑顔を……。これが私の初恋相手、和哉との出会いだった。
「てか、頭から血出てるよ!?」
「あっ……大丈夫です……もう止まってるんで」
「ダメだって!!　ここで待ってて!!」
　彼は私をベンチに座らせ、どこかへ行ってしまった。
　数分後、彼が戻ってきた。彼は傷薬と包帯を買ってきてくれた。
「消毒するから……痛いかもしれないけど……」
「はい……」
　彼は私の頭の傷を消毒してくれた。包帯までしてくれた。和哉……。あなたは優しすぎました。でも和哉に会えて、

私は自分という存在を改めて感じることができた。
　和哉……。この時、和哉に会えてなかったら私は心も体もボロボロでした。

「帰れる？」
「はい……本当にありがとうございました」
「いいよ！　余裕やし！　てか名前なんていうの？」
「ナナ……ナナだよ？」
「ナナか……俺和哉っていうから、何かあったら連絡ちょうだい？　君をほっとけない気がして不安だから……その頭の傷も気になるし」
　と言い、和哉は紙に携帯番号を書いて私に渡してきた。
　そして私たちは別れた。

　帰る途中、何か重かったものが軽くなったように感じた。それは和哉に出会ったからだろうか……。和哉と出会って何かが変わりそうな気がした。
　叔母さんの家につく。もう8時をすぎていた。
　ガラ──。
「……ただいま」
　足音が近づいてくる。叔母さんの足音。
「どこ行ってたの!?」
　眉間にシワを寄せ、私をにらんでくる。
「……」
「あんた学校抜けだしたらしいじゃない!!!!　先生から電

話があったわよ！　やめてほしいわ。いい加減にしなさい。あんたの面倒なんて引き受けるんじゃなかった」
「……」
「早く部屋に戻りなさい!!」

　私は急いで部屋に戻った。この家で唯一の私の居場所へと。そして、和哉からもらった携帯番号が書いてある紙に目をやる。

　和哉にもう一度会いたい。会ってお礼が言いたい。会いたい。会いたい。私の気持ちは膨らんでいくばかりだった。

　私は初めて恋をした。あの日、あの時間、あの場所で。相手は……和哉でした。和哉の言った言葉がその夜ずっと離れなくて眠れなかった。この人なら私をわかってくれるって思った。

　夜が明け朝となる。

　私は学校に行かなかった。不登校になった。学校なんてどうでもいい。つらい思いをするなら行かないほうがいいと思ったから。でも、学校がないとずっと家にいることになる。

　叔母さんの怒鳴り声がうるさいから、私はみんなが学校に行っている間、1人でどこかへ行く。毎日毎日。行くところは同じ。和哉と出会った公園。もしかしたらまた会えるかもしれないという、希望を抱えて。でも今は昼間。当然公園なんて誰もいない。

　私は何も考えずに、ただ前を見た。公園の前では、小さ

い子どもたちが楽しそうに遊んでいる姿が見えた。ここはどこ？ なぜこんな時間に子どもが遊んでいるの？ ここは幼稚園でもない。ここは施設だった。
【ひまわり学園】
　看板にはこの文字と、ひまわりの絵が書かれていた。
　施設……？　私は知らなかった。こんな近くに施設があるなんて。
　それと1つ驚いたことがあった。施設というのは、両親がいなくなって1人になってしまった子を預かってくれる場所。不登校の子などが学校と同じように勉強をするところだと思っていた。
　あの小さい子も親がいないということになる。でもどうしてあんな笑顔でいられるの？　今の私は笑っていない。小さい子たちがうらやましかった。　私と同じなのに、何かが違う。私はボーっと施設を見ていた。すると、
「何か……見える？」
　と、私に話しかけてきた人がいた。白髪交じりの髪に、優しそうな笑顔。この人がそのあと私の母親代わりになってくれた、和田一代先生。
「……いえ……」
「あの子たち……私の施設にいてね。両親がいないのよ。小さい頃からね。でも、ここでは私のこと、お母さんって呼ぶの。それがかわいくて仕方がないのよ」
　こう言ってニコッと笑った。
　私も……私もこの施設に入ったら何か変わるかな。この

子どもたちのように……あんな輝いた笑顔になれるかな。
「……私もなれると思いますか?」
「……どうかしたの?」
「私も両親いないんです」
　それを聞いた和田先生が私を施設へと案内してくれた。そして私の話をじっくり聞いてくれた。私の心の中にあった重いものが、先生によってまるで魔法のように取り除かれていった。
「また……何かあったらいつでもいらっしゃい。今の家が嫌だったりしたら、いつでも施設にいらっしゃい」
「ありがとうございます」
　私は施設からゆっくりと出ていった。

　それから私は毎日施設へと通った。でも和哉には会えなかった。施設へ遊びに行くと、小さい子どもたちが私のことをお姉さんのように慕ってくれた。毎日楽しかった。施設にいる時が一番安らいだ。つらいこともなかった。
　そして私はある日、和田先生に言った。
「先生……私、施設に入りたい!!!!」
　先生はびっくりして聞いてきた。
「……でも大丈夫? 叔母さんに言ったの?」
「まだ……言ってない。でも私、施設がいい……」
「そう……わかったわ。今日叔母さんに言ってみなさい? そして話し合った結果を明日教えて」
「わかった!!」

「でもナナちゃん、だんだんよい笑顔になってきてるわよ」
　そうかな？　私……少し変わったかな？　施設に入ったらもっとよくなる気がする。私……施設に入る。絶対に。

　私は施設から帰る途中、あの人に会った。私を助けてくれた人。和哉に。
　すれ違う瞬間、和哉が私に気づいた。
「……ナナ？」
　いじっていた携帯電話をしまい、私のほうに駆け寄ってきた。
「……うん」
「ナナ!!　……もう大丈夫？」
「この前は本当にありがとうございました!!　もう傷治りました」
「よかった〜連絡来なかったから心配だったんだ」
　和哉の無邪気な笑顔にまた私は癒される。
「ごめんなさい……直接のほうがいいと思って」
「そっか。いいよ！　あのさ、これから時間ある？」
　公園の大きな時計を見ると、もうすでに夜の7時を回っていた。帰って叔母さんに施設のことを言おうと思ったが、私は和哉との時間を取った。
　私たちは近くにあるファミレスに行った。そこで和哉のいろいろなことを聞いた。
　高校2年生。清秀高校。助けてくれた日はたまたまバイト帰りだった。もしあの日、和哉にバイトがなかったら、

私はどうしていただろう。少し運命を感じた。
「ナナは何歳なの？」
　私はこの質問にびっくりした。私……中学生に見えないのかな……。
「中学1年……」
「中1？　嘘!?　見えね〜」
「どういう意味!?」
「大人っぽいってこと！」
　そっか、よかった。子どもっぽく見られてなくて。私は下を向いて笑った。
「なぁ……なんでこの前、血流してたの？」
「……いじめ」
　私は爪の皮をむきながら小さな声で言った。
「いじめ？　なんで？」
「わからない……」
「学校は？」
「もう行かない……」
「そっかぁ〜。……大丈夫？」
　私はすぐに大丈夫と言いかけたが先に涙が出てしまった。和哉の優しさが心に響く。
「ナナ泣かないでよ……俺が力になるからさ」
「……ありがとう」
　和哉は私の頭をなでてくれた。私が泣き止むまでずっと。
「ナナ学校行かないなら仕事すればいいじゃん!!!!」
「何を言ってるの〜!!　私まだ中学生だよ〜？」

「大丈夫だって！　ナナは大人っぽいし、化粧とかすれば高校生に見えるって!!　だって遊ぶ金欲しいじゃん？」

確かにそうだった。叔母さんのキマリがあるから私は自分で何も買えない。両親の通帳は兄に預けているから使えない。私は和哉の提案に乗ることにした。大丈夫かな……。少し不安だったけど、和哉がいたから安心した。

「大丈夫かな……」

「大丈夫だって！」

私は和哉を信じた。和哉の一番になれなくても、私は和哉のそばにいたかった。

和哉と別れ、私はコンビニで求人情報誌をもらってきた。そして、帰ったら叔母さんに施設の話をしようと心に決めて、家に帰った。

「……ただいま」

「また遅かったわね。もう帰ってこなくてよかったのよ」

「……叔母さん、私、話があります」

私は真っすぐ前を向いた。今を見るため。もう迷わない。もう泣かない。

「私……施設に行きます」

「……施設？　何を言っているの？」

「私……もう迷惑かけたくないから。私がいると迷惑でしょ？だから出ていきます」

「……そう」

叔母さんは、あっさりと返事した。

「明日、施設に話しに行くから。明後日には出ていく」

とだけ言って私は部屋へと戻った。

この家ともお別れ。何も思い残すことはない。

私はコンビニでもらってきた求人情報誌を見ていた。条件が一番よいところを探していた。すると、目についた求人があった。

【高校生大歓迎☆　時給800円〜】

ここの仕事は喫茶店。施設からも近い。私は赤ペンで丸をつけた。

朝早く向かった場所。

そこは学校でもなくて、和哉のところでもなくて、施設。早く、早く先生に言いたい。私の足取りは自然と早くなっていった。

「先生〜」

門から先生に向かって手を振った。気づいた先生が手招きをする。

私は施設に入っていった。

「先生聞いて!!　私、施設に入れる♪」

「本当に？　大丈夫なの？」

先生はお茶を入れながら、私の話を聞いていた。

「昨日、叔母さんに言ったら納得してくれたぁ!」

「そう。よかったじゃない!!　じゃあ、明日から来る？」

「うん!!　明日からがいい!!」

「じゃあ、手続きしなきゃね。おばさんにあとで電話しとくわね」

「わかった!!　楽しみ！」
「明日この紙と荷物を持っていらっしゃい。ナナちゃんの部屋作っておくから」
「うん!!!!」
　私はこの時、久しぶりに元気に返事したかもしれない。
　大きな希望を抱いて私は走りだした。公園のトイレで少しだけ化粧をする。
「大丈夫かな……ちゃんと高校生に見えるかな……」
　そう、今からバイトの面接だった。喫茶店は施設の近くにある。ここなら毎日通えそうだった。

　カラン……コロン……。
　喫茶店のコーヒーのいい匂いがした。奥から誰かが出てきた。
「……バイトの面接の子？」
「はい!!!!　よっ、よろしくお願いします!!!!」
　彼女は私を見つめ、優しく笑った。
「えっと……私がこの店のオーナーの川本です。履歴書とかある？」
　あっ、履歴書……。履歴書の存在を忘れていた。
「えっと、履歴書……ないです」
　私はこの時点でもうダメだと思った。
「いいわよ。じゃあ、質問していくから答えてね？」
「はい……」
「名前、年齢は？」

「広瀬ナナ、16です」
　私の答えにオーナーは何かの紙に記入していく。
「週何日くらい入れる？」
「夕方の……4時ぐらいからで、週4は入れます」
「両親はバイトのこと許している？」
　私はこの質問に戸惑った。でも答えた。
「……はい」
「わかったわ。いつから入れそう？」
「えっ？　私でいいんですか!?」
「ダメなの？」
「いえ……」
　オーナーは優しい眼差しで私を見つめた。
「あなたならちゃんとやってくれそうと思ったのよ」
　そう言ってもらえてすごくうれしかった。そしてエプロンとカッターシャツとズボンを渡された。バイトは明日から。明日は楽しみなことが多かった。
　そして私は、今日で最後となる叔母さんの家に帰っていった。
　家に帰ると叔母さんはいなかった。私はテーブルに今日もらった紙を置いて、部屋に戻った。そして和哉から前にもらった紙を取りだした。
「090……」
　1つひとつボタンを押していった。出るかな。もしかしたら和哉は今、授業中かもしれない。すごく不安だった。
　──プップッ。

かかれ……かかれ……。
——プルルル
かかった!!!!
　1つ鳴るたび、緊張が増していく。しばらくすると、
《……ふぁい》
　電話の向こうから和哉の声が聞こえた。明らかに寝起きだった。
「和哉!!　私、ナナ!!」
《ん？　おぉ、ナナ!!》
「あのね!!　バイト採用されたぁ!!」
《お？　まじで？　やったな！》
「和哉のおかげだよ〜でも嘘ついたのがすごく嫌……だってオーナーすごくいい人だったもん……」
《大丈夫だって！　頑張れよ》
「うん！　ありがとう!!」
　ねぇ、和哉？　この時、和哉に『頑張れよ』と言われなかったら、私はダメな人間になっていたよ。和哉が気づかせてくれたから、今の私があるんだ。
　私は和哉を信じていた。私には和哉しかいない。そう思っていた。それだけで幸せでした。
　和哉と少し話してから別れた。家に戻って明日の準備をした。明日私は新たな道へと行く。そう思い眠りについた。

　翌日。
　カーテンを開けると空は快晴。鳥のさえずりが聞こえる。

まるで私を祝福しているかのように。私の胸は弾んだ。
「叔母さん……1年間お世話になりました」
　私はお辞儀をして叔母さんにあいさつをした。
　叔母さんは何も言わず、朝食の準備をしていた。そして家を出ようとした時、叔母さんが玄関に来た。
「風邪……引くんじゃないよ。気をつけてね。あとで施設の人にあいさつしに行くから」
　と言った。私はただ「うん……」としか言えなかった。
　これが叔母さんの最後の言葉だった。叔母さんの最初で最後の優しい言葉だった。施設に向かう途中、涙が出てきて前へ進めなかった。
　叔母さんの温かい言葉が胸に染みた。ごめんね、叔母さん。私……こんな人間で。でも私は生まれ変わる。生まれ変わって、ちゃんとした人間になったら会いにきます。そして「ありがとう」と言います。

　気がつけばもう12月。学校へはもう1年近く行っていなかった。
　私は大きな荷物を持って施設についた。流れていた涙を無理やり止めた。そして笑顔になる。
「先生～!!!!　ついたよ！」
　大きな声で玄関で叫ぶと、奥から先生が現れた。
「ナナちゃん、こんにちは。あとこれからよろしくね」
「私もよろしくお願いします!!」
　私は先生に昨日もらった書類を渡し、部屋に案内された。

「ここがナナちゃんの部屋よ？」
　部屋のドアに【ナナ】と書かれたプレートが貼ってあった。中に入ってみると、ベッドにテレビに勉強机、それに本棚。かわいい部屋だった。
「……先生!!!!　私、うれしい!!」
「そう？　喜んでもらえてうれしいわ」
「ありがとう!!」
「じゃあナナちゃん、荷物を置いて。これからのこと少し話したいから、あっち行きましょう」
「うん!!」
　私は先生に事務室に誘導された。
「ナナちゃん……学校どうするの？」
「……わかんない。でも高校は行きたいの」
「高校行きたいのね？　だったら、施設でも勉強できるのよ。一応ね。でもそれは少し学校と違う部分も出てきちゃうのよ。それでもいいなら、学校には行かずに施設で勉強する？」
「うん!!!!　私、頑張る!!　頑張って、清秀高校に行く!!」
　私は勢い余って清秀高校に行くと言ってしまった。
　清秀高校は和哉が通っている高校。私も和哉と同じ高校に行きたかった。この時期、私は清秀高校という新たな目標ができた。それに向かって頑張るって思っていたんだ。
　夕方になると私は施設から出ていった。
　そう、今日からバイトだからだ。先生には、遊んでくると言って、昨日与えられた制服を持ってバイト先へと向

かった。
　でも、施設にはちゃんと夜の9時には戻るという決まりがあった。だから、8時半までバイトをすることにした。

「オーナー!!　おはようございます!!」
「おはよ。中に更衣室があるから、そこで着替えて」
　まだ慣れない制服に着替えると、何か違和感を感じた。
「これから説明していくわね。まず、この人は、沢村鈴さん。広瀬さんと同い年よ。仲良くしてね」
「よろしくね!!　ナナちゃん!!」
「よろしくお願いします!!」
　2人の差しだした手が絡んでひとつになった。
　この時、私はまだ見えていなかった。この瞬間……友情が芽生えていたことに。

　そして私は帰った。そう、施設へと。新しい私の家に。
　私は遅めの夕飯を食べ、自分の部屋に行った。そして、まず勉強をした。学校に行っていない分、遅れを取り戻さなければならない。この日も遅くまで勉強をした。

　そんな生活が1カ月続いた。和哉とはあの日から会っていない。
　バイト帰りに公園の前を通って帰っていたけれど、会うことはなかった。和哉は今、何をしているのだろうと気になったりもした。

ある日バイトが終わり休憩していると、オーナーが茶封筒をくれた。
「広瀬さん、1カ月お疲れ様!!」
　今日は25日。給料日だった。
「これからも頑張ってね!!」
「はい!!!!」
　初めて自分で稼いだお金。うれしくてたまらない。
　封筒の中を見てみた。中に入っていたのは、約4万円。私はこのお金を大事にとっておき、貯金することにした。いつか施設に寄付しようとひそかに考えていた。
　でも1つだけ欲しいものがあった。それは携帯電話。バイトに携帯がないと不便だったから。それに、和哉と連絡が取りたかったから。

　私は翌日に携帯を買いにいった。でも未成年だと携帯は買えない。先生に夜遅くなる時に施設に連絡したいからという理由を話し、ついてきてもらった。
　先生……ごめんね。私は自分のことでいっぱいでした。まわりが見えていませんでした。
　そして携帯を購入した。ピンク色のかわいらしい携帯。すぐに気に入った。だが私は携帯に不慣れでどうしたらいいかわからなかった。
　まず最初に、和哉の番号をアドレス帳に入れた。
【Ｎo.000　和哉】
　一番最初は和哉。2番目は施設。3番目は鈴。4番目は

バイト。私の携帯のメモリは寂しかった。私は和哉に電話をした。久しぶりに電話をするから少し手が震えた。
　　――プルプル。
《はい？》
　和哉の低い声が耳を熱くさせる。久しぶりの和哉の声。私の鼓動は速くなっていく。
「……あっ和哉？　私ナナです!!」
《……ナナ？　あっナナか～!!　携帯買ったの？》
「うん!!　和哉に教えとこうと思って!!」
《まじか～!!　じゃあ、いつでも連絡取れるな！　もうすぐでバイトだからあとでメールするわ！》
「あっごめんね？　じゃあ、またね」
《お～またな》
　　――ピッ……。
　和哉の声が聞こえなくなってしまった。久しぶりでうまく話せなかった。でもうれしかった。心が満たされていく。
　そして私は勉強をした。和哉からの連絡を待った。『バイトが終わったらメールする』という言葉を信じて。
　和哉……。私ね、信じていたの。和哉を信じていたの。でも和哉は私から離れていったよね。和哉といた日は、すごく幸せでした。こんな世界はないと思うくらい、キラキラと輝いていたの。それは……夢だったのかな。でも今でも信じている。少しの間、私の隣にはあなたがいたって。
　その夜、和哉からの連絡はなかった。疲れて寝ちゃったのかな。

今日もバイト。でも楽しいから苦にはならなかった。
「ナナ〜おはよ」
　バイト先につくと、更衣室には着替え中の鈴がいた。
「鈴〜!!　久しぶりだね!!」
　私は自分専用のロッカーの中から服を取りだす。
「そだね〜!!　ねぇ！　ナナって彼氏いんの〜？」
「いないよ〜!!」
「なんで〜？　ナナかわいいのに」
　かわいい鈴からかわいいと言われて、私はうれしかった。
「え〜鈴は？」
「好きな人いるの〜でも無理っぽい〜」
「頑張ってよ〜!!　どこの人？」
　私はシャツのボタンを留めながら鈴の話に耳を傾ける。
「ん〜同じ高校の先輩なんだぁ……」
「いいな〜頑張ってね！」
　私はまだまだ未熟だった。何もわかっていなかった。まさか鈴との友情が壊れるなんて思ってもみなかった。
　私たちの関係が崩れはじめたのは、私が中2になってからだった。
　その夜、和哉からメールが来た。
【昨日メールを送れなくってごめん↓　つか、まじ久しぶりでビビッた☆】
【そうだね!!　また会いたいな♪】
【俺も〜☆　今度会おうぜ！】
　和哉とのメールはずっと続いた。

桜のつぼみが膨らみはじめる。私の運命が少しずつ変わりはじめていった。和哉と会う約束は実現することなくすぎていった。

お互い勉強もバイトも忙しく、会うヒマがなかったから。でもメールや電話のやりとりは続いていた。

そんなある日、バイト先で、鈴からの言葉を聞いた。私の運命の歯車が少しずつずれていく。

「ナナ～!! 私、先輩のメルアド、ゲットしちゃった！」
「嘘～!! すごいじゃん！ 先輩、なんていう名前？」
「北川和哉先輩！」

それを聞いて私の動きが止まった。

和哉？ 鈴の言葉が理解できなかった。

すぐに和哉にメールしていた。

【和哉の名字って何？】

私は和哉の名字を知らなかった。数分後、和哉から返事が来た。

【北川だよ☆】

ドクン……。

私は和哉からのメールを何度も何度も読み返した。何回読み返したって、その文章はすべて一緒。鈴と好きな人が……同じ人。鈴は和哉が好きなんだ。やっと理解ができた。そして、もう１つ理解したこと。私は……和哉を好きになってはいけないこと。でもそう思えば思うほど、人って恋に落ちていくんだ。私はもう引き返すことができないところにいた。

もう逃げだすことのできない、暗い世界へと足を踏み込んでいた。

それからの毎日はつらかった。
バイト先では鈴が楽しそうに和哉との会話の内容などを話す。私はそれを聞いていた。でも私の表情は暗い。明るくしているつもりなのに、顔に出ちゃうんだ。和哉から連絡が来るが、あまり返さないようにした。鈴に悪いから。
彼女の恋がうまくいってほしいと思う。友達なら必ず思うこと。でもつらい。素直に応援していない自分がいた。
恋ってこんなにも苦しくて、つらいものだと初めて知った。私は鈴とあまりバイトのシフトを一緒にしなかった。鈴の話を聞いているとつらかったから。

そんなある日、恋は思いもよらぬ方向へと進んだ。
和哉からメールが来た。
【ナナ……今から会える？】
私は少し迷った。でも会いたい……。鈴には悪かったが、私は和哉と会った。待ち合わせはいつもと同じ公園。和哉はまだ来ていなかった。
数分後……。
「ナナ？」
向こうから和哉がやってきた。久しぶりに会う和哉はすごく大人っぽくなっていて、とてもかっこよかった。
「……久しぶりだな」

和哉は私が座っていたベンチの隣に座った。
「そうだね……元気だった？」
　桜の花びらが落ちていく。和哉の顔が見れなかった。
「うん……元気だよ。ナナは？」
「元気だよ!! バイトも楽しいし！」
　少しずつ話していくと、だんだんその状況にも慣れてきた。そして私は思いきって質問をした。
「和哉は、どんな子がタイプ？」
　和哉は上を向いてしばらく考えていた。
「俺？　俺は……なんだろ、隠し事しない子かな」
　それを聞いて私の心が揺れた。私は和哉に隠し事をしている。親がいないこと。施設に入っていること。
　私はもう無理だと思った。私は和哉にふさわしくない。自然と涙があふれてきた。和哉を想えば想うほど、切なく散っていく私の恋。私の涙に気づいた和哉は驚いていた。
「ナナ!?　どうした？」
「なんでもないの……ごめん……私、帰る」
　私は心配する和哉を置いて公園をあとにした。
　私は和哉にふさわしくない人間だと思った。

　部屋につくと私は携帯を手にした。着信1件。メール2件。メールは2件とも和哉からだった。着信は鈴からだった。私はすぐ鈴に電話をした。
「鈴？　どうしたの？」
《ナナぁ……先輩ね、好きな人いるんだって～……》

電話越しに聞こえる鈴の声はとても弱々しい。
「嘘？　誰？」
《わかんないの……高校同じじゃないらしいし……》
「そっか〜。……でもまだ終わってないじゃん!!　頑張ってよ!!」
《うん……頑張るぅ〜》
　それから少し世間話をして電話を切った。私の運命の歯車は完全に止まっていた。
　数日後、久しぶりに鈴とバイトが同じになった。和哉からの連絡はすべて返していない。
「鈴、大丈夫？　元気出してよ？」
　鈴は暗い顔をして無理に笑顔を見せてきた。
「大丈夫……てか振られちゃったの……」
　鈴の言葉に驚きを隠せずに、私は目を見開き小さく言葉を漏らした。
「う……そ……」
「好きな子のことが頭から離れないんだってさ……」
「……」
　鈴の泣き顔を見ていると私の胸が締めつけられた。そして和哉に連絡をした。この行動が悪かったのかな。鈴にとって私がしたことは大きなお節介だった。

「和哉ごめんね、急に呼びだして」
　私はあの公園に和哉を呼びだした。和哉は息を切らして走ってきてくれた。

「おう……でもなんで連絡してくれなかったの？」
「ごめんって……私、聞きたいことあるんだけど」
「何？」
「なんで鈴って子、振ったの？」
「ナナ知ってんの？　鈴って子」
「バイト一緒だもん」
「……好きな子いるから」

　和哉は真っすぐに私を見た。
「誰？　その好きな子って」

　和哉に見られると緊張してしまうので、私は視線をずらし、下を向いた。花びらが1枚、2枚と次々に落ちていく。
「……お前だよ」

　和哉の言葉を聞いて、私は言葉が出なかった。和哉が私を好きと言った。私はただ立ちつくすだけ。それだけで精いっぱいだった。とても、とてもうれしかった。でも鈴の泣き顔が頭をよぎる。

　私が言った精いっぱいの言葉……。それは素直な気持ちではなく、偽りの気持ち。

　ただ一言。
「ごめん、私は無理だよ……」
「なんで？　どうして？」
「鈴に悪いじゃん!!!!　それに私、和哉を幸せにできない」
「俺はお前が隣にいるだけでいい。本当に」
「ごめん!!!!」

　私はその場から逃げだした。

和哉……。ごめんね。私……小さくて弱虫な人間で。もう少し時間があったら、私は偽ることなく、素直でいられたのかもしれない。

　私は施設に戻り、暗い部屋でただひたすら泣き続けた。和哉……ごめんね。泣いても泣いても涙は止まることなく、ただひたすら流れるだけ。

　次の日、携帯の着信音で目が覚めた。
【鈴】
「鈴？　どうしたの？」
《今から会える？》
　その声は完全に怒っていた。どうしたのだろう……。
　私は待ち合わせのファミレスに行った。そこにはもう鈴がいた。
「鈴？　どうしたの？」
《……私、先輩から聞いたんだ～》
　鈴は頬杖をつき、外を見ていた。
「何を？」
《先輩の好きな人の名前》
「……」
　鈴の視線がゆっくりと私に向けられる。とても怖い目線、叔母さんが私をにらむあの目つきと同じだ。
《ナナだってね。私、笑っちゃったよ。ナナたち、私と出会う前に知り合いだったらしいじゃん。先輩がどんな人かも知ってたんだよね？　私がメルアドとか聞く前に、ナナ、

先輩のメルアド知ってたんでしょ？》
「……」
　何も言えなくて、怖くて、ただ肩を震わせていた。
《それに、この前、私のこと先輩に言ったらしいじゃん。なんで振ったかって》
「……うん……」
《なんでそんなこと聞いたの？　見てて面白かった？》
「違うよ……私は鈴のために……」
《大きなお世話だって！！！！　いいかげんにしてよ》
「……ごめん」
　私はただ謝ることしかできない……未熟者。
《しかも、先輩の告白断ったらしいじゃん》
「鈴に悪いと思って……」
　鈴は大きなため息をついて、頭を掻いた。
《先輩がどれだけ落ち込んでいたかわかる？　学校まで休んでたんだよ？　本当に腹立つ。どれだけ私たちを傷つければ気が済むの？》
「ごめ……ん……」
　私がそう言った瞬間、鈴は怪しく笑った。
《私、あんたの秘密、知ってるんだぁ……》
　ドクン……。
《あんた〜親いないでしょ？　しかも施設にいるでしょ？》
「なんで……それ……」
「この前、見たんだ〜。……あんたがバイト帰り施設に入っていくとこ。それで、その施設にいる子に聞いたんだ〜親

がいないから来たって。これ聞いた先輩……どう反応するかな？」
「やめて!!　和哉には言わないで!!!!」
　鈴は私と目を合わせてはくれない。涙が止まらない。
「……先輩のタイプって隠し事しない人だもんね〜。あんたじゃ……無理ね。先輩に言いつけてやるから」
　こう私に言い捨てて、鈴は去っていった。
　私は抜け殻のようになっていた。でも涙だけは流れていった。枯れることなく。すると携帯が鳴る。
【和哉】
　携帯を見た瞬間、鈴から聞いたんだってすぐに思った。
「……はい」
《ナナ!?　今どこ!?》
　携帯から聞こえる和哉の声はとてもあせっていた。
「ファミレス……」
《どこの!?》
「前……来たとこ」
　和哉は私の居場所がわかるとすぐに電話を切った。

　学校があるのに私のために飛んできてくれた和哉。
「ナナ!!!!」
　私は下をずっと向いていた。
「……鈴から聞いたよ」
　和哉はさっきまで鈴がいた場所に座った。
「……」

「俺、すげぇショックだった」
「……ごめん」
「隠し事する女は好きじゃねぇし、何か騙された気分だし。イラつく」

　もう終わりだと思った。2人を傷つけてしまった。私が弱虫だから。
「和哉……ごめんね」
「謝るなら最初からすんじゃねぇって。俺は本当にナナが好きだった。……もう会わねぇし、連絡も取らねぇから。じゃあな」

　和哉は席を立って学校へ戻っていった。
　私の初恋は終わりを告げた。
　少しの間だけだったけれど、私は和哉の一番になっていた。それだけでうれしい。でも私はまわりを気にして自分の気持ちに嘘をついた。ただ一言だけ好きって言うだけなのに、そんな勇気もない、小さい人間だった。
　和哉……。和哉に出会えて、私という小さい人間が、少しだけ成長した気がする。私は……私は……和哉を愛していました。心から。

　抜け殻のまま施設に向かった。
　涙はまだ止まってくれない。キラキラとした世界が暗い世界と変わった。昔と同じ世界に戻った。
　施設について、まず向かったところ……それは食堂。食堂で私は包丁を取りだした。生きている資格なんてない。

和哉と鈴は私のせいで傷を負った。私がすべて悪いんだ。
　お父さん……お母さん……。私はもうすぐあなたたちの元へと向かいます。私は包丁を心臓に向けた。目を閉じ、思いっきり刺そうとした。
　でも目を開けると私は倒れていた。包丁は転がっていた。私の上に乗っている人。それは先生だった。
「……先生……？」
　先生は私の頬を叩いた。
「ナナちゃん!!　何をやっているの!?」
「死にたくなったの」
「なんで!?　なんでそんなことするのよ……」
「先生……」
「やめてちょうだい……」
　先生は私を抱きしめた。そして頭をなでてくれた。
　お母さんと同じぬくもりだった。私は大声を出して泣いた。すべてを受け止めてくれるかのように、先生は私を抱きしめて頭をなでてくれた。
　私が落ちつくとこう言った。
「もうあんなことはやめて……。あなたが死んだら、ご両親悲しむでしょ？　2人はね、私にナナちゃんを預けてくれたのよ？　私はナナちゃんを育てる義務があるの。だからナナちゃんが死んでしまったら、私は義務を果たせないの。ナナちゃんには死んでほしくないの」
　先生がお母さんに見えた。バカなことをしたと思った。
　お父さん……お母さん……。あの日の夢の中の言葉は忘

れないよ……。

『ナナ頑張れ』

『ナナならできる』

　私……頑張ってみるよ。私にできることを探すよ。もう誰も悲しませることのない人間になってみせるよ。

　お父さん……お母さん……。遠くから見ていてね。私……頑張るから。あと……和哉。あなたに出会えなければ、私は今頃死んでいたかな。あなたに会えて本当によかった。

　お父さんとお母さんが、あなたとの出会いをプレゼントしてくれたのかもしれない。私に生きろって言うために、和哉と出会わせてくれたのかな。でも私は、和哉を傷つけてしまった。和哉ごめんね。謝っても謝りきれないよ。だから和哉と出会ってできた"清秀高校に行く"という目標は、叶えてみせるよ。目標をくれた和哉に恩返しをするために。私は頑張るよ。

　私は、先生にすべてを話した。先生は泣きながら聞いてくれた。私の手を握ったまま。うなずいて聞いてくれた。

　私はバイトを辞めた。鈴に会うのは少し抵抗があったから。私は和哉と鈴の連絡先を消した。もちろんバイト先も。今、私のアドレス帳は、施設だけだった。私はひたすら勉強をした。清秀高校に行くため。

　そして、私に桜が咲いた。新たな世界が開けた。

　それと同時に、私は施設の近くにマンションを借りて1人暮らしをすることにした。先生と離れるのは寂しかっ

けど、施設には今も遊びに行っている。
　入学式。
　私は和哉が通っていた高校へと歩いていった。新しい気持ちで。
　1年生の時は楽しいことがなかった。まだ小さい人間だった。友達もできなかった。それが嫌で毎日つらかった。みんなと仲良くなりたいのに。私はハサミで自分を傷つけた。でも切ったあと先生の言葉を思い出し、消毒をする。毎日がその繰り返しだった。自分を変えたい。でも自分を変えるのは他人でもなく、自分自身なんだ。
　私は変わる……。そう信じている。今も。

　2年生になった。
　2年生で私は私を変えようとした。でもそれはなかなかうまくできなかった。そんな自分を情けなく思うんだ。
　そして、修学旅行の時期になった。私はまだ友達がいなく、孤立していた。そんな中、私を招いてくれた人たちがいた。歩くん、沙紀、そして優。
　これがきっかけで優と仲良くなっていった。優は私を心配してくれ私を受け入れてくれた。それがうれしかった。そして、私に自信と勇気をくれた。
　優……。あなたがいたから、私は自信が持てるようになりました。忘れていた何かを、あなたは私に気づかせてくれました。優……。あなたは特別な存在です。

涙

　波の音が僕をナナの過去から引き戻す。
　僕は今、何を考えているのだろう。わからない。でも1つだけわかることがあるんだ。今、僕は涙を流しているということ。
「……引いた？　幻滅した？」
「……ナナ……俺……」
「やっぱり……びっくりするよね？」
　違う……。違うよ……。ナナ……。僕は君に幻滅したりはしない。僕のこの涙の意味……わかる？
　僕はナナを抱きしめた。暗闇の中、僕はナナを抱きしめた。強く、強く、抱きしめた。ナナはとてもびっくりしていた。そして僕の腕の中で子どものように泣いた。今まで自分の中でためていたものを吐きだすかのように泣いた。
「ナナ……俺は君を守るよ。だから……ナナ？　もうためないで。ナナには俺がいるから。ずっとずっとそばにいるから」
「ぁ……りがとぉ……」
「ナナは……俺のそばにいてくれる？」
「うん……いるよ……優」

　ナナ……。
　僕たちは似ていたね。僕はこれから先、ナナがいれば幸

せだと思った。
　空の不気味な紅い月が僕たちを見ていた。僕は気がつかなかった。紅い月が僕を蝕(むしば)んでいくことに。
　ザーン。
「ナナ……大丈夫？」
「う……ん」
　ナナは僕の中で泣いていた。僕はナナの顔を見た。
　頬に手を当て、涙をぬぐった。ナナのきれいな涙を。１つひとつ丁寧に。砂浜に落ちないように、拭いてあげた。
「ナナ……俺を頼りにしてよ……頼りにならないかもしれないけど……」
「そんなことないよ？　うれしすぎるよ……」
「うれしい？　まじか」
　僕は笑った。目には涙があるのに。ナナを不安にさせないように笑った。今度はナナの手が僕の頬に触れる。
　ドクン……。
「優も……無理しすぎよ？」
「そっそうかな……」
「だって思ってたもん。最初から」
「ナナはエスパーみたいだな」
「ふふっ優は私のエスパーみたい」
「なんだそれ」
「わかんない」
　ナナにいつもの笑顔が戻る。僕は君に言わなくちゃね。君と出会えて幸せだよ。でもそれはもっとあとで言いたい。

今ナナに言わなくちゃいけないこと。
「ナナ……俺……ナナが好きだよ？」
　告白ってどうして何回してもこんなに緊張するんだろう。今の僕はきっと頬が赤く染まっているだろう。よかった、まわりが暗くて。ナナの顔がよく見られない。緊張していて、見られないんだ。ナナに僕の鼓動が聞こえるかな。すごく鳴っている。ナナ……。僕は君が好きだ。
「……ナナ？」
「……本当に……？」
「うん……まじだよ……？」
　僕はナナに笑顔を向ける。
「うん……えっと……えっと……」
　ナナは困っていた。もうダメだ。ナナは僕を傷つけないように言葉を選んで、断ろうとしているんだ。僕はそんな頼りないかな……。
「優？　私の話を聞いてくれる？」
「……うん」
「まずはね……ありがとうって言いたいの」
「うん」
「優は私にいろいろしてくれたよね。本当にありがとね」
「いいって」
「それでね、一番言いたいのが……」
　あぁ……僕は振られるだろう。でも、ナナ……僕は好きだったよ？　と思っていた。
　夏の風より少しだけ冷たい風が、僕たちの間をすり抜け

ていく。
「優……もしかして振られると思ってない？」
「えっ？　違うの？」
「バーカ！」
　と言ってナナは立ち上がり、海に向かった。
「ゆーうー!!!!　だぁぁい好き!!!!」
　言い終わると、ナナはクルッと向きを変えて僕を見て笑った。
　ナナ……君はずるいよ。かわいくてずるい。
　ナナ……僕は君が愛しくてたまらないよ。
「……ナナ……」
「えへへ」
　僕はナナのほうに向かった。安定しない砂浜を1歩、1歩、足跡をつけて歩いていった。そして再び僕はナナを抱きしめた。
「優？　私も優が好きだよ」
「うん……うん……大切にするから……ナナを守るから」
「……ありがとう」
　僕はこの約束を守れたかな……。
　僕は海に向かって
「ナナー!!!!　大好き!!!!」
　海岸に響き渡る僕の声。今思えば恥ずかしい行為。でも、それを聞いたナナは笑ってくれた。ナナは僕の手を握った。そんなナナが愛しくて……愛しくて……たまらない。僕は顔をナナのほうに近づけた。

「ナナ……怖い？」

「えっ？……大丈夫」

ナナはゆっくりと目を閉じた。

ナナは不安だったに違いない。だって、すごく必死だったから。僕はナナの頬に軽くキスをした。ナナはなんで？という顔をして、僕を見た。

「大丈夫！　俺、ナナが安心するまで我慢するから！」

「ふぅ～ん。我慢できるの？」

ナナは、意地悪な口調で僕に言った。

「でもなるべく早くね。それより冷えてきたね……そろそろ戻ろうか？」

「うん」

砂浜には僕たちの足跡だけで、空には不気味な紅い月。僕たち2人は、それに気づかず手をつなぎ歩いていった。

僕たちはホテルに戻った。

「優ー！！！！　どこに行ってたんだよー」

歩と沙紀が部屋で待っていた。

「悪い！　おまたせ」

「ナナは見つかった？」

沙紀が心配そうに僕に近寄ってきた。

「おう！」

後ろから恥ずかしそうにナナが出てきた。僕の手を握ったまま。

「ん？　何？　もうそういう関係？」

いち早く気づいたのは歩。
「嘘!?」
と、沙紀もびっくりしていた。
「報告ある！ 俺たちデキちゃいました!!!!」
「まじかよ〜!!!! いったい何があったんだよ〜」
「きゃー!!!! おめでとう。ナナ！」
　ナナは僕の手を離し、沙紀に抱きついた。
「歩〜!! 俺はナナ一筋でいくし!!」
「すげぇなぁ〜!! 広瀬もかわいくてさ〜」
「ちょっと!! 歩!! どういう意味？」
「あ？ いや……別に」
「いいよ、もう。鈴木くん、ナナ話そ〜。歩抜きで」
「ひでぇ!!」
　僕たちは夜中までずっと話していた。話しても話してもつきないくらい、僕たちは話した。
　そして、沖縄での僕たちの初日は終わった。

　カーテンの隙間から眩しい光が差し込んできて、僕は目をこすりながら起きた。
　部屋にはまだ寝ている歩。歩に寄り添って寝ている沙紀。そして、僕の手を握ったまま寝ているナナがいた。
　僕はナナの頭をそっとなでた。ナナ……昨日は素敵(すてき)な日だったよ。ありがとう。
　ナナの頭をなでていると、ナナが起きた。
「ん？ おはよー」

「ナナ、おはよう。よい天気だよ」
　僕はカーテンを開けた。あたり一面にスカイブルーの海が広がっていた。夜、月明かりの下でも十分だった海の美しさは、日の光でさらに増していた。
「本当だぁ!!　今日、久しぶりにいい夢見ちゃった♪」
「まじ？　どんな夢？」
「優の夢♪」
　聞いたとたん、顔が熱くなった。ナナは僕の顔を熱くするのが得意なんだ。
「ナナかわいいすぎ!!!!」
「やめてよ～!!!!」
　すると２人の会話を裂く２人がいた。
「朝から見せつけてくれるね～!!」
　あくびをしながら歩が言う。
「見てるこっちが恥ずかしいよ!!」
　目をこすりながら言う沙紀。
　僕とナナは顔を見合わせて笑った。これから、僕はナナと付き合っていく。どうしたらいいだろう。ナナを傷つけないように、付き合っていかなければならない。ナナには苦い過去があるから。ナナの過去を僕がすべて受け止める。
　すべて抱きかかえる。そう決めた。
　僕はナナとともに歩いていく。１歩ずつ。ゆっくりと。でも、ラクに行けるわけないんだ。いくつかの壁がある。僕はその壁に当たってばっかりなんだ。

7時。
　僕と歩は朝食会場へと向かった。すでにナナと沙紀は来ていた。
「再びおっは♪」
「優、おはよう!!　昨日はありがとね」
　ナナが満面の笑みで言う。僕の鼓動は忙しく鳴る。
「いいって!!!!　ナナ、もう飯食った？」
「私、食べる気しないんだ〜……」
「なんで？　ちゃんと食えって」
　僕はご飯をナナに差しだした。
「……だってぇ……」
「だってじゃない!!!!　ほら食え!!!!」
「優、お母さんみたい〜!!」
　ナナが口に手を当てて笑って言った。その笑顔を見るとホッとするんだ。
　でもこの時、僕は見た。ナナの顔が誰かとかぶる。そう、百合と。僕にはまだ百合が残っていた。百合の残像が。なんで……なんで百合が今、出てくるの？
「優？」
　その瞬間、百合の残像は消えた。なんだったんだろう。僕の隣には今ナナがいるのに。僕はナナに笑顔を見せた。でも、手はじっとりと汗ばんでいたんだ。

　今日は班行動で沖縄観光。僕たちはナナが欲しがっていた"星の砂"を探しに行く予定。バスに乗り込んだ。当然、

僕の隣はナナ。
「ナナはなんで星の砂が欲しいの？」
「え？　知りたい？」
「かなり!!」
「昨晩、私の過去の話……したじゃない？　覚えてる？」
「覚えてるよ」
「お父さんとお母さんが事故で死んじゃった時、空港に向かってたって言ったじゃない？　お父さんの出張先……沖縄だったの。それで、あとから警察の人が来てお父さんの荷物を届けに来たの」
「うん……」
「その荷物の中に、沖縄のパンフレットが入っていてね、星の砂ってところに丸がつけられてたの。そこにナナって書いてあったんだ。……たぶんそれはお父さんが私に星の砂を買ってこようとしてたんじゃないかなって……。だから、欲しいの」

　なんて言っていいかわからなかった。ただ、ただ、ナナの手を握っていた。

　ナナが星の砂が欲しい理由。それはすごく温かな理由だった。

　ナナは、本当にお父さんとお母さんが好きなんだな。
「きっと見つかるよ」
「だといいけどね」
「ねぇ……ナナ……沖縄から帰ってきたら……」
　僕はきれいな海を見つめた。

「ナナが育った家とか施設とか見てみたい」
「え？」
「少しでもナナに近づきたいから……。案内してよ」
「うん……案内してあげるね……」
「あと!!!!　携帯貸して」
　僕はナナの携帯を手に取った。
「何してるの？」
「ん？　内緒」
　僕はナナのアドレス帳に僕のメモリを入れて、携帯をナナに返した。
「何したの？」
「アドレス帳、見てみ？」
　ナナはアドレス帳を開いた。
「今度は俺が一番ね？」
　それを見たナナは下を向いて何も言わなかった。少し不安になった。
「嫌だった？」
「違うの!!　うれしくって!!」
「本当？」
「優!!　本当ありがとう!!　優に出会えなかったら私……」
　僕はナナの頭をなでた。ナナがとても弱々しくて、心配だった。でも僕も弱かった。本当は誰かに助けてほしかったんだ。ナナ……僕は君と似ている。
「バスを降りたら自由行動です!!　遅れないように、バスに戻ってきて!!」

「はぁーい!!」
「おっしゃ!! 星の砂、探すぜ〜!!」
「うん!! 探そ」
　歩と沙紀は張りきっていた。
「つうか暑いな〜」
　この日の沖縄の天気は、快晴。まるで真夏のような気温。暑すぎる。真っ赤な太陽が僕たちの肌を攻撃する。
「暑いけど!! 頑張るよ!!」

　バスを降りてから、4時間が経過。カフェで、オレンジジュースをズルズルと吸う歩。
「あ〜見つかんねぇなぁ……」
「なかなかないね〜..」
「そんなみんな無理しなくていいよ!! ごめんね!!」
「いや……ダメ。絶対ダメ。見つけっから」
　ナナの理由を聞いたら誰だって見つけてあげたくなるに決まっている。お父さんがナナのために買ってこようとしていた星の砂を、どうしてもナナに手に入れてほしいから。それがナナの宝物になるなら、僕はうれしいから。
「おっしゃ!! もう一度探すか〜」
　僕たちはカフェを出た。そして、お土産屋さんに入った。
　僕は探した。でも探しても全然ない。もう見つからないのかな。ふと横を見た。
【沖縄限定　星の砂】
　あっ！　あった!! ナナあったよ!! 僕はナナを呼ぼう

とした。
「ナナ〜あっ……た」
　でも目の前には、あの人がいたんだ。僕が愛していた百合が立っていた。
　僕は今の状況がわからなかった。目の前に百合がいる。時間が止まっているようだった。
　ドクン……。
　僕の鼓動が鳴りだした。百合の時と同じ、ナナの時と同じ、あの感覚に陥った。
　百合をちゃんと見たのは何カ月ぶりだろう。あのお祭りの時以来かな。久しぶりに見た百合は、髪が伸びていて、上手に巻いてあった。そして化粧を薄くしていて、すっぴんでも大人っぽいのに、さらに大人っぽく見えた。すごく、すごく、かわいくなっていた。
　ドクン……。
　どうしよう……。その瞬間、止まっていた時間が動きだした。
「優？　何か言ったー……？」
　ナナが百合がいることに気づいた。百合はナナを見ると、逃げるように店から出ていった。
　まだ僕の鼓動は高鳴ったまま。僕はナナが好きなのに。おさまらない胸の鼓動。
「あっナナ……星の砂あったよ!!」
　僕は小瓶に入った星の砂を取り、ナナに見せた。
「嘘ぉ!!!!」

「よかったな!!」
「うん!!!!」
　星の砂をうれしそうに手に取るナナ。僕も星の砂を手に取った。星の砂はとてもきれいだった。僕も1つ買うことにした。ナナとの思い出のために。
「はぁ〜!!　もう沖縄の旅終わりじゃん〜」
　と歩がバスの中で寂しそうに言う。
「明日もあるじゃん!!」
「だって明日は変なとこ見物すんだろ〜?　つまんねぇよ」
「確かに!!」
　楽しそうに話をする歩と沙紀。バスの中、遠いところを見つめながら僕は何かを考えていた。それはナナではなく百合のこと。
「優!!　ありがとね」
「ん?」
「星の砂が見つかって本当によかったぁ〜。ありがとう」
「全然いいって!!　俺も買ったし!!」
「きれいだよね。ねぇ……優……?」
「ん?」
「今、小林さんのこと考えてる?」
　なぜナナはわかるのだろう。やっぱりナナは僕の心が読める、エスパーなのかな。僕はナナを不安にさせないように、嘘をつく。でもその嘘もナナにはわかってしまうんだ。
「優……私は大丈夫。優を信じてるから」
「俺が好きなのはナナだけだよ」

「ふふっ、ありがとう」
　僕はナナの手を握った。隣にはナナがいると確かめるように。僕の隣にはナナがいる。でも僕の心には百合がいた。僕は本当に最悪な最低な人間でした。

　沖縄の修学旅行は今日で最後。楽しかった思い出が僕のお土産。
　それとナナとの思い出も僕のお土産。僕はナナが一番好きという答えが、昨夜1人で考えて出した答え。僕はナナがいればそれでいい。
　バスは空港へと向かった。
「あ〜‼　つまんねぇ‼　終わっちゃったし……沖縄……」
　歩が名残惜しそうに言う。俺もそう思う。
　この修学旅行は本当にいい思い出になった。たぶんみんなもそうだろう。
「また来ようよ‼　4人でさ♪」
　と沙紀が言う。
「うん‼　来よ〜‼」
「おし‼‼　絶対な‼」
　でもこの『絶対』が来ることはなかった。僕が壊してしまったんだ。
「4人で写真撮ろうぜ‼　記念日に」
　こう歩が僕たちに提案した。みんなの意見は一致。
「おい田上(たがみ)‼　写真撮って♪」
　近くにいた同級生に写真を撮ってもらった。

カシャ。

僕は笑顔になっていたかな。僕は笑えていたかな。たぶん笑えていたと思う。ナナが横にいたから、うれしくてならないんだ。

もし……これが百合だったら……。もし……横にいる人がナナじゃなかったら。僕は笑っていたかな……。

もうやめよう。僕はもう百合のことを考えない。忘れるんだ。

あっという間に空港についた。

見慣れた街並みが僕の目に映る。歩と沙紀は２人仲良く帰っていった。

「ナナも帰るか？」

「うん、帰るよ」

ナナは寂しくないのかな。僕はまだナナといたかった。

「じゃあ、途中まで送る」

「いいって!!　私は近いから!!　お母さん待ってるでしょ？早く行きなよ！」

「本当？　じゃあさ、帰ったら連絡ちょうだい？」

「はいはい！　わかってるって！」

ナナは僕の手を離し、去っていった。何回も振り返って手を振りながら。

僕は思い出して、ナナを呼び止めた。

「ナナ!!」

ナナは立ち止まり、振り返った。僕はカバンの中から小

さな紙袋を取りだし、ナナに向かって投げた。
「なぁに？」
「開けてみて!!」
　ナナは袋を開けた。
「これ……ストラップ……」
　僕が投げたもの。それはナナに内緒で沖縄で買ったストラップ。
「ナナの携帯、寂しいから。俺とおそろい！　つけてな!!」
　僕は携帯をナナに見せた。ナナとおそろいの、ストラップが輝いている。
「あっありがとう!!　絶対つけるから!!」
「じゃあな!!」
　ナナは再び歩きだした。僕はナナが見えなくなるまで、ナナを見ていた。

「おかえり、優」
　空港の駐車場で母さんが待っていた。久しぶりの母さんの顔。なんだか懐かしかった。
　車の中から見る景色は、沖縄とやっぱり何かが違う。当たり前か。もう一度あの海が見たかった。そんなことを思いながら僕は家に戻った。
　やっぱり家が一番落ちつく……。僕はベッドに横になり、携帯についているストラップを見た。
　これを見るとナナを思い出す。ナナの笑顔。ナナの言葉。ナナの涙。このストラップにはナナが詰まっている。そん

な気がしたんだ。
　～～♪
　着信音で目が覚めた。いつの間にか寝ていたらしい。急いで電話に出る。
「はい!!」
《どうしたの？　そんな急いで》
　この声は……僕が飛び起きるくらい、うれしいナナの声。
「ナナ!?」
《うん、そうよ？　帰ったら連絡くれって言ったのは優じゃない。面白いね》
「あ～ごめん。帰れた？」
《うん、大丈夫よ》
「……寂しくない？」
　ナナは寂しくないのかな。帰っても「おかえり」って言ってくれる人がいないから。だから1人暮らしって少し僕は抵抗があるんだ。
《ん～……寂しいよ》
「あ～!!　ナナに会いたくなってきた!!」
《何それ～!!　私も会いたいよ》
　今願いが叶うなら、ナナのところに行かせてください。
《優？　明日ヒマ？》
　明日は代休で、とくに予定はなかった。
「ヒマ～」
《優、私の育ったところを見たいって言ったじゃない？　明日案内してあげる》

「まじ？」
《うん、じゃあ、明日駅に10時でいい？》
「いいよ!!　10時な」
《わかった!!　今日ストラップありがとね。じゃあね》
「じゃあな」
　　──ピッ。
　僕は電話を切った。明日ナナにまた会える!!　早く明日になれ!!　そう願った。
　今思えば、僕は電話ですごく甘えていた気がする。百合と付き合っていた時とは違う僕が確実にいた。新しい自分が発見できた。それもそれでうれしかったんだ。

　今日はナナと学校以外で会う日。
　すごく楽しみだった。
「おはよ〜」
　僕は元気よくリビングへ行った。
「優？　早いじゃない。今日、学校は休みでしょ？」
「うん、ちょっと今日は出かけるから」
「何〜？　デート？」
　幸がコーヒーを飲みながら意地悪っぽく言う。
「うるせ〜」
「当たり？」
　幸は僕が百合と別れたことを知っている。でも何も言わないんだ。それが、すごくありがたかったりする。
「今度はどんな子？　連れてきてよ♪」

「うん、いいよ」

　僕は早々に朝食を済ませ、部屋に戻った。

「あ〜何を着てこう……」

　初めてナナと私服で会う。何を着てこうかすごく迷う。決めるのにすごい時間がかかった。

　僕は悩んだあげく、ジーパンにTシャツを着て、ジャケットをはおった。

　そして9時半。僕は駅へと向かった。バスの中、いろいろ考えた。

　ナナはどんな服着てくるかな。ちゃんとストラップをつけてくれているかな。僕はナナに会いたくてたまらなくなっていた。

　待ち合わせの駅についた。

　時間は9時55分。まだナナは来ていないと思っていたのに、駅には髪をアップにし、黒のロンTにジーパンに身を包み、パンプスをはいたナナがいた。かわいい系というより、お姉系。すごくきれいだった。

　僕はしばらく、遠くからナナを見つめていた。

「……ナナ？　待った？」

「優!!　待ってないよ!」

　ナナ、僕の鼓動は加速しているよ。少し呼吸がうまくできない。それはナナのせいだよ。

「何か、雰囲気違うな。私服だと」

　僕たちは電車に乗った。電車で2駅先にあるという。

「ちょっと今日は気合い入れてきた!」

「まじ？……似合うよ」
「え？　あっありがとう」
　ナナは下を向いて耳を真っ赤にして照れている。かわいくてかわいくて、理性がぶっ飛びそうだった。
「優も私服かっこいいよ！！！！」
「え？　ありがと」
「あっ!!　ストラップつけたよ。すごく気に入った!!」
「お〜。じゃあ、これを見て俺を思い出してよ」
「うん」
　──まもなく光ケ丘駅に到着します。
　ここがナナの育った街。
「私の家に行こっか」
　次に向かったのはナナの家。お父さんとお母さんとお兄さんとナナが楽しく住んでいた家に向かった。
　ナナの家は隣の県にあったがそんなには遠くなかった。隣にナナがいたからかな。時間なんて忘れていた。
「家はまだちゃんとあんの？」
「あるよ〜!!　まだ取り壊してないもん」
「そうなんだ？　でも、誰も住んでいないんだろ？」
「うん、誰もいないよ」
「大丈夫なの？　掃除とか……」
「掃除？　あぁ〜うん!!　だって叔母さんが定期的に掃除に来てくれてるから!!」
　僕たちはナナの家に１歩ずつ近づいていく。
「もうすぐだよ!!　あっあった!!」

ナナの家が見えはじめた。

すると同時に、ナナの家の前で誰かが立っているのが見えた。どことなく誰かに似ている。その瞬間ナナは僕の手を離し、走っていった。

「……お兄ちゃん‼」

ナナの向かった先に歩いていった。少しずつ、ナナの声が大きくなっていく。

「……お兄ちゃん⁉　お兄ちゃんでしょ⁉　私‼　ナナだよ……‼」

ナナは必死にその男性の肩を揺する。今僕の目の前にいる人は、ナナのお兄さん？　確かにナナに似ている。目のあたりがそっくりだった。

その男性はただ涙を流すだけで、ナナの言葉が聞こえていないみたいだった。僕はナナを止めた。

「ナナ？　どうした？」

「お兄ちゃん……お兄ちゃんだよ……」

ナナは「お兄ちゃん」と繰り返す。僕は確かめたんだ。

「ナナのお兄さんですか？」

その男性は、首を縦に振った。

「まず……えっと……ナナ、家、開けられる？」

「うん……」

僕たちは、家に入ってリビングに行き話をした。僕はずっとナナの手を握っていた。

「久しぶり、ナナ」

ナナのお兄さんは優しくほほ笑んだ。

「なんで……なんで迎えにきてくれなかったの!?　迎えにきてくれるって言ったじゃない!!」
「ごめんな。高校入学したら、迎えにいくよって約束したのに……無理だった……」
「なんで……無理だったの？」
「自分のことでいっぱいだったんだ。本当は高２ん時、ナナを迎えに行こうとした。マンションも借りて、２人で住もうとしたんだ。でも、ナナは叔母さんのとこにはもういなかった」

　お兄さんは今までのことを静かに話していく。
　ナナはその話を真剣に聞いていた。
「叔母さん教えてくれなかったんだよ……ナナの居場所を。俺……ずっと探したんだ。ナナを。でもいなかった。探しても探してもいなくて。諦めようかと思った。でも、ナナに会いたくて、この家に来れば、ナナに会える気がして、よくここに来てたんだ」
「お兄ちゃんは……私を探してくれてたの？」
「当たり前じゃん。大事な妹だから」
「お兄ちゃん……私がつらかったの知ってた？」
「あぁ……知ってた。叔母さんにナナの居場所聞いたら、ナナのこと悪く言ってたから、俺、叔母さん家をめちゃくちゃにしちゃった」

　お兄さんは八重歯を見せて言った。やはり、この人はナナのお兄さんだ、と改めて思った。
「お兄ちゃん……」

お兄さんは、ちゃんとナナのことを考えていたんだ。裏切ったわけではなかった。ちゃんとナナを探していたんだ。
　　ナナ……お兄さんは約束を破ってはいなかったね。
「ナナ……ここからやり直そう。2人で歩いていこう。ナナ？　俺の家族はナナだけだから」
「お兄ちゃん……」
　　ナナのお兄さんは僕のほうを向いた。
「君……ナナの彼氏？」
「はい……鈴木優といいます」
「ナナを……よろしくね」
　　その時、ナナのお兄さんは笑った。ナナの笑顔とそっくりだった。
　　ナナのお兄さんは「連絡するから」とだけ言って、去っていった。
　　ナナはドアが閉まるまでお兄さんを見ていた。

「ナナ？　よかったな、お兄さんに会えて」
　　ナナは僕に抱きついてきた。
「ありがとう……優……私今日来てよかった……」
「いいって。ほら、涙を拭いて、笑ってよ……」
「うん……優……ありがとう」
　　ナナ……。笑ってよ。ナナが笑顔になると僕も笑顔になるから。ナナの笑顔は魔法なんだ。僕を幸せにしてくれる、魔法なんだ。ほら……。笑って！
　　そうだ、ここはナナの家。

「あっ!!　俺、あいさつしなきゃ!!」
「え？　誰に？」
「ナナを育ててくれた人たちに！」
　僕は仏壇の前に行った。手を合わせ、僕は心の中でお礼を言った。
「鈴木優と言います。ナナを育ててくれて感謝します」
　遺影に目をやった。お父さんは、一見怖そうに見えるけど、何か温かい感じがした。ナナの大好きなお父さん。ナナを幸せにします。
　お母さんは、ナナに似ていた。すごく優しそうな人だった。笑顔がとても似合う人。ナナの大好きなお母さん。ナナを大切にします。
「優？　終わった？」
「うん」
「何を言ったの〜？」
「内緒☆」
　次にナナの部屋に行った。
　ナナの部屋は片づいていた。本棚には数冊の本と雑誌。あとは小さなテーブルとベッドだけ。でも少しだけ、ナナを感じることができた。
「何もないでしょ？」
「……そんなことないよ」
　僕たちはベッドに座った。握られた２人の手。僕は離そうとしなかった。
「ナナ……今日はいろいろあったね」

「ん……そうだね。でもうれしかった。優のおかげよ。ありがとう」
「うん……ナナ……キスしていい？」
「えっ……うん」
　僕は軽くナナにキスをした。緊張したけど、うれしかった。少しずつ、ナナの唇から離れていった。次の瞬間、ナナからキスをしてきた。
「!?」
　びっくりして、僕は何が起こったのかわからなかった。
「……したくなったの!!」
　頬と耳を真っ赤にしたナナ。ナナ……。愛しい。
　僕はナナをベッドに倒した。
「ナナ……怖い？」
「大丈夫……優がいるから……」
「怖くなったら言って？　やめるから」
「……うん……」
「大丈夫？」
「優……私をもらってください」
　僕たちは落ちていった。深い、深い、キスをして。そして、深い、深い、甘い世界へと。
　ナナ……。君が言った言葉を、今でも思い出すよ。あの言葉は……とても素敵だった。

　ナナは僕の腕の中で寝た。ずっとナナをなでていた。ナナの目から涙が伝う時もあった。僕はその涙をぬぐう。

ドクン……。

　僕は思い出した。あの日……あの時……あの場所の百合を。百合も僕とひとつになった時、涙を流した。ナナも涙を流している。僕はナナの顔に目をやる。

『百合？　泣いてるの？　嫌だったかな？』

『違うの……うれしいの……。優くんと同じ体温でいられるから』

　僕はこんなにも鮮明に百合を思い出すことができる。ナナの顔に、あの時の百合の残像が重なる。本当に最悪な人間なんだ。百合の残像を消すために、目を閉じた。

　再び、目を開けると、目の前には、気持ちよさそうに眠るナナがいた。僕は安心した。今、目の前にいるのはナナなんだ。百合じゃない。

　僕はナナを愛している。百合ではない。僕はナナと歩いていくんだ。僕はナナしか見えない。

　そう……ナナしか……。

道

　僕はナナと歩いていく。そう決めたんだ。
　修学旅行の代休が明けた。
　昨日はナナと結ばれて、うれしいを通り越して感動した。ナナが言った『私をもらってください』という言葉が印象的だった。
　僕は沖縄で買った星の砂に目をやった。それを見ていると何かに吸い込まれていくような、そんな気がしたんだ。ナナにメールをした。
【今どこ？】
　今日からナナと一緒に登校をする。2人で決めた約束。
〜〜♪
【今、駅☆　バス停で待ってて】
　ナナが僕が乗るバス停まで来てくれる。本当は僕が迎えにいきたかったけれど、逆方向なんだ。僕はバス停でナナを乗せたバスが来るのを待った。向こうからバスが来るのが見えた。この中にナナがいる。少しずつ近づいてくるバス。少しずつ近づいてくるナナ。僕の前でバスが止まった。
　──プシュ。
　ゆっくりとドアが開いた。冷たい風が膝に当たる。
　バスに乗ると、ナナを探した。ナナはすぐ見つかった。大げさに手を振るから。僕は当然のようにナナの隣に座る。
　これが僕の1日のはじまり。

「おはよ。ナナ」
「おはよ。優」
　何か少し照れくさくなった。昨日のことを思い出したからかな。すごく幸せな気分だった。
「今日、１時間目何？」
「ん〜と、あっ!!　ホームルーム!!」
「え〜……ホームルーム？　めんどくせ〜!!　何やるの？」
「確か、文化祭の出し物決めるらしいよ」
「え〜。……なんでもいいし」
「優はめんどくさがり屋だね」
「うるさいって!!」
　ナナは以前のナナの面影がないくらい、最近よく笑うんだ。楽しそうに、笑顔になるんだ。
　ナナ……。君は少し変わったね。僕は君の成長を一番近くで見ていたような気がするよ。だから僕は安心したんだ。

　――清秀高校前。
　あっという間に学校に到着した。僕たちは手をつないで門をくぐる。みんな振り返って僕たちを見るが、僕はなんとも思わなかった。
　むしろ見てほしかった。僕とナナの２人の愛を。ほかの人に自慢したかった。でもその光景を見て泣く人もいたんだ……。これはずっと先になってわかったこと。
　僕たちは教室に向かった。
「おい〜優〜朝から見せつけんなって!!!!」

「俺らラブラブだもん」
「いいね〜」
　冷やかされながら、僕たちは席につく。
「あっ写真持ってきた!!」
　沙紀が写真を現像してきて、僕たちに見せてくれた。アルバムの中に、僕たちが写っている写真があった。あの時、空港で撮った写真。みんなよい笑顔。でも僕はちゃんと笑えていないような気がした。
　作り笑い。そんな気がしたんだ。僕だけかな。そう思うのは……。
「きれいに撮れてるね〜!!」
「でしょ！　あっ、空港で撮った写真、焼き増ししてきたから、あげるね〜!!」
「本当!?　ありがと!!　大切にするね！」
　沙紀が僕に写真を渡してきた。
「……ありがとう」
　僕はその写真を受け取った。でも僕はその写真をすぐにカバンの中にしまった。あまり見たくない。しかも、この時の僕は、別のことを考えていた。
　百合のことを……。

　幸せだと、毎日がものすごく早くすぎていく。
　あたりはクリスマスムードとなっていた。
　ある日、歩がこう言った。
「もうすぐクリスマスだな!!　優と広瀬は予定決めた？」

僕とナナは「何も」と同時に首を横に振る。
「は？　何も？　ありえね～」
「じゃあ、歩は決めてあるのかよ？」
「もちろん！　沙紀の家族と毎年恒例の鍋(なべ)パーティー！　なぁ沙紀」
「うん～。歩、私の家族と仲良いからさ～」
　歩と沙紀を見ていると、夫婦のように見えて仕方がない。
「ナナ～今日時間ある？　家に来てクリスマスのこと考えようぜ」
「おっけぇ！」
　街はクリスマスモードになっている。僕たちは早く片づけを終え、手をつないで、僕の家に向かった。
　クリスマス。もうそんな時期か。
　よい日になりますように。

「ただいま～」
「おじゃましま……す」
　ナナは僕の家が初めてだから、すごい緊張しているのがわかった。
「あら優、おかえり。……えっとそっちの人は？」
「あぁ……俺の彼女のナナ!!」
「あっ初めまして」
「初めまして。優をよろしくね？」
「あっはい!!」
　僕たちは母さんにあいさつを済ませると、僕の部屋に向

かった。
　途中、会いたくない人に会ってしまった。そう、姉の幸。
「優～!!　おかえり！　ってあぁー!!!!」
　ナナは幸の叫ぶ声にびっくりしていた。
　幸はこっちに駆け寄ってくると、ナナをじっと見ていた。
「あなたが優の新しい彼女？」
「あっ……はい……ナナと言います……」
「きれいな顔～!!　お肌スベスベじゃん!!!!」
　幸はナナの顔を、べたべたと触る。
「触るな!!　触っていいのは俺だけ!!」
　僕はナナを幸から離した。
「ケチ～!!　これから旬とデートだから！　じゃあね」
「あ？　それって、久しぶりじゃね？」
「やっと会えるわ。いってきまぁす!!」
　幸は幸せそうに出ていった。ナナは放心状態。
「ナナ？　大丈夫？」
「うっ、うん……大丈夫。ちょっとびっくりし……た……」
「ごめんな～……幸、悪い奴じゃないから」
　僕はナナを部屋へと案内した。
「優の部屋？　片づいてるね!!」
「そう？　てかごめんな、騒がしくて」
　僕はナナを膝に乗せ、後ろから抱いた。
「大丈夫だって!!　優のお母さんすごく優しそうだったし、お姉さんもきれいで優そっくりだった!!」
「恥ずかしいし……」

「私はうれしいよ！ 優のお父さんは？」
「いないよ。単身赴任だから」
「そうなんだ……」
　父さんは1カ月に1回程度しか帰ってこない。
「てか優、バイトは？ ずっと行ってなくない？」
「う〜ん、辞めた。ナナとの時間が大事だから」
「そんなぁ〜いいのに」
「いや、俺がダメなの!!!!　ナナはバイトやってる？」
「うん、マンションの家賃を払わなきゃいけないから。でも週3だから優との時間は作るよ」
「ナナ〜……」
　僕はナナを強く抱きしめた。
「優は甘えん坊ね……」
　そして2人の目が合う。久しぶりのキス。僕はナナを感じるんだ。
「あっ!!!!　この詩集〜!!」
　ナナはいきなり立ち上がり本棚に向かって詩集を取った。ナナが前に読んでいた『涙あふれる詩集』だった。
「何？　優、持ってたの？」
「うん、ナナが持ってたから気になって買ったんだ」
「そうなんだ？　私この詩集大好き。一番好きな詩ある？」
「うん……あるよ。【君の隣】っていう詩」
「あっ私もこの詩好きなんだ。一緒だね!!」
「そうなん？　何か感動する」
「今、私の隣には優がいるね」

「俺の隣にはナナがいる」
「この詩みたいね！」

　ナナ……。でも、この詩の本当の意味わかる？　僕の隣には君がいたのに、今はいないっていう意味だ。

　僕はテレビの電源をつけ、チャンネルを変えながらクリスマスのことを聞いた。
「ナナ……クリスマスどこ行く？」
「え〜と、どこでもいいよ」
「じゃあ……ナナの家に行きたい」
「マンションのこと？」
「……うん」
「じゃあ、料理を作って待ってる。何が食べたい？」
「ナナが作るもの全部食べる☆」

　ナナの家、ナナの料理。早くクリスマスにならないかな。
　予定を決めると、ナナは帰っていった。
　街も大半の人々もクリスマスを迎える準備が整っている。僕もその1人だ。ベランダから空を見上げる。今日は雲が流れるのが速い。どこまでもつながった雲が僕の家を覆っていく……。

　クリスマスが近づいたこの時期、僕らは学校が終わっても、一緒に遊ばなくなっていた。いや、遊べなくなったんだ。ナナはバイトで忙しかったから。でも電話は毎日ちゃんとしている。
《ナナ？　疲れてない？》

今は深夜０時。ようやくナナのバイトが終わったらしい。
《大丈夫だよ!!》
《お金必要なの？　無理するなよ》
《欲しいものあるから!!　ありがと☆》
　ナナは寂しくないのかな。僕は寂しい。僕たちは学校で会えるけれど、それだけじゃ何かが足りない。
　そう思うのは僕だけかな……。ナナは僕のことなんてどうでもよくなったのかな。不安が募っていく。

　２学期の終業式。明日でもう冬休みに入ろうとしていた。
　僕たちは体育館へと入っていった。そして式が終わって、２学期最後のホームルーム。
「明日から冬休みだけど、みなさん風邪を引かないように」
　と、林先生がしめくくる。
　早く帰りたくて、そわそわしている生徒が何人もいた。明後日はナナとクリスマス。でも僕の不安は消えなかった。
　歩と沙紀に別れを告げ、僕はナナの手を握り教室を出ていった。でも、誰かに肩を叩かれ、後ろを振り返った。
「あっ安里!!」
「よっ優！　最近全然話してなかったよな!!」
「そだな!!」
　安里とは席が前後なのに、あまり話さなくなっていた。安里には友達もいるし、僕にはナナや歩がいたから。
「元気？　幸せそうだな〜!!　てか、優に話があるんだけど、冬休みのどっかの日、会える？」

「どうした? いつでも誘ってくれていいから」
「ありがと。じゃな!!」

　安里はさわやかに出ていった。話ってなんだろう。

　まぁいいか……。僕は窓側にいたナナを呼んだ。また手をつないで帰る。お互いに冷たい手。つないだ手をポケットの中に入れる。

　これが今の僕たちの手のつなぎ方。こうすると次第に手が温かくなってくるんだ。
「ナナ、これからヒマ?」
「ごめん!! 今からバイト!!」

　ナナは申し訳なさそうな表情を見せる。
「え〜……わかったよ、頑張れよ」
「うん!! 終わったらメールするね」

　僕は先にバスを降りる。手を何回も振り、見えなくなるまでバスを見送った。そして家につく。そういえばナナにまだプレゼントを買っていない。何がいいかな。何が欲しいのかな。

　僕は明日、ナナのプレゼントを買いにいくことにした。

　——翌日。

　僕は電車を乗り継いで、プレゼントを買いに街に出た。

　何を買おうかな。前に『何が欲しい?』と聞いたらこう言っていた。

『今はないかな』

　欲しいものがあればそれを買うのに、こう言われたら何

を買ったらいいかわからなくなる。僕は街を歩いた。
　アクセサリー？　香水？　雑貨？
　ナナはあまりアクセサリーをつけないし、香水は気に入ってくれないと嫌だし、雑貨なんてもらってもうれしいかな。優柔不断な僕の性格。ちっとも決まらないんだ。
　僕はナナの顔を思い浮かべる。ナナの目はきれいな二重で、優しい目をしている。笑うとかわいらしい八重歯が見えるんだ。ナナは朝、鼻と耳を真っ赤にしてくる。寒いからかな。
　その時、思いついた。ナナへのプレゼント。それは……マフラー。これなら使ってくれそうだしね。
　僕はマフラーを探して、どれが似合うか考えた。ナナが似合いそうなマフラー……。なかなかないなぁ……と思っていると、女子高生たちが僕の前を横切る。女の子ってどんなマフラーをするのかなと思い振り返ってみた。
　みんなが身につけているマフラーはバーバリー。バーバリーならナナにも似合いそうだった。大人っぽいナナにはすごく似合いそうだった。
　僕はブランドショップへ行った。すぐにバーバリー発見。でもまた優柔不断な僕は迷うことになる。
　マフラーには、さまざまな色があった。茶色、グレー、ピンク、黒。僕が見たかぎり４種類。どれにしよう……。
　すると店員さんが話しかけてきた。
「プレゼントですか？」
「はい……彼女の」

「バーバリーのマフラー人気ですよ。毎年クリスマスくらいになると、みなさん買われていくんです」
「何色が人気ですか？」
「やっぱり基本は茶色ですけど、今はグレーが人気ですよ。大人っぽくて」

　僕は店員の『大人っぽくて』という言葉に反応した。
　ナナにグレーは似合うと思うんだ。ナナへのプレゼントはバーバリーのマフラー。色はグレー。ナナへのクリスマスプレゼントはこれに決まった。
　マフラーをきれいにラッピングしてもらった。
　ナナは喜んでくれるかな。
　ワクワクしながら家路についた。
　〜〜♪
　日付が変わる少し前にナナからのメールが届いた。
【明日、15時くらいでいい？　用意したいから】
【うん、いいよ】
　本当はもっと早く会いたかったが、僕のために料理を作ってくれるから我慢した。

　——クリスマスイブ。
　２日前から雪が降りはじめ、少しだけ雪が積もった。
　ホワイトクリスマスにはならなかったな。カーテンの隙間から外の光景を残念そうに見ながら、僕は泊まりの準備をした。
「母さん、スウェットどこ？」

「クローゼットの中。今日泊まってくるの?」
「うん……幸は?」
「幸も旬くんのところですって」
　母さんはすごく寂しそうな笑顔を見せた。クリスマスなのに、僕も幸も父さんもいない。寂しい思いさせて、ごめんね……母さん。
「ケーキ作るの?」
「優も幸もいないんじゃ、作る意味ないじゃない」
「俺、明日食べるから作って」
　今日、一緒に祝えない分、明日一緒にケーキを食べよう。
　それが僕の唯一できる親孝行だから。空には次第に雪雲が広がっていった。僕はバスに乗り、駅へと向かった。
　空は雪雲で覆われていた。雪がぱらぱらとゆっくりと降っていく。太陽の光が差さない。そんな空になっていた。まるで今からそうなっていく僕の心のように。
　冬休みのせいか、駅は大勢の人で込み合っていた。
　楽しそうに雪で遊んでいる子どもたち。街はとても賑やかだった。
　僕はそんな賑やかな街で、ナナを探した。ナナはまだ来ていなかった。僕は待つことにした。近くにあったベンチに座り、ハーと息を吐く。たちまち息は白くなって空に上っていく。改めてもうこんな時期なんだなって思うんだ。
　少しするとナナの姿が見えてきた。今にも転びそうな足取りでこちらに近づいてくる。
「ごめんね? 待った?」

鼻を真っ赤にして僕の前に現れたナナ。
「ううん」
「嘘つき。耳、真っ赤よ。家すぐ近くだから」
「へへっバレた?」
　僕たちは手をつなぎ歩いていった。雪の積もった道を見ると、足跡がいくつもある。この足跡はナナのかな……とか思うと楽しいんだ。
　本当に、すぐにナナのマンションへついた。
　白い塗装のマンション。シンプルな佇まいでナナっぽい感じがした。
　初めて足を踏み入れる、ナナの家。
「おじゃましまーす」
「何もないけどね。早くストーブの前に行って暖まって。温かいものいれるから」
「うん……」
　僕は部屋の奥へと進んだ。
　白でまとめられたナナの部屋は、すごくシンプルだった。
　ドクン……。
　緊張してんのかな。鼓動が騒がしかった。
　部屋をよく見渡す。ベッドにテレビに、机にソファに本棚。目立つものはこのくらい。
「何もないでしょ?」
「そんなことないよ。すごく落ちつく」
　本当に落ちつくんだ。まわりにナナのものばっかりあるからかな。本棚にはナナが好きな詩集がたくさんあって、

テレビの上には、沙紀が焼き増しをしてくれた修学旅行の写真が飾られてあった。
「優。何食べたい？」
「なんでもいいよ〜。手伝おうか？」
「いいって。ゆっくりしてて？」
　ナナはかわいらしいエプロンを身につけ、料理を作りはじめた。
　ナナの役に立ちたかったな。僕は仕方なくテレビをつけた。テレビはほとんどクリスマスのこと。歩と沙紀は今頃鍋パーティーかな。百合は……何をしているのかな。彼氏といるかもしれない。
　隣にナナがいるのに、なんで百合のことを考えてしまうのだろう。もう１年以上も前のことなのに。僕は本当に最悪な人間だな。

　……２時間後。
「優〜できたよ」
　テーブルの上にはナナが作った料理が並べられていた。ちらし寿司に唐揚げにポテトサラダにスープ。
　そして極めつけは、中央に置いてあるケーキ。
「こっ、これ全部ナナが作ったの!?　感激！」
「そうよ。施設にいた時に教えてもらったの」
「そうなの!?　すげぇ〜って!!　あっ!!」
　ふと僕はプレゼントのことを思い出した。
「何？」

僕は、袋の中からきれいにラッピングされたプレゼントを出した。
「はい!!　これプレゼント!!」
「え？　あっありがとう!!　開けていい？」
「うん!!」
「やっぱりやーめた!!　私もプレゼントあるの。でも今はあげなーい。ご飯冷めちゃうから、食べてからあげるね」
「おう!!　いただきます!!」
　僕はちらし寿司を一口食べる。
「……どう？」
　ナナは、ぎゅっと箸を握り僕の様子をうかがう。
「……うま!!　まじうまい!!　ナナと結婚したいし!!」
「本当!?　よかったぁ～」
「さんきゅ～ナナ」
　僕はナナの手料理を夢中になって食べた。

「まじうまかった!!」
　30分後には、お皿にたくさんあったナナの手料理がすべてなくなっていた。
「いっぱい食べたね!!　ケーキはまたあとにする？」
「うん!!」
　ひょっとしたら、僕は世界一幸せ者かもしれない。
　彼女の手料理を味わえて、僕は最高の彼氏なのかな、と自惚れたりもする。
「優、お風呂先に入りなよ！　私、片づけしたいから！」

僕は先にお風呂に入った。温かい湯船に浸かりながら考えたこと。それはナナからのプレゼント。何がもらえるのだろう。すごく楽しみだった。
「ナナ、先に入ってごめんね？」
　僕はタオルで濡れた髪を乾かす。
「いいよ。じゃあ、私も入ってこよ～」
　ナナはお風呂へと行った。僕はスウェットを着て、再びテレビをつけた。早くプレゼントが欲しいな。考えるのはそればっかり。
　ナナがお風呂から出てきた。
「優、ケーキどうする？」
「ん～!!　ケーキ食べたい!!　でもプレゼントも欲しい!!」
「まず、ケーキからね」
　ナナはなかなかプレゼントをくれない。僕たちはケーキを食べた。
　ナナが作ったショートケーキ。まだ旬じゃない苺がきれいに飾られている。やっぱり味は絶品なんだ。
　そしてやっと来たこの瞬間。ナナからのプレゼント。でもナナは、僕があげたプレゼントを先に開けた。
「これ……マフラー？」
「うん!!　ナナに似合うかなって思って!!」
「バーバリーじゃん。高かったでしょ？」
「余裕だって！」
　僕はナナにピースサインを向けた。
「ありがとう!!!!　すごくうれしい!!　お守りとしてつけ

るね！　じゃあ、私からのプレゼントは〜」
　ナナが立ち上がり、クローゼットの中から紙袋を取りだした。
「はい!!　プレゼント!!」
「まじありがと!!　開けていい？」
　僕はラッピングされた箱を夢中で開けた。ほのかに香る、あの匂い。百合が去年僕の誕生日に持ってきたあの香水の匂い。包装紙を開ける手が徐々に遅くなっていく。見たくない、と思っていたのだろう。
「……香水……？」
「うん、優に似合いそうだったから!!」
　僕は過去へと引き戻される。

『もらってもいいけど、俺つけないよ』
『……それでもいいから……優くんに似合うと思って買ったの……だからもらって』
　その次の瞬間、僕は百合にひどいことを言った。僕はその匂いだけは忘れはしなかった。百合からの初めてのプレゼントを返した僕。今、目の前にあるのは、あの香水。
　ドクン……。
　百合の顔が、あの時の百合が残像として目に映る。
「……優？」
　心配したナナが僕の手の上に自分の手をそっと置く。
「あっ!!　ううん。なんでも……ない」
「そう？　いい匂いじゃない？　つけてね」

「うん……」
　甘酸っぱくて、いい香りの香水。この香水は、百合を感じる香水なんだ。気がつけば、もう時計の針が深夜0時を回ろうとしていた。
　ナナと初めてのクリスマス。でも僕の心は闇に覆われていた。ナナと話していても、百合のことを考えてしまう。ナナと寝ている時も、百合のことを考えてしまう。
　ごめんね……ナナ。僕は初めて君と寝ている時も違う人のことを考えてしまった。
　すると僕の目から一滴のしょっぱい水が落ちた。その水がナナの頬に落ちた。ナナの肌がその雫を弾く。
「優？　どうしたの？」
「ううん……なんでもない。ただ涙が出てきちゃった」
「優は泣き虫ね」
　僕はナナの胸に顔を埋めた。この夜、僕は最大の罪を犯した。

　そして翌日、僕はナナの家を出て駅に向かい、家へと帰っていった。道には僕の足跡しかない。まるで僕は世界で孤独な人間のように。
　僕は家についた。
「た……だいま」
「あっおかえり〜優〜」
　靴を脱いでいると、玄関に幸がやってきた。
「幸か〜あれ？　デートじゃねぇの？」

「そうだよ〜!! 旬いるよ？」
「優〜久しぶり!!」

　すると幸の後ろから声が聞こえた。背が高く、すらっとしていて髪は少し茶色で、スーツがよく似合う人。これが、幸の彼の旬くんだ。

「旬くん!?」
「久しぶりだな〜、でかくなったな!!」

　旬くんは僕の頭をポンッと叩き、ほほ笑んだ。彼と会うのは久しぶりだった。医大生だから、なかなか会えないんだけどね。本当の弟みたいに僕にしてくれるから、なんでも相談ができる。お兄ちゃんみたいな存在。

「優、幸、旬くん。そんなとこで話してないでこっち来なさい」

　母さんがリビングから顔を出してそう言った。

　僕たちはリビングに行き、母さんの作ったケーキを食べながら話をした。

「優は、かっこよくなったな!!　恋でもしてんの？」
「へ？」
「してるよね〜」
「そうなん？　どんな子？」
「それがすごい美人なの!!」

　幸が口に生クリームをつけて興奮しながら言う。

「まじ？　会いたいな〜」
「あっそうだ!!　27日、優の誕生日じゃん!!　彼女連れてきなよ〜！　ちょうど旬もその日まで休みだし!!」

「え〜!!」
「27日いくとこ決まってるの？」
「まだ決まってない……」
「じゃあ、いいじゃん」
　と口をそろえる、幸と旬くん。ナナ……賛成するかな。でも僕はナナを家族に紹介できるからうれしかったんだ。
　僕は部屋に行き、ナナに電話をかけた。
「ナナ？　27日のことなんだけど、家に来ない？」
《優の家？　行く！　楽しみ！》
「じゃあ、バス停で待ってるから、10時頃に来て？」
《わかった〜!!　じゃあね！》
　12月27日。
　去年は最悪の誕生日だった。今年は楽しくなるかな。
　〜〜♪
　すると携帯が鳴った。
「はい？」
《優？　俺、安里〜》
「安里？　そういえば話あるんだよな？」
　僕はベッドに座り、安里の話を聞く。
《そうそう〜。だから明日会える？》
「おう、何もないから大丈夫」
《んじゃあ、駅前のファミレスまで来て〜。夕方4時とか大丈夫？　俺、部活あるから》
「いいよ〜」
　安里の話ってなんだろう。重要なことなのかな。

——そして翌日。

　目が覚めると、右に幸、左には旬くんがいた。

　昨日、僕たちはリビングで夜中まで話し、そして雑魚寝してしまったらしい。旬くんはスーツ姿のまま寝ていた。

　時計を見ると、11時。もう昼だった。

「あら、優。やっと起きたわね」

　母さんが昼食の準備をしていた。

「お……はよ」

　僕は立ち上がろうとした。でも頭が痛くて、すぐ座ってしまった。

「母さん薬ない？　頭いてぇ……」
「風邪？　薬箱の中に頭痛薬あるから飲みなさい」

　僕は頭痛薬を飲んだ。

　これから安里と会うのに、大丈夫かな。

　昼食ができるまで、シャワーを浴び、適当に着替えた。まだ頭はひどく痛い。

「母さん俺、夕方出かけるから」
「わかったわ。夜遅くならないようにね」

　僕は昼食を済ませ、部屋へ戻った。部屋には昨日ナナからもらった香水があった。香水を手に取り、シュッと手首と首につける。ナナと約束をしたから。必ずつけるって。

　甘酸っぱいその香水は、ナナと百合、2人の女性を思い起こさせる香水なんだ。

　夕方になり、僕は駅前のファミレスに行った。

もうすでに安里がいた。
「安里、話ってなんだ?」
　僕は安里の前に座り、さっそく用件を聞く。
「あぁ……」
　今からはじまる安里の話は、楽しい内容ではないことは安里の表情からわかった。
「どうした?」
「……優……俺、今頃さ……こんなこと言ってどうなるかわからんけど、言っとくな。でも気にしないでほしい」
「だからなんだよ?」
「……俺が小林と、なんで別れたか知ってる?」
　2人が別れたのは知っていたが、理由は聞いていない。
「知らねぇ……」
「小林……お前のこと忘れてなかったんだよ……」
「……は?　なっ何それ……」
「小林と、キスはしたけど、最後まではしてなかったんだ」
「……」
「意外だろ?　誘っても断るんだ。しかも、まだ優からもらった指輪……大事にしまってあるし、あいつの誕生日の8月27日も絶対に遊ぼうとはしてくれなかった」
「……」
「意味……わかるか?」
　安里の目がこちらに向けられ、僕は視線をそらした。
　安里が何を言っているのかわからなかった。
　百合はまだあのペアリングを大事にとってある?　8月

27日は遊んでくれない？
　どうして……どうして……。
　僕は安里の話をどこまで理解できていただろうか。
「……お前たちなんで別れたの？」
「あいつん中には、優との思い出が詰まってたからだよ。俺は優を越えることができなかった。だから別れたんだ」
「……俺にはナナがいる」
「うん……そうだよな……。お前ら仲良さそうだもんな。ごめんな、優。今頃こんな話をして」
「……百合は……今、彼氏いるの？」
「いないよ。まだ優が一番なんだろ。たぶん」
　ドクン……。
　安里の一言で、僕は完全に紅い月に飲み込まれた。黒く覆われた僕の心は、出口のない、闇の世界になっていた。
「悪いな……優。でもお前は広瀬が一番だろ？」
「お……う」
「それでいいんだって。自分の気持ち見失うなよな。広瀬が一番なら、広瀬を幸せにすればいい」
「ああ……」
「俺……帰るわ。呼びだしてごめんな。じゃあな……」
　安里は去っていった。
　ナナが一番大切なはずなのに、今は、ナナより百合のほうが心配だった。百合は、僕の一番最初に愛した女性だから。百合との思い出は大切だから。
　僕は抜け殻のようになった。出てくる言葉は1つだけ。

百合。僕は何も考えられなくなった。僕はどうしたらいいのだろう。百合は、まだ僕を想ってくれている？　でも、もう違うかもしれない。僕はどうしたらいい？
　答えを知っているのは、僕だけ。僕にしかわからない問題なんだ。

　僕は家につくとすぐ部屋に行き、1人になった。
　明日誕生日なのに。17歳の誕生日なのに……。僕は明日ナナと合わせる顔がない。
　こんなに胸が苦しいのに、明日が楽しいわけがない。でもせっかくナナが祝ってくれるんだ。だから笑顔でいたい。
　僕の一番は誰？　百合？　ナナ？
　僕は自分の今の気持ちに正直になった。出た答え。
　ナナを幸せにする。ナナを幸せにしたい。
　深夜0時。
　〜〜♪
　電話が鳴った。
「はい？」
《優一!!　お誕生日おめでとう!!》
　この声の正体……。それはナナだった。
「へ？」
《0時ぴったりに言いたかったの！　おめでとう》
「ありがとう……!!　まじうれしい！」
　僕はナナを幸せにします。
　そう心に誓ったはずなのに……。

第 3 章

再会

　僕はただ、呆然とするだけだった。
　百合のことを考えたって、僕は何もできない。ナナを悲しませるだけだから。
　そして僕は17歳になった。この１年、僕にいろいろなことが起こった。
　今日はナナが家に来る日。僕はリビングに下りていった。
「……おはよ」
「優～!!　誕生日おめでと」
　リビングでは幸が朝食を食べていた。そして、僕に祝いの言葉をくれた。
「おー」
　僕はその言葉を素直に喜ぶことができず、視線を落とす。
「何、元気ないじゃん？」
「なんでもねぇよ？　旬くんは？」
「旬は家に帰った～着替えてくるって!!　また来るよ」
「ふぅ～ん」
　今日は誕生日だというのに喜べないのは、なぜだろう？
　僕の心に、モヤモヤとした黒い影がある気がした。でも僕は昨日、答えを出した。ナナを幸せにするって。大丈夫、僕は迷わない。
　でも僕は迷路の入り口の前にいた。漆黒の闇に包まれた……迷路に。

僕はバス停までナナを迎えにいった。
　バス停につくと、ちょうどバスが来てナナが降りてきた。
　今日のナナは、スカートをはいていて、かわいい格好をしていた。思わず僕の鼓動は高まる。
「優、誕生日おめでとう」
「ありがとう!!」
　改めてナナに言われ、うれしくなる。僕たちは手をつなぎ歩いていった。
「ナナ……滑るなよ？」
「大丈夫!!　優がいるから」
「おう。転ぶ時は一緒な!!」
　バス停から家まで結構時間がかかる。いつもは自転車だから早いけれど、今日は雪が積もっていて、自転車では無理だった。僕たちは凍っていない道を歩いていく。
　そして、家についた。
「幸ー、旬くんー、ナナが来たよ!!」
　その声に反応するように、足音が近づいてくる。
「ナナちゃ〜ん!!!!」
　ナナは幸のテンションに、顔が少し引きつっていたがほほ笑み返した。そして、旬くんもナナの前に現れた。
「君がナナちゃん？」
「あっはい!!　こんにちは……」
　旬くんは、じっとナナを見つめる。
「旬くん？」
「めっちゃ美人!!　優、お前やるな〜!!　いいな〜若いし。

なぁ〜幸!!」
「旬……ウザいから!!」
　幸は頬を膨らませ、怒った。
「嘘やって!!　幸が一番！」
　幸ってくんの前ではこんな顔をするんだ。初めて知った。ナナを見ると、やっぱりまだ緊張している感じがした。
「ナナちゃん!!　上がって上がって!!」
「あっ……おじゃまします……」
　僕たちは幸の部屋に向かった。
　幸の部屋に入るのなんて久しぶりだった。適当に座り、僕はナナに紹介した。
「この人、幸の彼氏の旬くん!!　こう見えて医大生!!」
「こう見えてって何!?　意外？」
　とナナに尋ねる旬くん。ナナはニコッと笑って「頭いいんですね」と言った。
「よし!!　飲むか!!」
　旬くんが言い、みんなお酒を手にした。
　僕とナナはジュースだけどね。
「優!!　誕生日おめでと〜!!　乾〜杯！」
　僕の誕生会がはじまった。
　数時間たつと、幸と旬くんは完全に酔っていて、僕とナナは2人を見て笑っていた。ナナはもう僕たちに溶け込んでいた。それがなんだかうれしくなって僕はナナに、
「ちょっとベランダ行ってくる。風に当たりたいから」
　とだけ言って部屋を出た。

夜空を見上げると、星たちが輝いていて、あの日の夜空に似ていた。僕が百合に告白をしたあの日の夜空に。
　僕は１人になると、百合のことを考えてしまう。本当に僕は弱い人間だな。本当に僕は最低な人間だな。
　するとナナがベランダにやってきた。
「寒くない？」
「ん？　大丈夫……気持ちいいよ」
「今日はありがとね。何か優に少しだけ近づけた気がする」
「まじ？　今日楽しかった？」
「楽しかったぁ!!」
　ナナは僕に最高の笑顔を見せてくれる。ナナの笑顔を見ていると、やっぱり自分の悩んでいることを忘れられるんだ。ナナの笑顔は本当に魔法みたいだった。僕とナナは、夜空を見上げた。すると僕たちの前を、１つの星が流れた。僕たちは同時に、
「流れ星!!」
　でも流れ星は一瞬にして消えてしまった。
「優は……流れ星に何をお願いする？」
「ん〜……ナナと一緒にいられますようにって願うかな」
「本当に？」
「たぶんね」
「何それ!!!!」
　僕が初めて見た流れ星は、一瞬にして消えた。この星に僕の願いは届くことなく、一瞬にして……。
　百合……もし流れ星を見たなら……何を願う？

あと少しで年が明けようとしていた。
　今年はいろんなことがあった。やっぱり一番の思い出は、ナナに出会えたこと。
　カウントダウンがはじまる。
　……10、9、8、7、6、5、4、3、2、1……。
　新しい年がはじまった。
　〜〜♪
　すると携帯が賑やかな音楽を響かせ鳴る。
　ナナからのメールだった。
【明けましておめでとう！(*^o^*)　今年もよろしくね!!】
【おう!!　よろしく！　今日、何時にする？】
　今日はナナと初詣に行く日だ。
【10時くらい？】
【わかった!!　じゃあ10時に駅ね♪　バイバイ】
　今日の予定もナナで埋まっていく。たぶんこれからもずっと。

　──そして10時。
「お待たせ、ナナ」
　駅にはすでにナナがいた。
「待ってないよ!!　行こ!!」
　ナナは僕があげたマフラーをしてくれていた。グレーのマフラーは、ナナにとても似合っていた。
「ナナ。つけてくれたんだ!!」
「え？　あ〜マフラー？　気に入ってるしさ!!」

僕たちは近くの神社へと足を運んだ。
　神社にはたくさんの人がいて、何がなんだかわからなかった。
「まずお参り行く？」
　僕たちはお賽銭を投げ、手を合わせ祈った。
　ナナ？　君は何を祈ったかな。僕は何を祈ったか覚えていないんだ。
　そしてお参りが済むと、ナナがやりたがったのでおみクジを引いた。
「何かな〜!!」
「まじ緊張するし!!」
　この時に引いたおみくじは、当たっていた。あとから考えれば神様からのメッセージだったのかもしれない。
「私〜末吉〜……微妙なんだけど……優は？」
　僕のおみくじに書いてあった1つの文字。
「ヤベぇ……凶……」
　おみくじに太字で【凶】と書いてあった。その字を僕はじっと見つめる。変わるはずなんてないのに。
「ありゃ〜……。でも運だよ!!」
　ナナの言葉が少しだけ僕の胸を痛める。僕はおみくじに書いてあることを心の中で読んでいった。
【恋愛：迷いが生じる】
　この文字に目が止まった。
　迷い？　僕は迷うの？　あまり信じなかった。たかがおみくじ。そう思っていたんだ。

「優、これからどうする？」
「ん～どっか行きたい？」
　僕は冷たくなったナナの手を握り、歩きはじめた。
「星美港水族館‼」
　そこは百合と行ったことのある水族館。
「え……？」
「行かない？」
「……うん……いいよ？」
　なぜ僕は反応してしまうのだろう。百合と一度だけ行ったことがあるだけなのに。なぜこんなにも反応する？　やめて、止まって。
　歩が前に僕に言った言葉がよみがえる。
『でも体は正直だろ？』
　体は、すごく、正直でした。

　僕たちは電車に乗り、水族館へ向かった。
　百合と来た水族館につく。何も変わっていない。それが余計に百合との思い出を駆り立てるんだ。ナナは僕の手を引っ張って歩いていく。
「見て‼　イルカかわいい～」
　僕はこの言葉に反応した。百合も同じことを言っていた。また百合の残像が目に映る。
「ゆ……」
　僕は百合の名前を言いかけた。でも、残像はフッと消え現実に戻った。

「ゆ？」
　ナナは不思議そうにこっちを見た。
「……ゆっくり見ようぜ？　まだ時間あるし……」
「うん、そうだね」
　ドクン……ドクン……。
　僕の中が変に動きだす。やっぱり僕は百合のことが気になっているのかな。もし、僕の今の心境を知ったとしたら、世界中の人たちは、僕を非難するだろう。
　ナナも、歩も、沙紀も、安里も。
　僕は１歩も踏みだせない、弱い人間なんだ。けれども僕は違う１歩を踏みだしていた。それは、道ではなく、出口のない迷路へと。僕は、さまよい続ける。
「優、今日は楽しかった？」
　帰りの電車の中でナナが言う。
「……うん」
　僕は体を電車に預け、ゆらゆらと揺れていた。ナナの顔を見ることができず、ただ下を向いていた。
「もうすぐ冬休みも終わって、また新学期だね」
「めんどくさいね」
「そうだね」
　僕はただ呆然と外の風景を見ていた。すぎ去る風景がとても切なく、胸が痛かった。電車はそんな僕を目的地まで運んでくれた。
「ナナ、今日はさんきゅ」
「こっちこそありがと!!　私、新学期までバイトあるから

遊べなくなるけど、ごめんね」
「全然いいって。また連絡ちょうだい」
「うん、わかった!! じゃあね」
「おう、バイバイ」

　ナナは僕の前から去っていった。
　僕はナナの後ろ姿を見ていた。ナナの背中を見ていると、抱きしめたくなる。
　こんな欲望を抑えながら僕は帰っていった。バスの窓に、相合い傘を書いた。僕の名前の横には誰の名前が入るだろうか？　もう、自分の気持ちがわからなくなっていた。
　弱虫な僕は、1人の女性すら決められないんだ。

　目の前には、懐かしさを感じる【2年6組】と書かれたプレート。僕はそれをなぜか悲しい気持ちで見つめ、教室へと入っていった。
　まだナナと沙紀は教室に来ていなかった。
　少したつと、ナナが僕があげたバーバリーのマフラーをつけてきた。僕の胸は締めつけられる。やっぱり無理しているのかな。
「優!!　おはよ〜!!　歩くん、久しぶり!!」
「あれ？　沙紀は？」
「もうすぐ来るんじゃね？　あっ、来た」
　こう歩が言うと、ちょうど沙紀が教室に現れた。
「ナナおはよ〜!!　久しぶりぃ!!」
「沙紀おはよ〜!!　冬休みどうだった？」

「聞いてよ!!　歩が〜」
「俺なんかした？」
　いつもと同じ学校。いつもと同じ友達。いつもと同じ会話。でも僕は違った。
　１日１日が早く流れていく。３学期はすぐすぎていった。
「また優と同じクラスがいいな」
　ナナが笑顔で僕に言う。
「おう、そうだな!!　あと歩と沙紀もな」
「あ〜!!　同じクラスになりますよ〜に!!」
　僕はナナを見て笑った。また同じクラスになれるかな。
　もし同じクラスになったなら、もう僕は迷うことはないだろう。

　──新学期の始業式。
　桜のつぼみが膨らんできれいな花を咲かせる時期。
　僕は３年生になった。今年で高校生活が終わる。すごく早く感じる。僕だけかな。
　僕とナナは、クラス発表の掲示板を見にいった。
「ナナ？　何してるの？」
　ナナは目をつぶり、ぶつぶつと何かを呟いていた。
「ナナ？」
　僕は聞こえていないのかな？　と思い、もう一度ナナの名を呼ぶ。
「願ってるの!!」
「何を？」

「同じクラスになれますようにって!!」
「そうなんだ。見るよ?」
　僕はそんな必死に願うナナを見て、くすりと笑い掲示板を見ていく。
「うん……」
　すぐにナナの名前は見つかったが、僕の名前はなかった。
「ナナ、3-4だって。俺の名前ない……」
「え〜……!!　じゃあ優は?　何組?」
「俺は……えっと……あった!!!!　3-2!!　そんな遠くないじゃん!!　会いにいくよ」
「あ〜ショック!!　沙紀と歩くんとも離れたし〜」
　ナナはがっくりと肩を落とし、とても残念そうに言った。
「あっ!!　俺、また歩と沙紀と同じクラスだ」
「私、仲間外れじゃん……」
「大丈夫だって!!」
　僕はナナの頭をなでた。ナナは気づいていたかな?　僕が気づかないふりをしていたことを。3-2のクラスにある人の名前があることを……。
　僕はナナと離れ3-2に向かった。
　この教室に百合がいる。僕は緊張を抑えきれなくなっていた。緊張のせいで胸が苦しい。
　すると誰かが僕の肩を叩いた。僕はビクッと反応する。
「優?　何?　どうした?」
　それは歩だった。
「あっ歩か。ビビった。ていうかまた同じクラスだな!」

「おっお〜。3年間同じクラスだな!!!!　あと沙紀とも！」
「うれしいよ、普通に……」
　僕は下を向いた。少し汚れた廊下を僕は見ていた。
「……まぁ、優はさ、普通にしてればいいんじゃねぇの？」
　歩の言葉が、百合のことを言っているとすぐに気づいた。
「おう……頑張るよ」
　僕たちは教室に入っていった。
　教室に入るとすぐ、窓辺に立って、友達と仲良く話している百合の姿が目に入った。百合は少し変わった。大人に近づいている。そう思った。

　——キーンコーンカーンコーン。
　どこまでも鳴り響くチャイム。
　僕は真ん中の列の、前から4番目の席に座った。1年生の時と同じ席。前は歩。横は百合。何も変わっていない。
　しかし、僕の気持ちだけは違っていた。あの頃のままではない。変わることなどない……と思っていた。
　——キーンコーンカーンコーン。
　チャイムと同時に座りはじめる生徒。僕のほうに近づいてくる足音。それは僕の隣で止まるんだ。その人は、百合。
　僕の鼓動が高鳴りだして、手には汗をかく。なぜ人間ってこんなふうになるのだろう。嫌な生き物。
　僕は百合のほうを見ないようにした。ずっと僕は右側を見ていた。でも、やっぱり百合が気になってしまうんだ。
　今、百合は何を思っているのかな。今、百合はどこを向

いているのかなとか。考えたくないのに考えてしまう。人間はそんな生き物なんだ。

　この状況に耐えることができなくなり、歩に話しかけた。
「なぁ……沙紀は？」
　教室に1つだけ空席があった。沙紀の姿が見当たらない。
「あれ？　来てないな。もうすぐ来るんじゃね？」
「ふぅ〜ん……」
　ダメだ。横にいる百合が気になってしまう。
　早く先生が来ないかな。早く学校が終わらないかな。
　——ガラガラ。
「ごめんね!!　遅くなって!!」
　勢いよくドアを開け、教室に入ってきた先生。
　よく知っている顔。林先生だ。3年間同じ先生。少し運命だと思った。これは、神様の悪戯(いたずら)なのかな……。でも神様は、僕の幸せまで奪おうとするんだ。
「今日はこれで終わります!!　さよ〜なら!!」
「歩!!　沙紀、結局来なかったな」
　僕は、配布されたプリントをカバンの中に入れていく。
「お〜……さっきメールしたら風邪らしいから、今から沙紀んち行ってくる。じゃ!!」
「そっか……心配だな。気いつけろよ。じゃあな」
　沙紀はめったに風邪なんか引かないのに、大丈夫かな。
　僕はナナのクラスに向かった。
「ナナ？」
　ナナを教室の外から呼んだ。するとナナのまわりにたく

さんの人がいた。そんな光景に僕の目が点になる。ナナ……友達できたんだ。
「優〜!! お待たせ」
　手を振りナナが近づいてくる。
「あっうん、ナナ……友達できたん？」
「うん!!!! なんか……私、忘れてた。友達ってこんなに必要なものだっていうこと!!」
「そっか……よかったじゃん。大成長！」
「このこと教えてくれたの、誰だかわかる？」
　僕の耳にこの言葉が残った。ナナは確実に成長していた。でも僕は成長している？　僕はまったく成長していない。前に僕はこう思った。
　——未練は邪魔なもの。
　今、僕には未練が残っている。この未練が僕を苦しめるんだ。
　僕たちは学校から出ていく。
「あっ、優!!　今週の日曜日引っ越しなの。前の家に戻ることにしたんだ」
　僕たちはバスが来るのを待っていた。
「そうなん？　でも学校遠くなんじゃん……大丈夫なの？」
「うん!!　ちゃんと通うよ!!」
「そっか……よかった。ていうか日曜日に行っていい？俺も」
「来てくれるの？　もちろん!!　うれしい!!　ありがと」
　春の心地よい風が僕たちを優しく包む。風が吹くたび、

花びらが地上を舞い、また落ちていく。
「じゃあ、またな！」
　ナナは歩きだそうとしない。僕はナナの顔をのぞいた。
「ナナ？」
「キス……したい……」
「はっ!?」
　突然のナナの発言にリズムよく鼓動が鳴る。
「最近、全然してないじゃん!!」
　ナナは顔を真っ赤にして言う。かわいらしいナナ。
「甘えん坊!!」
「じゃあいい～」
「嘘。かわいい」
　僕はナナの唇に軽く自分の唇を当てた。不意打ちのキスにナナはびっくりしていた。そしてまた顔を赤くする。
「ナナを見てると、いじめたくなる」
「何それ!!!!　もう優なんて知らな～い」
「嘘だって！　ごめんね」
　僕は目を閉じ、今度はゆっくりとナナの唇にキスをした。
　ナナとのキスは、一番幸せを感じる瞬間。百合とのキスも僕は幸せだと思っていた。本当はどっちかのキス１つだけが一番幸せなんだ。でも、今の僕にはどっちが幸せなのかはわからない。
「優……私、不安だよ」
　目の前でナナが泣いている。僕はナナの涙を拭いてあげた。それでもナナの涙は流れだす。僕は夢を見ていた。

「ナナ……泣かないでよ……」
「優……私を置いてかないで……私を1人にしないで……」
「大丈夫だよ……ナナ。僕はナナのそばにいるから」
　すると遠くのほうから僕を呼ぶ声が聞こえる。
「優くん……私のこと忘れちゃったの？」
　ナナの後ろに百合が立っていた。
「百合のこと忘れてないよ……」
「うれしい……。じゃあ、私のとこに来てよ……その子を置いて私のとこに来て？」
　僕は泣いているナナのほうを見た。
「……そんなことはできないよ」
「なんで……？　私のこと忘れてないんでしょ？　私のこと大事なんでしょ……？」
「百合も大事だよ、でもナナも大事なんだ……」
「優くん……私、悲しい。優くん……ちゃんと選んでよ」
「今の俺にはできない……」
「優くん……私、あなたが好き」

　僕は目を覚ました。
　今のは夢？　数回瞬きをし、自分を落ちつかせる。すると僕の部屋を母さんがノックした。
「優？　お風呂に入りなさい」
「うん」
　今の夢はなんだったのだろう？　リアルすぎて怖かった。今でもはっきり覚えている。

『優くん……私あなたが好き』
　あの百合はなんだったのだろう……。
　僕はお風呂に入った。
　まだあの夢が残っている。ナナの泣き顔。すごく胸が苦しくなった。でもさらに苦しくなったのは、百合の言葉。
『優くん……私、あなたが好き』
　頭から離れなくて、離れなくて、苦しい。僕はラクになりたいのに、ラクにしてくれない。恋愛は、全然ラクではないことを初めて知った。
　好きな人がいればそれだけで幸せなんだと思っていた。でも今の僕はどうだろう？　幸せかな？
　自分に自信がなくなってきた。僕はちゃんとナナを好きなのかな？
「あ〜もう……うぜぇ」
　いつもより水かさが少ない湯船。僕は蛇口をひねり、熱いお湯を出した。白い蒸気がお風呂場を埋めつくしていく。
　何もかもわからなくなる。僕の心を紅い月が蝕んでいく。神様は僕をどれだけ苦しめれば気が済むのですか？
　僕は、何も考えずに眠った。もうあの夢は見なかった。

　そして次の朝。また僕に神様が悪戯をした。
「優、おはよ」
「あっ、ナナおはよ」
　いつもと同じ１日のはじまり。
「元気ないね？　どうしたの？」

「え？　そう？　普通だよ？」
　僕はすぐ顔に出るからわかるのかな。また昨日の夢を思い出していた。僕たちはいつもと同じ時間に学校につく。
「じゃあね、優。またあとでね」
「お〜じゃあな」
　僕はナナを見送って教室に向かった。
　こんなにも教室に行きたくないと思うのは、生まれて初めてだった。
　教室には百合がいる。ナナではなく百合。百合に会いたくないな……と思いながらも、教室へと足を運ぶ。
　教室に入ると、「優〜おはよ」と歩が声をかけてきた。
　僕は内心ホッとしていた。歩がいなかったら、教室にいづらかった。
「お〜おはよ!!　沙紀は？」
「あっ鈴木くん!!　また同じクラスだね！　うれしい！」
　教室に百合の笑い声が響く。
　百合の笑った顔が僕の目に映る。僕の表情が曇る。それにいち早く気づくのはいつも歩なんだ。
「優……大丈夫か？　何かあったら言えよ」
「あ？　別に大丈夫だって……」
　今日はまだ平常授業ではない"総合"の時間。
「今日は、学級委員を決めます」
　えっ？　僕は止まった。思い出すあの光景。
　2年前の春も、こんなはじまり方だった。
「学級委員やりたい人いない〜？」

先生の声で僕は動きだした。

ゴクン……。

勢いよく唾を飲んだ。

クラスの反応はシーンとしたままだ。僕の鼓動は大きく鳴っている。

「じゃあ……クジで決めましょう!! 今から作るから待ってね!!」

鼓動がさらに速くなり、手には汗がにじみ出てきた。

このクジで、僕と百合は仲良くなれた。もしこのクジが当たりだったら、僕はまた百合と仲良くなるのかな？

そんな不安と期待のような変な気持ちが入り混じる。そして運命の時は必ず来るんだ。

「クジに当たりって書いてあった人が学級委員ねー。引きにきて!!」

先生が言うと、みんなは立ち上がり、クジを引きにいった。歩が、

「そんな心配しなくっても、なるわけねぇから。もしまた当たりだったら、優は相当、クジ運が悪いってことだって」

と言ってきた。

「はぁ〜〜……」

僕はクジを引きにいった。この１枚のクジに運命が書いてある気がした。教室内がざわついている。「よかったあ!!」、「セーフ」などいろいろな声が聞こえる。

「優!! どうだった？ 俺、セーフ!!」

僕はクジを見た。

「ヤベぇ〜俺になってまった〜!!」
「優?」
　歩は、じっと僕の顔を見る。
「……はっ、ハズレ」
　紙には何も書いていなかった。
　当たったのは僕の後ろの人らしい。
「よかったじゃん!!」
　それを見た歩は安心したように僕の肩を叩く。当たらなかったのはうれしいが、なんだろう。この大きな胸の穴は。期待したのかな。百合ともう一度学級委員がやりたかったのかな。
「学級委員になった人、前に来て〜」
　すると僕の後ろの人が立ち、前に行った。女の子は誰になったのだろうと思い、ふと横を見た。
　すると1人の女子が前に出ていった。
　そう、百合だった。
「学級委員は園田くんと小林さんになりました!!」
　拍手をするみんな。僕はただ呆然とするだけ。……百合になったんだ。
　2年前、僕もあんなふうに百合の隣で拍手を受けていた。でも今の僕は拍手をするほう。なんだろう……今すごく園田がうらやましい。
　2人は席に戻っていった。百合は僕の隣に戻っていく。
　百合は後ろを向き「園田くんよろしくね!!」と言って、前に向き直った。

ドクン……。

鮮明に記憶が残っている。

『鈴木くんよろしくね!!』

百合の言葉が頭の中を駆けめぐる。

モヤモヤとしたものが僕を襲う。

これって……これって……ヤキモチ……。今、僕は誰にヤキモチを妬いた？ 園田にヤキモチを妬いた。

ヤキモチなんて妬かなくていいのに、ただ園田が百合の隣にいただけなのに。ただ百合が園田に話しかけただけなのに。ただこれだけでヤキモチを妬いてしまった。

僕はなんて愚かな人間なんだろう。僕はなんてちっぽけな人間なんだろう。僕はどうすればいいのだろう。

——キーンコーンカーンコーン。

"総合"の時間が終わり、僕はナナのいる教室に向かった。

「ナナ、ちょっと来て……」

僕は手招きをし、ナナを廊下へと呼びだした。

「どうしたの？」

そしてナナに抱きついた。

「ちょっ優!? 人いるよ!?」

「ごめん……もう少しこのままでいさせて？」

「よしよし……優は甘えん坊ね」

ナナはゆっくり僕の髪をなでた。

ねぇ……神様？ あなたは……どれだけ、僕を苦しめれば気が済むのですか？

「ナナ……ごめん……ありがと……」
「優。何かあったの……？」
「大丈夫……じゃな」
　僕はナナから離れていった。僕の心はもう少しで限界だったんだ。

「今日はこれでおしまいです!!!!　さよ〜なら!!」
　いつの間にか、放課後。何も考えずに時はすぎていた。
「……う……優!!」
「は？　なっ何？」
「大丈夫かよ？　先生が呼んでたぞ!!」
「あっ……お〜わかった……先生は？」
「職員室!!　んじゃまた明日な！」
「お〜じゃあな」
　先生が僕を呼んでいたことなんて知らなかった。なぜ先生は僕を呼んだのだろう？
　僕は職員室に向かった。
　職員室のドアを開け、先生を探す。
「失礼します……」
「あっ鈴木くんこっち!!」
　手招きをする先生のところに向かった。
　でも僕は、突然歩くのをやめた。そこでは、学級委員になった百合と園田が作業をしていたんだ。
「鈴木じゃん!!　お前どうしたの？」
　園田と百合が僕に気づき、僕と百合は目が合った。

「鈴木くんも先生に呼ばれたの？」
「は……？」
　僕は小さくこう言った。息が詰まって言葉が出なかったんだ。
　沈黙のまま、時がすぎていく。
「鈴木くん？　あなたバスケ部だったよね？」
「あっうん、でも行ってないよ？」
「何か中途半端になるから、続けるか辞めるか決めろって顧問の先生が言っていたのよ。斉藤くんは辞めたけど、あなたはどうする？」
「辞めます……」
「わかったわ、待ってて？」
　先生は書類を取りにいった。どこからか視線を感じた。
　僕は視線を感じたほうを見る。百合と目が合った。
　ドクン……。
　僕はすぐに目をそらした。このままだとダメになると思ったから。
「じゃあ、ここにサインして」
「はい……」
　僕は名前を書いた。
「もう行っていいわよ。ごめんなさいね」
　僕は百合と園田を横目で見て職員室を出た。
　職員室を出るとナナが待っていた。
「あのね……優」
　次の瞬間……。職員室のドアが勢いよく再び開いた。

「鈴木くん!!」
　と呼ぶ澄んだ声の持ち主。百合が姿を現した。僕は振り返る。百合はナナがいることを知り、
「あっ……なんでもないの」
　こう言って職員室に戻っていった。ナナは下を向いたまま何も言わない。
「ナナ？　帰ろ……」
「うん……」
　僕はナナの手を握って歩いた。
「……優……優はまだ小林さんが好き？」
「何を言ってるの？　俺が好きなのはナナだけだよ？」
「……うん」
　ナナの言葉に僕の気持ちが揺れた。百合をまだ好きと言ったら嘘になる。でも好きじゃないと言ったら嘘になる。自分の気持ちがよくわからなくなっていた。
　僕とナナの間に会話はなかった。僕はこの状況がとても嫌だった。ナナと話さなきゃ……。
「ナナ？」
「ん？」
　僕はナナにキスをした。
「ナナ？　俺が好きなのはナナだけだよ!!　わかった？」
「うっうん……恥ずかしい……」
「ナナ安心してよ!!　大丈夫だから!!」
　僕はナナを不安にさせまいと、笑顔を見せた。するとナナも、安心しきったかのように笑ってくれた。

でもそんな簡単に不安なんか消えないんだ。僕もそうだった。ナナも同じだったんだ。
「優!!　今度の日曜日、引っ越しなの」
「前に言ってたね」
「うん、本当はお兄ちゃんが大学を卒業したら暮らすはずだったんだけど、お兄ちゃんが待ちきれないって……」
「そっか……俺も行くからさ、何時に行けばいい？」
「じゃあ、9時に私の部屋に来てくれる？」
「うん、わかった!!」
　僕はバスを降り、バスの中のナナに何回も手を振った。そして家につく。
　僕の胸は何かに締めつけられて苦しかった。すごく気になるんだ。百合が言おうとしていたことが。気になって夜も眠れないんだ。

迷い

　——日曜日。
　僕は朝早く起きてナナのマンションに向かった。
　今日はナナの引っ越しの日。半袖ではまだ肌寒い季節。桜はもう完全に散ってしまった。
　——ピーンポーン。
「優おはよ!!　あがって？」
　ナナの部屋は段ボール箱が山積みになっていた。
「結構片づいた？　引っ越しのトラックは？　まだ？」
「もうすぐ来るんじゃないかな？　座ってて？」
　僕はソファに座り、テレビをつけた。
　テレビの上にはまだ修学旅行の写真が飾ってある。僕はその写真が視界に入らないように目を避ける。
「優？」
「ん？　どうした？」
　ナナのほうを見ると、コップを持ったまま首を傾げて僕を見ていた。
「今日はつけてないの？　……香水……」
　つけてこなかった。忘れたわけじゃないんだ。
　１日だけでもいいから、最悪な誕生日のことを忘れたかった。百合から初めてもらった香水の匂いを僕から消したかった。
　そうしないと、また思い出してしまうから。

「……忘れたんだ……朝、忙しくて……」
「そう……なんだ……ごめんね。変なこと聞いて……」
　ナナは悲しい瞳で僕を見た。
　引っ越しのトラックがマンションの前に止まった。
　業者の人たちが部屋から段ボールや家具などを運んでいく。次々と運ばれる荷物。
　あっという間に部屋は空っぽになった。
「ナナ、忘れものない？」
「たぶんない!!」
　次の瞬間……ナナの部屋で、何かが落ちる音がした。
「ナナ？　何か落ちたみたい」
「え？」
　僕たちが部屋に戻ると、あるものが落ちていた。
「ナナ……これ写真じゃん」
　テレビはもともとマンションにあったものだから運ばれずに残してあった。その横に写真立てが落ちていた。それに不吉な感じがしたのは、僕だけかな？
「あっ、写真忘れてた～!!　よかったぁ!!」
　ナナは写真立てを拾い上げた。そしてホコリを払い、大事そうにカバンの中に入れた。
「なくすなよ、大事なんだろ？」
「うん!!」
　僕はまだ動揺していた。ダメだとわかっているのに、嫌なことを考えてしまう……。僕たちはナナの実家に行った。
　そこにはもうナナのお兄さんが来ていた。

「ナナ……これからまたよろしくな」
「うん‼ 私こそ‼」
「優もありがとな。荷物を運び終わったら、ゆっくり話そうな」
「あっはい。俺、手伝いますよ」
　ナナとお兄さんの段ボール箱がどんどん家の中に運ばれていく。
　すぐにナナの家は段ボール箱でいっぱいになった。
「疲れた～‼」
　と、ナナはベッドの上に横たわった。
「疲れたなぁ～でもよかったじゃん」
　僕もナナの隣に横たわる。視界がナナから天井の木目へと移る。
「優、ありがとね‼ 本当ありがとう‼」
「いいって～‼ 俺、強いし？」
「何それ～‼」
　僕たちは笑い合った。するとナナが僕に抱きついてきた。
「何？ ナナちゃん」
「ねぇ……優？ 私のこと離さないで？」
　ドクン……。
「離さないよ」
　ドクン……。
「ずっとそばにいて……？」
　ドクン……。
「そばにいるよ……」

ドクン……。
なぜナナはこんなことを聞いたの？

僕はナナの不安に気づいてあげられなかったね。ナナは僕のエスパーなのに。僕はナナのエスパーなのに。僕はナナのこと気づいてあげられなかった。

もう夜になっていた。

太陽が月に変わって、暗い空に輝きを放つ。

ねぇ、ナナは幸せになれるかな。ナナなら大丈夫だよね。きっと。でも人間ってとても弱いんだ。もともと強い人間なんていない。みんな弱い人間から、努力をして強い人間になっている。僕はまだ子どもだった。

「ただいま」
「おかえりなさい、お風呂入っちゃいなさい」

僕は疲れた体をゆっくり洗い、眠りについた。

そしてまた夢を見たんだ。あの時と同じ夢。

「優……私、不安……だよ。優は私のこと嫌い？」
「好きだよ……ナナ」
「じゃあなんで……なんでよ……私、あなたがいれば幸せだよ……」
「ナナ……ごめん……俺は君を守れない……俺は君を幸せにできない……」

僕は何かを思い出す。いつか誰かもこんな言葉を言っていた。

『優くんがいればそれで幸せ』

あの別れた時、百合が言っていた言葉。すると、突然ナナの背後から百合が姿を現した。
「百合……」
「優くん……私あなたがいれば幸せなの」
「嘘だ……」
「嘘じゃない……ずっとあなたが……」

〜〜♪
携帯の目覚ましで目が覚めた。
その音は、夢の続きを見させてはくれない悪戯のようだった。また嫌な夢を見てしまった。僕の心はもう壊れはじめていた。
僕は重い足取りで学校に向かった。
今日はナナが隣にいない。今日からナナと別々に行くことになっていた。ナナは新しい家から学校に通う。僕が朝通る道は違うから、僕たちは別々で学校に行くんだ。学校へ向かう途中も、夢が頭から離れてくれない。
前の夢もそうだった。僕の頭から離れてくれなかった。ナナの言葉、百合の言葉が次々と頭の中をよぎる。
「はぁ……」
門から下駄箱まで100メートルくらいの距離なのに、今日は遥か先にあるような気がした。
やっと下駄箱に到着。すると背後から声が聞こえた。
「優〜おはよ」
僕の体はビクッと反応をする。目の前に立っていたのは

ナナだった。
「ナナ……おはよ」
「おはよ！　昨日はありがとね!!」
　と言い、ナナは僕の手を握ってきた。僕もナナの手を握り返す。2人で教室に向かった。
「ナナ教室入れよ、鐘鳴るぞ？」
「うん～……」
　ナナはなかなか教室に入ろうとしない。
「どうした？」
「やっぱり一緒に学校来れないと寂しいなって思ったの」
「あはっ、バ～カ。毎日学校で会えんじゃん!!　心配すんなよ!!」
「だって～……」
　──キーンコーンカーンコーン。
　チャイムが僕たちの会話を裂いた。急いで教室に入る生徒たち。
「じゃな!!」
　僕はナナを置いて、教室に向かった。
　まだ先生は来ていなかった。そして自分の席についた。横には百合。この前、百合が言おうとしていたことがすごく気になった。それとあの夢の中の言葉も。

　──ガラガラ。
　先生が入ってきた。
　今日から普通授業。6時間目まである。憂鬱で仕方がな

かった。授業中に考えることはただ1つ。あの夢のこと。隣に百合がいると余計考えてしまう。ナナに悪い。考えないようにしても、僕の頭は百合に占領されていた。
　休み時間に廊下に行った。ただ外を見つめるだけ。すると久しぶりにある人を見た。
　和樹だ。
「あれ？　優じゃん!!　久しぶり!!」
　と和樹が声をかけてきてくれた。
　和樹を見るのはいつ以来だろう？
　和樹が百合と付き合っていた時あたりからずっと見かけていなかった気がする。
「久しぶりだな!!　元気かよ？」
　僕は和樹に笑顔を見せる。
「元気すぎるって、まじで」
「よかった」
　そこへ後ろから誰かが和樹を呼ぶ声が聞こえた。聞き覚えのあるさわやかな声。
「和樹～。って優？」
「安里じゃん!!」
　安里と話すのも久しぶり。クラスが離れたからかな。
「優……お前……まぁいいや。つうか、あとで会えるか？」
「どした？」
「聞きたいことあるからさ!!　次、俺ら教室移動だから行くな!!　じゃな!!」
「わかった」

久しぶりに2人と話した。
　和樹と安里。少しおかしな組み合わせ。自然と笑みが浮かぶ。安里の話はなんだろう。
　するとポケットに入っていた携帯が震えだした。
【次の時間サボれるか？】
　メールの差出人は安里だ。僕はすぐにそのメールの返事をする。
【大丈夫!!】
【じゃあ、体育館の裏に来て☆】
【おっけ】
　安里と待ち合わせ。僕はどんどん迷路にはまっていった。

　——次の時間。
「安里？」
　僕は約束どおり、体育館の裏に来た。安里はすでにいた。
「優、悪いな、まぁ……座れよ」
「なんだよ話って」
「ああ……さっき久しぶりに優に会って思ったことがあったんだ」
「なんだよ？」
「お前、ちゃんと笑ってなかったよな……」
「俺が？」
「あぁ……お前笑ってないぞ？　全部作り笑い」
　視線を落とすと、散って茶色く変色した桜の花びらが目に入る。

「そんなつもりねぇよ」
　僕はそんな花びらを見てはいられず、足で蹴った。
「お前さ〜。1人で悩みすぎじゃね!?」
「そんなつもりはねぇ」
「もしかして気にしてんの？　俺が前に言ったこと」
「……別に……」
「忘れろって言ったじゃん」
「考えたくないんだけど無理なんだよ……」
「ごめん……俺があんなこと言わなければよかったよな。でもな……優。いつか絶対に誰かを傷つける。それは小林かもしれない。広瀬かもしれない。時間の問題だ」
　僕はどっちかを傷つけるんだ。百合かナナ。2人は僕の天秤にかけられていて、どちらに傾くかは時間の問題。
「俺……ちゃんとする」
「どっちかに決めるってこと？　じゃあ、今は優的にどっちなん？」
「今は……ナナ」
「そっか……優なら決められるだろ。まだ時間はたっぷりあるから考えろよな」
「悪いな、安里」
「なんで優が謝るんだよ、俺が悪かったんだって」
　そう言って安里は僕の背中を叩いた。
　安里はなぜ僕を励ましてくれたのだろう。なぜ僕に勇気を与えてくれたのだろう。安里は百合と付き合っていたのに。つらい思いだってしたはずなのに。なぜこんな前向き

なのだろう……。そんな安里が男らしく思えた。僕たちはずっと話し続けた。

最近あったこととか。誰かの噂だとか。安里と話していたら、少しだけ気がラクになった。前に進もうと思った。
「じゃあな、優。またなんかあったら言えよ？」
「さんきゅ、安里。助かった。じゃあな」
再び教室に戻った。

残りの授業は少し気がラクになったせいか、あの夢のことは考えることはなかった。でもまた僕は壁にぶち当たる。

6時間目の授業が終了した。僕は帰る支度をし、ナナを迎えにいった。
「ナナ〜帰ろ〜」
「うん!! 待ってて〜」

ナナは急いで片づけ、僕のほうに向かってきた。僕はナナの頭をポンッと叩き、手を握って帰ろうとした。
「あっ!! ごめん優!! 私、職員室行かなきゃ!!」
「なんで？」
「新しい住所を書きかえなくちゃいけないの!! ごめん、先に帰って」
「待ってるよ、俺ヒマだしさ。体育館で待ってる」
「本当にごめんね。ありがと！ じゃあ、終わったら体育館に行くから!!」

僕はナナの手を離し、1人体育館に向かった。

今日は部活がないから体育館は静かだった。体育館の中

心に転がっている1つのバスケットボール。僕はそのボールを手に取り、リングに向かって投げた。久しぶりだからボールは見事に外れた。
「くそっ……」
　僕は夢中になってボールをリングに向かって投げた。
　──ダーンダーン。
　静かな体育館に広がるボールの音。僕は何を思ってボールを投げていただろう？　それすらわからなくなる。すべてがわからない。
「鈴木くん？」
　僕を呼ぶ声が聞こえた。リングに向かっていたボールが外れた。転がっていくボールはある人の前で止まった。
　静かな体育館。その体育館には2人だけ。1人は僕で、もう1人は……。
「百合……」
「鈴木くん……何してるの？」
「……ナナを待ってる」
　百合は『ナナ』という言葉を聞くと、少し曇った笑顔を見せた。
「あっ、そうなんだ……」
「うん……。百合は……何してんの？」
「ん？　あっジュース買いにいってたの」
「そっか……なぁ……百合……1つ聞きたいことがある」
「何……？」
　僕は思いきって聞いたんだ。

職員室で何を言おうとしたか。そうしないと、僕の中のモヤモヤが消えてくれないから。
「職員室で会った時、何を言おうとした？」
「あっ……あれね……香水のこと……」
「香水？」
「私があげようとしてた香水……あるじゃない？　あれの匂いにそっくりだったから……」
　ドクン……。
　百合はあの最悪な誕生日のことをまだ覚えていたんだ。しかも僕に贈ろうとしていた香水の香りまで。
　なぜ今、僕は動揺したのだろう。百合は僕の心を汚染していく。
「あれは……ナナにもらったんだ……」
　再び百合の顔が曇る。体育館が静かすぎて僕は嫌だった。聞こえるのは、木が風に揺れる音と、僕の鼓動。
「そっそうなんだ……」
「うん」
　会話が途切れた。百合の顔を見られない。でも顔を見なくてもわかること。百合のすすり泣く声は聞こえた。体育館に聞こえる音は、とても悲しい音だった。
　目の前で百合が泣いているのを、僕は見て見ぬふりをした。もし百合に触れたら、僕は抱きしめてしまうから。僕は耐えた。
　そんな静かな泣き声に加わった百合の声。
「優くん！！！！　私……私まだ……まだ優くんが……」

「百合……やめろ。それ以上、何も言うな。俺は……ナナしか見てねぇ……」
「……ぅ……っ……ごめん……さい……バイバイ……」
　百合は体育館から出ていった。

　僕は声を出さずに泣いた。ただ上を向いて、天井を向いて。僕の頬に温かい涙が流れるんだ。ゆっくりと、同じ速さで。
　体育館には、今までここに百合がいたという証のボールと１人静かに声を出さずに泣く弱虫な僕がいた。ただ、百合に言った言葉は本物かな。
『ナナしか見てない』
　本当にそうなのかな。
　僕は、他人から見たら、ずるくてひどい人間と思われるだろう。
　一番それをわかっているのは僕だ。昔、僕は百合に『ずるい』と言った。でもそれは今の僕に言えること。百合に言った言葉は、僕の今の姿。そんな罪悪感が僕を苦しめる。百合を苦しめたように、僕を苦しめる。
　すると体育館に向かってくる足音が聞こえた。僕はその音に反応する。急いで涙を拭く。バレないように。
「優!!　ごめんね!!　遅くなっちゃった!!」
「あっ……うん……大丈夫だよ」
　僕はナナに笑顔を見せた。ナナを見ると落ちつく。
　でも自分では自分の顔を見ることができない。相手しか

見ることができない。僕はちゃんと笑ったつもりなんだ。でも、今僕がナナに見せたのは、ナナに嫌な思いをさせる笑顔だった。作り笑いだった……。

百合は、ずっと僕の中から消えてくれないのかな……。

「優……？」

「ん？　何？」

ナナは僕の異変にすぐ気づいた。

「んーん。なんでも……ないの。……帰ろ？」

「うん……帰ろ」

僕はナナに手を差しのべた。ナナは僕の手の中に入った。そして校門まで手をつないで歩いていった。

ナナは今日から右の方向へ帰っていく。僕は左の方向へと帰っていく。

校門で僕たちの手は離れた。

「じゃあね」

「おう、またな」

ナナが歩きだしたのを確認すると歩きだした。

帰り道、手を広げてみた。さっきまでナナと手をつないでいたせいか、少しだけぬくもりが感じられる。でも手を広げた瞬間そのぬくもりは、たちまち消えてしまうんだ。

僕は何も感じられなくなる。ナナのぬくもりさえも。その手を僕はポケットの中へ入れて再び歩きだす。

僕のまわりに桜の花びらが散っていた。体育館の裏に落ちていた桜の花びらよりは枯れていなかった。あんなきれ

いだった桜も、簡単に散っていく。でもまた来年も咲く。きれいな花を咲かせる。

　百合……。百合は桜みたいだったね。

　僕は部屋に入り、ひたすら泣いた。

　泣きたくないのに自然と涙が流れるんだ。百合の泣き顔が離れなくて離れなくてつらい……苦しい。

　あの時、僕は百合を抱きしめそうになった。もし抱きしめたら、悲しむのはナナだ。でも抱きしめなかったら、悲しむのは百合。

『いつかお前は２人のどっちかを傷つける』

　安里が言っていた言葉を今、思い出した。

　僕の願いは、２人とも傷つけないこと。でもそんな自分勝手な願いは、神様は許してくれなかった。

　僕は都合がよすぎる人間で、自分の気持ちもはっきりしないから神様は怒ってしまったのかな？　ようやく自分の気持ちがはっきりした時には、もう遅いんだ。

　〜〜♪

　携帯が鳴る。この音は電話だ。僕は相手の確認もせず、その電話が鳴り終わるのを待った。何回も何回もかかってくる。でも出なかった。出る気分ではなかった。

　着信はナナからだった。

　ナナ……。本当はね、怖かったんだ。電話に出るのが怖かったんだ。でもナナは僕を優しい目で見ていてくれたね。ナナ……。僕は……君を幸せにできたかな……。

そして暗い夜は明け、太陽が元気な姿を見せてくれた。
　まだ眠い目をこすりながら洗面所へ行き、顔を洗った。鏡を見ると目が腫れていた。昨日、泣いたからだ。
　僕はそれでも学校に行った。ナナに会うために。
　でも理由はそれだけだったかな。違う意味もあったんじゃないかな。僕は自分自身にさえ疑いを持った。
　——3年2組。
「優!!　おはよ〜、ってなんだ!?　その目!!」
「鈴木くん大丈夫!?　きれいな二重が台無しだよ？」
　歩と沙紀が僕を見て心配する。
「大丈夫……でも俺、保健室行って冷やしてくる」
「おお……」
　僕は教室から逃げた。まだ教室には百合はいなかったが、なんだかいづらい。いたくなかった。
　——ガラガラ。
「あら、鈴木くんどうしたの？」
　と養護の清水先生が言う。僕は2年生の時、しょっちゅう保健室を利用していたから名前を覚えられていた。でも、保健室の独特のニオイがあまり好きではなかった。
「目が腫れて……」
「どうしたの？」
「事情があって……」
「失恋でもしたのかしら？」
「はぁ……」
　僕は軽く苦笑いをし、その質問の答えをごまかした。

「これ使いなさい、しばらく貸しといてあげるから」
「ありがとうございます……先生……少し寝てもいいですか?」
　僕は立っているのも限界だった。体も心も。僕は最近まともに寝れなかった。また変な夢を見そうで怖かったんだ。
「大丈夫?　少し顔色も悪いけど……ベッド使っていいから寝なさい」
「はい……」
　僕はベッドに横たわった。不思議とすぐに眠れた。
　しばらくすると、清水先生と生徒の会話が聞こえてきた。
「先生〜……」
「あら?　どうしたの?　今日は遅刻?」
「うん……遅刻〜……先生、目が腫れちゃったの」
「あなたも?　あなたも失恋したの?」
　この子も昨日泣いたのかな。
「失恋っていうのかな……言ってもないのにフラれたって感じかな……」
「そうなのね……これ使って冷やしなさい」
「ありがとう……」
　この子は僕と一緒で昨日思いっきり泣いたんだ。世の中には僕と同じ理由で涙を流す人がいるんだなと思った。

「先生〜……もうだいぶよくなった」
　少しして僕は体を起こし、カーテンを開けた。
　そこには座って目を冷やしている女の子がいた。

「鈴木くん大丈夫？　だいぶ引いたわね」

　僕は見た。座っている女の子を。僕と同じ理由で泣いた女の子を。

　僕は神様が嫌いになった。

　なぜ神様は僕にだけ悪戯をするの？　なぜ神様は僕にだけ意地悪するの？

　目の前に座っている女の子が、僕と同じ理由で泣いた女の子が……百合だなんて……。

「……」

　お互い何も話さない。ただ見つめ合うだけ。

　何かを確かめるように……。ただ、ただ、見つめ合うだけだった。

「先生……俺、帰るわ」

「はい、わかったわ。お大事に」

　百合も昨日泣いたという事実を聞いて、僕はすごく後悔した。

　あの時、僕は百合を突き放したから。突き放すような言い方をしたから。百合はすごく傷ついたんだ。

　全部、僕のせいで。僕がすべて悪い。僕がはっきりしないから、百合だってナナだって傷ついていくんだ。

　神様……。もう少しだけでいいから……僕に時間をくれませんか？　必ず、答えを探します。それには、もう少し時間が必要なんだ。お願い……これだけは聞いて？　そしたら、僕をいじめていいから。

　気持ちがはっきりしないと、僕は迷路から抜けだせない

んだ……。
　それから、僕の時間は流れていく。

　4月の中旬。
　クラスにはだいぶ慣れた。
　あの保健室以来、百合の目を見ていない。あの体育館以来、百合と話していない。
　それは、避けたわけじゃない。答えを出すため。向き合うんだ。自分自身と。
「優～!!」
　教室の外から僕の名を呼ぶ声が聞こえる。声が聞こえたほうへと進む。
「ん？　何？　ナナ」
　廊下にはナナがいた。
「あのね～、今日バイトないんだぁ!!　だから、遊ぼ？」
「……わりぃ……俺、今日無理なんだ」
「……なんでぇ？」
「ちょっと……な……ごめんな……」
「……わかったぁ……ヒマな日、教えてね？」
「ごめん……また今度な」
「いいよ!!　じゃあね」
　ナナは教室に戻っていった。
　僕はナナの誘いもすべて断っていた。自分自身と向き合うため。
　僕は学校が終わると、毎日向かう場所がある。最近見つ

けたんだ。

　学校から少し離れた場所に、小さな森がある。その先をずっと真っすぐ行くと、丘があるんだ。そこは、ベンチしかないところ。

　ベンチに座り、丘から僕の街を見下ろすんだ。それが僕の日課になりつつある。何も変わらない僕の街。でも僕の心は変わっていくんだ。

　ここに来ると穏やかな気分になる。自分の気持ちが見えはじめている気がするんだ。そして、この丘から街を見下ろしたあと、次は星空を見上げる。ここは空に一番近い場所だと思うんだ。手を伸ばしたら、星が手に入りそうな気がするんだ。

　ここは僕の秘密の場所。

　──翌日。
　僕はまたあの秘密の場所に向かおうと思っていた。
　急いで帰る支度をする。
　僕はカバンを持って秘密の場所に向かおうとした。
　教室を出ようとした時、太陽の光に反射する何かを見た。
　なんだろうと思い、その場所に向かった。そこには指輪が落ちていたんだ。拾って、指輪を見た。この指輪は見覚えがあった。それもそのはず。僕が選んだんだから。
　ドクン……。
　どうしてここに落ちているの？　どうしてこんなところに、落ちているの？　胸が締めつけられる。でもこれは僕

の知っている指輪ではないかもしれない。僕の知っている指輪は、内側に名前が刻んである。

　僕は指輪の内側を恐る恐る見た。

　そこには、僕の名前と百合の名前が刻んであった。間違いない。これは、僕が百合の誕生日にあげたペアリングだ。と同時に、教室のドアが開く音がした。僕は振り返った。

「……」

　僕はその人と見つめ合ったまま何も話せない。その人も話そうとしない。その人とはこの指輪の持ち主。

　夕日が月と交代しようとしている時、僕はまだ教室にいた。教室にいるのは僕だけではない。

「鈴木……くん……」

「百合……何してるの？」

　百合は部活の格好をしていた。

「忘れ……もの」

「何を……忘れたの？」

「……」

「もしかしてさ……これ？」

　僕は百合に指輪を差しだした。百合は首を縦に振った。

「なんで？　今こんなものがあるの？」

「思い出だから……大切な宝物だもん……」

「俺たち……別れたじゃん……」

「私は……私は……」

「……何？」

　僕はまた迷いだす。でも、僕の気持ちは見えてきた。

「私……まだね……優……くんが好きな……の」
　ドクン……。
「何を言って……」
「本当に……ずっとずっと優くんが好きだった。別れたあともずっと……」
　百合は泣きながら僕に言う。
「優くん……私、あなたが好き」
　僕が以前見た夢が、今、現実となって現れる。
　僕は今、何をしている？　腕の中には泣きながら僕を抱きしめる百合。そんな百合を抱きしめる僕。
　歩……。歩が言ったこと、今わかったよ。歩は間違っていないね。
　体は正直な行動をした。僕は百合を離した。まだ泣く百合を僕の腕の中から離した。
「……百合……今は答えられない。ごめん……」
「……いいの。私のワガママだもの。ごめんね」
「百合……指輪……返すよ」
「……迷惑じゃない？　私が指輪を持ってること」
「迷惑なんかじゃ……ないよ」
「ありがとう……じゃあね」
　百合は教室から出ていった。
　僕は走っていく百合を見ていた。
　答えはまだ出ていないのに、百合を抱きしめてしまった。
　ナナに悪いことをした。いつになったら僕は迷路から抜けだせるのだろう？　僕はまだ気づいていないだけな

んだ。この時もう答えが出ていたなんて知らなかったんだ。
　僕はカバンを持ち、あの秘密の場所へと向かった。
　もうあたりは暗かった。でも星はキラキラと輝いていて眩しかった。
　なぜ……百合は、まだ僕のことを好きでいてくれるのかな？
　僕は百合にひどいことをした。ひどいことも言った。でも百合は僕を好きと言った。百合が言ってくれた１つひとつの言葉、すべて心に響いた。
　百合は、僕のすべてを埋めつくす。僕はどうすればいいのだろう？　もう迷いたくない。

　時間がもうそこまで近づいてきていた。神様が与えてくれた僕の時間は、残りわずかだった。
　僕は昨日のことを僕の胸の中にしまい、学校へと行った。下駄箱には、ナナの姿があった。
「ナナ……おはよ」
「……おはよ」
　ナナは僕の顔を見て言ってくれなかった。いつもなら笑顔を見せて言ってくれるのに、今日は違った。
　休み時間にナナの教室に行ってもナナはいなかった。昼休みナナと学食に行こうと探してもナナの姿は見当たらなかった。体育館、中庭、教室、廊下。どこを探してもナナはいない。
　僕は屋上へと足を運んだ。そこには、ナナが体育座りを

して、顔を埋めていた。ナナのほうへ進むと、次第に泣き声が聞こえてきた。
「……なっ、ナナ……？」
「1人にしてぇ……」
「何か……あった？　俺、何かしたかな……」
「1人にして……お願い……」
「嫌だ……1人になんかできないよ」

　僕はナナの不安に気づいてあげれなかったね。

　ナナは僕と似て、1人で抱え込む癖があるよね。僕が気づいてあげていれば、ナナにこんなに悲しい思いをさせずに済んだのにね……。

　ナナ……。僕には力が足りなかったんだ。僕はナナの横に座ってナナが泣き止むのを待った。
「ごめんね……泣いちゃったりして」
「いいよ……でも……ナナどうしたの？　なんでいきなり泣くの？」
「優は……鈍感ね」

　ナナは静かに話してくれた。
「優……私、不安だよ……私を置いてかないで……1人にしないで……お願い……お願い……」

　ナナは振り絞った声で僕にすがりついて泣いた。
「……ナナ……」

　でも僕はナナを百合のように、抱くことはできなかった。頭をなでることしかできなかった。
「ナナ……泣かないで……」

「優……私、不安なんだよぉ〜……優……私、優が好きなのに……」
　夢の中で聞いたナナの言葉。あの夢は間違いなく正夢になった。
「ナナ……大丈夫だから……」
　僕が言ったこの言葉はとても弱々しかっただろう。ナナを余計不安にさせただろう。僕は罪な男なんだ。
　神様……。僕に残された時間はあとのどのくらいですか？
　静かに時間はすぎていく。
「……ご……めんね、私、弱いからかな……優……嫌いにならないでね……私のこと……嫌いにならないでね」
「……うん」
「ありがと……」
「ナナ……しばらく……距離置かないか？」
「え……？」
「そしたら、俺の気持ちはっきりすると思う。誰が大事なのかはっきりすると思う……。だから少しの間、距離を置こう……」
「……嫌だって言ったら……？」
「俺は……中途半端になる……ナナを中途半端に愛してしまうと思う……」
「そっか……わかった……。じゃあしばらくの間、メールも電話もしない。話しかけないし、目も合わせないようにする……」
「ナナ……ごめんな……はっきりしたらすぐ話すから……」

「いいの……わかった。ちゃんと聞かせてね? 待ってるから……」

　ナナは屋上から姿を消した。僕はナナを傷つけただろう。
　罪悪感がさらに積もる。
　ねぇ……神様。
　僕のことをいじめてもいいから、僕のことを連れてってもいいから、あの人だけはやめて……。
　僕はあの人がいないとダメなんだ。

答え

　僕の心の中にある天秤には、両端に百合とナナがかけられていた。
　以前はナナのほうに傾いていたのに、今は百合のほうに傾いている。これが……僕の正直な気持ちなんだ。
　自分自身の気持ちが見えた。はっきりした。ナナに……百合に……言わなきゃ……。でも、僕はまだ言えなかった。答えが見つかったのに、僕の体は動かない。
　たぶん、僕は恐れているんだ。
　ナナが泣くんじゃないかって。ナナを悲しませるんじゃないかって。でも、はっきりしたらナナに言うと言った。
　それまでナナは待っていてくれるから、ナナに言わなきゃ。
　でも僕はこの答えを初めに聞いてほしい人がいる。僕のことを心配してくれている人。
　僕はその人を家に呼んだ。
「悪いな……歩」
「あ？　いいって、俺も気になってたし」
　僕は歩を部屋に案内する。
「初めて入った〜!!　何か意外なんだけど！　片づいてて」
「静かにしろって!!　うるさくすると幸に怒られる……」
　僕はあわてて歩の動きを止める。
「幸？　新しい女？」

「姉だって!!　バ～カ。歩……今から話すから静かに聞いてな……」

　僕はゆっくりと話しはじめた。

　最近、百合に告白されたこと。ナナが僕の前で泣いたこと。僕の答えが出たこと。すべて話した。

「……なんて言ったらいいかわかんねぇ……」

　すべてを聞いた歩は力が抜けたような声でこう言った。

「……だよな……歩ごめんな……俺、ためすぎたみたいだ」

「優……お前はさ……誰が大事かはっきりしたんだろ？」

「……うん」

「じゃあ、言いに行けよ」

　歩が鋭い目つきで僕を見てくる。僕は視線をそらした。

「じ……自信がないんだ。まだ怖くて……ナナを泣かせるんじゃないかって……ナナが悲しい思いするんじゃないかって……怖いんだ……」

「……優、お前ってバカだよな。早く気づけよ」

「……何が？」

「不安なんだよ、誰でも!!　今のこの時だって、あいつらは不安で悲しい思いしてんだよ!!　泣いているかもしれない。早く行けよ、言いに行けよ」

「歩……」

「お前ってそんな奴だったっけ？　そんな弱い人間だったっけ？」

「俺は……弱い」

僕は声を振り絞り、自分の弱さを認めた。
「お前は本当なんもわかってねぇ。みんな同じなんだよ。弱いんだ。俺だって弱い。でもな、弱い人間でも、必ず強い人間になれるんだぞ！　それは、努力するかしないかの差だ」
　歩の力強い言葉が、僕の胸に突き刺さった。
「優……今のお前、努力してるかよ」
　歩は僕の背中を押してくれた。
　僕は暗くて狭い迷路から、抜けだそうとしていた。目の前にゴールを見つけたんだ。その先には、キラキラとした光が見えた。光の正体はなんだろう。
「歩……俺、行ってくる……」
　僕は立ち上がりゴールを目指した。
　言わなきゃいけない。伝えなくてはならない。
　僕は弱い人間だ。でも歩が言ったように、努力しなければ強い人間にはなれない。僕は強い人間になりたかった。だから僕は逃げない。逃げずに努力する。

　僕がまず行った先は、ナナのところ。彼女を学校の屋上に呼んだ。
　誰もいない校舎。薄暗くて、気味が悪かった。僕は屋上へと走った。
　――キィー。
　屋上のドアノブを引く。そこには不安そうなナナの姿があった。

ナナは不安でいっぱいだったんだ。

ナナ……これから話すことが、ナナにとってつらいことだったら、僕をずっと恨んでもいい。でも僕は君を愛していた。

屋上から見た空は星が1つもなく、ただ暗いだけだった。

「ナナ……」

「優……」

ナナの目にはもうすでに涙がたまっていた。

「ごめんな、こんなところに……呼びだしたりして……」

「ううん……いいの」

「ナナ……答えがはっきりしたよ」

「聞かせて……?」

僕は震えていた。小刻みに両手が震えだす。

ちゃんと伝えられるかな……。ちゃんとナナに伝えられるかな。

「ナナ……俺の心には、2人の女性がいた。ナナと百合。でも、俺はナナしか見ていなかった。ナナを守ってあげたいと思っていた」

「うん……」

「でも……百合と同じクラスになってわからなくなったんだ。自分の気持ちが」

「うん……」

ナナの弱々しい声が僕の胸を苦しめる。僕は目を閉じ、いったん気持ちを落ちつかせてから話の続きをした。

「百合を目で追っている自分がいたんだ。最初、ただ元カ

ノだからとしか思わなかった」
　ナナはついに何も言わなくなった。彼女のすすり泣く声が聞こえた。でも僕は話し続けた。
「でも……日を追うごとに……百合への気持ちが増えていった。百合を忘れられなかった。ナナと手をつないでいる時も……出てくるのは百合ばっかりだった……百合が消せなかった……」
　僕はのどに込み上げてくる何かを必死に抑えた。
「俺……最低だよな……最低すぎる。ナナを守るって……ナナのそばにいるって言ったのに、守れなかった……」
　後悔が波となって押し寄せてくる。
「……ゆ……う」
「ナナ……ごめんな……本当にごめんな……。俺……謝っても許してもらえないと思う……。恨んでいいから……俺のこと……」
　ナナがゆっくりと口を開いた。
「優……何を言ってんの……？　私が優を恨む訳ないでしょ？　優はさ……私の命の恩人だもの」
　ナナは涙をぬぐい、僕を見てこう言った。
「え……？」
「実はね、私、少しだけ気づいていたの。優が離れていくこと。優……最近私の前で見せる笑顔……作り笑いだったもんね……」
　ナナは気づいていたんだ。僕が作り笑いをしていたということに。

「でもね、私……気づかないふりしてたの。もし言ってしまったら、優は私から離れていくって思って。少しでも優と一緒にいたいって思ったの」
「……うん」
「優……私、幸せだったよ？　幸せすぎたの。優が初めて私を受け入れてくれたから。優が初めて私の過去を最後まで聞いてくれたから」
「……」
「優……私はあなたに感謝しなくちゃね。私あなたのおかげで、忘れかけていたものを、思い出すことができたの。友達とか、幸せとか」
「……ナナ……」
　ナナは、強くなったね。
「優……ありがとう……優がいなければ、私……」
「俺は何もしていないよ、全部ナナがやったことだよ。俺は見守っただけだよ……」
「ねぇ……優……見て？」
　ナナは僕の前に腕を出して見せた。手首にはほとんど傷がなかった。
「……ねぇ……わかる？　優と出会う前、この腕にはね、傷がたくさんあったの。でも……今はなくなった。優と出会ってから、私は一度も自分を傷つけてない」
「……」
「ねぇ……この意味わかる……？　私はね、つらくて腕を傷つけていた。でも優と出会ってから傷つけることがなく

なったの。私は幸せだった、私はつらくなくなったっていう証拠」
「ナ……ナ……」
　僕は堪えきれず泣いた。その涙は悲しい涙ではなかった。
「優……私は幸せだった。あなたに出会って、あなたに愛されて……とても幸せだったの。世界一幸せだった」
「ごめ……ん……」
「謝らないで？　優……感謝しているのよ？　怒ってなんかない……優……私あなたといて幸せでした。次に愛す人を幸せにしてあげてね……」
「ナナ……」
　ナナは立ち上がり、僕に今まで見たことのない最高の笑顔をくれた。
「優、ありがとう!!　大好き!!」
　そして僕の前から去った……。
　屋上のドアが閉められた。
　僕は……ただ小さくなって泣くことしかできなかった。
　ナナは、僕といて幸せだと言った。ナナは僕の態度に変化があったことを知っていたのに、何も変わることなく、笑顔を見せてくれていた。しかも、『次に愛す人を幸せにして』と言った。ナナは……大人だった。
　僕が子どもすぎたのかもしれない。ナナと過ごした数カ月は、僕を大人にする、僕を強い人間にする架け橋だった。
　──僕とナナの恋は終わった。
　ナナに一言【ありがとう】とメールを送った。

その返事は来なかった。ナナは、僕を優しい目で見守ってくれていた。

　——次の日。
　僕は学校へと向かう。
　昨日思いっきり泣いた。泣き続けた。泣きやむと、すぐに目を冷やした。だから今日はあまり腫れていなかった。
　僕とナナはもう他人なんだ。そのことに、なんだか、まだ実感がわかなかったりする。
「優……おはよ!!」
　目の前には、僕に笑顔であいさつをするナナがいた。笑顔のナナ……。
「ナ……ナ」
「何びっくりしてんのぉ？」
「え……だって……昨日……」
「何？　別れたら話しちゃダメなの？　あいさつぐらい、いいじゃない♪　な〜に暗い顔してんのよ!!」
　ナナは思いっきり僕の背中を叩いてきた。
「いってぇ……」
「優は……気づいてないみたいね。優は人を幸せにできる力を持ってるってことに」
「幸せに……できる力？」
「うん、私は幸せになったもの。だから優……自信を持ちなよ!!　んじゃあね」
「うん……。またな」

ナナは一度だけ振り返って手を振った。僕もナナに手を振る。
　ナナ……本当に僕は君を幸せにできたのかな？
　僕は今も君の幸せを願っているよ。ナナが幸せなら、僕はそれでいい。ナナ……。僕は君を愛していた。

　教室につくと、僕は歩に話した。
　昨日ナナに伝えた内容を。歩は真剣に聞いてくれた。最後には、笑顔を見せた。
「優……よかったじゃん!!　小林にはいつ言うの？」
「今日……」
「そっか……頑張れよ」
　僕は今日が何日かわかっていただろうか？
　今日は4月27日。
　——2年前のこの日、僕と百合ははじまった。
　背中に【ゆり】と書いた。百合も僕の背中に【ゆう】と書いた。空には、たくさんの星が輝いていたね。
　——2年後の今日。
　僕は新たな気持ちでいた。
　百合の部活が終わるのを静かな教室で待った。
　教室からテニスコートが見える。僕は百合を探すんだ。百合は一生懸命テニスをしていた。額から流れる汗がとても眩しかった。
「百合……」
　僕の中には百合しかいない。もう百合しか見えない。

ナナには、最悪なことをした。守れなかった最悪な約束をした。でもナナは笑顔で別れていった。
　ナナ……。僕はナナのおかげで、前に進めたんだ。もしナナと出会って、恋をしていなかったら、僕は本当の恋というのを知らないまま、生きていただろう。
　ナナ……。ありがとう。
　窓から部活が終わるのを確認すると、カバンを持ち、教室を出た。
　百合がいるテニスコートへと歩いていった。ちょうど百合もテニスコートから出てきた。
「……百合……」
　僕は友達と話している百合を呼んだ。
　百合は僕の声に反応し、僕のほうを見た。
「……鈴木くん……？」
「百合……少し話せる？」
「うん……」
　僕たちは、テニスコートの横にあるベンチに座った。僕たちの距離は30センチ。この空間が、恋人ではないという証拠。
　僕の心臓がうるさく鳴る。だから僕は何も話すことができなかった。
　次第に百合に一目惚れした時に感じた、あの感覚になっていた。僕の心は、次第に無邪気だった１年生の頃に戻っていく……。
「……話って何？」

「えっと……」
　僕の頭の中は真っ白になっていた。でもその真っ白の中に【百合】という名前が写しだされた。春の風がそっと僕の背中を押した。
「百合……ゆっくり……話すから聞いて?」
「うん……」
　僕は激しく鳴る鼓動を、落ちつかせながら話していった。
「……俺……ナナと別れた」
「え……?　なんで?」
　百合は少し驚いた表情をし、僕を見た。
「答えが出たんだ……俺……百合に告白されて……揺れたんだ。俺はナナを守るって約束したから。ナナを守らなきゃいけなかった。だから、百合のことは忘れようとした。もし……百合とまた付き合ったら……過去のことを思い出すんじゃないかって……」
　僕はゆっくりゆっくり……百合に想いを伝えていく。
「百合と付き合って楽しかったよ。でもつらかった。だから百合とまた付き合うと、そうなるんじゃないのかなって思ってた。俺は逃げてたんだ……恐れてたんだ……」
「……ぅ……ん」
「百合……一度しか言わないから聞いて?　答えを聞いて?」
　百合は今にも泣きだしそうな顔をして首を縦に振った。
「俺は弱虫でさ……前に進めなくてさ……でもよく考えたら、誰が俺に必要かわかったんだ」

夜が見えはじめる。月が見えはじめる。それらと同時にたくさんの星たちも……。
「もしこの先……つらいことや悲しいことがたくさん待ってても……俺は逃げずに頑張る。でもそれには必要な人がいるんだ……」
「……」
「俺すげぇ迷った。ナナか百合かって。すげぇ迷った。俺の……隣にずっといてほしいと思ったのは……百合だとわかったんだ……」
「……ぇ……？」
「百合に惹かれている自分がいたんだ。百合と別れたあともすごい後悔した。すげぇ泣いたし、すげぇ凹んだ」
「うん……」
「もし、俺に幸せがあるなら、すべて百合に注ぎたい。百合が幸せになってくれれば俺は幸せだから。百合の笑顔を見れるだけで俺は幸せだよ……」
「鈴木……くん……」
「ねぇ……百合……鈴木くんなんてやめてよ……前みたいに……呼んで？」
「優くん……」
「よくできました」
　僕と百合の距離は、まったくなくなっていた。
　僕は百合を抱きしめていた。泣いている百合を優しく。
「百合……俺たち……すごく遠回りしちゃったね？」
「……う……ん……」

「でもね。遠回りしなきゃ、俺は誰を好きか……誰を愛しいてるかわからなかったよ。俺はそのことに気づかせてくれた人に感謝しなくちゃいけない……」
「そう……だね……」
「感謝してもしきれないよ……ナナには本当に感謝しているんだ……。それに、俺の背中を押してくれた歩……それから、俺の本当の気持ちを教えてくれた……安里。もっともっといる……」
「私も……感謝しなくちゃね……？　こうしてまた優くんの腕の中に包まれて……うれしい……」
「百合……もう離さないよ……もう逃げないから……俺についてきてくれる？」
「当たり前だよぉ……」
「百合……ありがとう……」

　僕は百合をゆっくりと離した。
　百合の顔がよく見えるように。百合の顔を目に焼きつけるように。そして僕は笑ってみせた。それを見た百合は僕を見て笑う。
　こんな愛しい時間が、少しずつすぎていく。
　百合？　僕は……君の涙が一番きれいだと思うんだ。
　僕は百合を見つめる。百合は僕を見つめる。百合に見つめられて、僕の心臓はおかしいくらい鳴り続ける。まるで壊れたかのように。鳴りやまない……僕の鼓動。
「百合……あれ持ってる？」
「あれ？」

「俺たちの思い出のもの」
　そう言うと、百合はポケットからあるもの出した。
「これ……？」
　僕たちの指輪。
　僕は指輪を百合の手のひらから取りだし、百合の薬指にはめる。やっぱり百合には大きかった。でも僕は指輪をはめた。
「はい……これで、俺たちは恋人だよ」
「うん!!　優くんにもはめてあげるね」
「ありがとう」
　百合は僕の薬指に指輪をはめていく。
　でもなかなか指輪は入らなかった。
「ん〜……優くん太ったぁ？」
「あ？　太ったかも!!　だってこれずっとはめてなかったじゃん？」
「絶対はめる〜!!　はまれ〜!!」
　必死な百合を見ていると、おかしくてたまらない。でも、それも愛しいと思うんだ。
「はまった!!」
「お疲れ〜」
　久しぶりにはめたペアリング。2人は恋人という証。
　顔を出した月や星たちが今度は輝きだした。

　学校から出て、百合を送った。
　最後に送ったのは、1年以上も前のこと。でも僕の足は

ちゃんと覚えていた。体は、何もかも覚えているんだ。
　僕と百合の手が絡まり、百合の体温が伝わってくる。
「ねぇ……優くん？」
「ん？　何？」
「今日……なんの日か覚えてる？」
　僕は知っていた。でもわざと言わなかったんだ。
「わかんない」
「もぉ〜!!　今日は４月27日だよ？　ほら、私たちが初めて告白した日」
「あっそうだね？」
「これって運命だと思う！　私と優くんは、何があっても離れないんじゃないかな？」
「当たり前じゃん？　ずっと一緒だよ？」
「絶対一緒ね！」
　また百合の笑顔が僕のものになった。僕たちはすごく遠回りをした。でも遠回りをした分、誰を愛しているか気づかされた。
　僕には百合だけ。この時間は、僕たちのためにあるものだと、勝手に思ってしまうほど、僕は百合を愛している。百合ともう離れなければならなかった。百合が僕の前から去っていく。
「百合……もうすぐだね？　寂しい……」
「あたしも……」
「連絡ちょうだい？　家ついたら」
「私……優くんの連絡先、知らないよ？」

僕は百合と別れたあと、携帯を替えた。

　もちろん百合には教えていなかった。

「まもなく２番線に電車がまいります。ご注意ください」

　アナウンスが流れる。もう教えているヒマなんかない。

「どうしよ……」

「私……アドレス変わってないから、昔の携帯使えるなら、それ見て送ってきて」

「あっうん、ごめん」

「じゃあ、行くね……」

　僕は電車に乗る百合の手を引っ張った。

「忘れ物!!」

　僕は百合の唇に軽くキスをした。そして、百合を押し込んだ。その瞬間、電車のドアが閉まった。電車の中で、驚いている百合。

　僕は笑って、手を振った。百合も手を振り返した。百合が、僕の前から離れていった。僕は電車が見えなくなるまで、ずっと立っていた。

　僕は何も変わっていない。百合を好きな気持ちも、少しも変わっていない。

　——翌日。

　僕は陽気に学校へ行く。

　百合とのやり直し。嘘じゃない。この薬指の指輪が僕たちが恋人という証だから。

　教室では、僕の隣に座る人がいた。薬指には僕と同じ指

輪。間違いなく百合。
「百合‼　おはよ」
　僕は百合に元気にあいさつをする。
「優くんおはよ〜。元気だね。何かいいことあったの？」
「秘密！」
「え〜ひどぉい」
　百合がいるからだよ。百合が隣にいるから。百合が僕に笑顔を見せるから。百合以外に僕をこんなにする人は、誰もいないよ。
　もう僕と百合の空白の時間は、なくなっていた。
　僕たちは前に進んでいく。

　——幸せになってください。
　僕はこの言葉を世界中の人に言いたい。
　僕は百合と出会えて幸せだった。百合がいれば幸せは手に入る。でも、百合がいなくなったら幸せはどこに行ってしまうのかな？
　僕は今も考えている。この答えは出ることはないだろう。この先……何年たっても。何十年たっても。

　——キーンコーンカーンコーン。
　6時限という長い授業が、いつもより早くすぎていく。百合が隣にいることで、授業が進むのが早く感じるんだ。
　授業中、彼女をずっと見ていたら、先生に何回か注意された。下校途中、

「優くん、先生に怒られすぎだよ〜!! 面白かった!」
「やめろ〜!! ていうか百合、今日ヒマ? 家来ない?」
「えっ!? うん……行く……」
「やった!! んじゃ決まり!」
　百合が僕の家に来るのはいつ以来だろう。
　僕はカバンから鍵を取りだし、ドアを開けた。
「ただいま〜」
「おじゃましま〜す」
　家の中は、薄暗く、人のいる気配がなかった。
　僕は百合を、部屋に連れていった。
「優くんの部屋、久しぶりに入る〜!!」
「適当に座ってて。俺、何か持ってくる」
「ありがと!!」
　僕は冷蔵庫の中をあさる。見事に何もない。僕はコンビニに行ってくると言い、家を出た。
　百合……何が好きかな。てか女の子って何が好きなんだ? 僕は思い出す。去年の文化祭……。僕たちのカフェに百合が来てくれた。百合が頼んだもの。カフェラテ。僕はカフェラテとサイダーを手に取りカゴに入れた。
　会計をすませ、走って百合の元に向かう。
「百合!! わりぃ!!」
　百合は僕のベッドでスヤスヤと寝ていた。
　僕は百合に近づき、頭をなでた。サラサラと指どおる百合の髪。長いまつげ。リンゴのようにおいしそうな唇。僕の愛しい人。

僕は百合を起こさないように、そっとしておいた。
　本棚にある詩集を手に取り、読みはじめた。僕のお気に入りの詩集。パラパラとページをめくる。
　僕はある詩に目を止めた。

【芽】
　芽は水を欲しがる　僕は君を欲しがる
　芽は水を蓄えれば成長するだろう
　僕は君を蓄えれば成長するだろう
　芽はいつか必ずキレイな華を咲かすだろう
　僕はいつか必ず立派な人間になるだろう
　それまで僕のそばにいて

　まるで僕のことを言っているみたいだ。僕は百合を欲しがる。僕は百合を蓄える。
　僕は百合といれば立派な人間になれる。そんな気がする。
　だから、ベッドでスヤスヤと眠る百合を僕は離さない。大切にしなければいけない。僕が立派な人間になるためには百合が必要だから。
「ん〜。……あれぇ？　寝ちゃってた？」
「おはよ、よく寝てたね？」
「ごめんね!!　ん？　何、読んでるの？」
「ん？　詩集」
「優くん詩集なんか読むの？」
　百合はベッドから下り、僕のほうに寄ってきた。

「うん……ナナが好きだった詩集なんだ」
「そうなんだ……」
「ごめん……不安になった？」
「大丈夫!!　どの詩が好きなの？」
「今読んでるのは、これだよ」
　百合が今読んでいた詩を読みはじめた。
　百合は読んでなんて思うかな……。百合が必要とするのは……誰ですか？
「……すごく……不思議な気持ち……」
「でも俺、好きだよ」
「うん、私もいい詩だと思うよ……」
「百合の必要とする人は誰？」
　僕は百合を見つめた。
「私？　私は……なんて言ってほしい？」
　百合は笑って僕をからかってくる。
「べっ別に？」
「嘘だよ！　私が必要な人は、優くん……あなたよ？」
　真っすぐに僕を見つめる百合のきれいな瞳が、僕の頬を熱くさせる。
「百合……俺もだよ……だから俺のそばにいて……」
「うん……ずっといるよ……」
「じゃあ……指切り」
「優くんかわいい!!　指切りね？」
　僕は百合の手に僕の手を合わせて小指を絡ませた。
「百合……」

僕は百合のリンゴのような唇に、ゆっくりキスをした。
　それを受け入れる百合。百合が自然と目を閉じていく。百合の長いまつげが僕に当たる。僕たちは求め合うかのように、夢中になってキスを繰り返す。
　僕は百合をベッドに寝かせた。僕は百合が欲しかった。
「……百合」
「優……くん」
　僕たちの体温が入り交じる。僕たちは甘い甘い世界へと、足を踏み入れた。
　百合と久しぶりにひとつになった。

　外を見ると、もう暗くなっていた。外灯はあるものの、百合を１人で帰らせるのは危なかった。
「百合、明日休みだから泊まっていけばいいのに」
「今日お母さんに帰るって言っちゃったんだ……ごめんね。またいつか泊まるから」
「……うん。でもバス停まで送るよ」
「ありがとう」
　僕は百合の手を握り、細くて暗い道を２人で歩いた。
「ねぇ……優くん？」
「なに？」
「運命って信じる？」
「ん〜……わかんない……百合は？」
「私は信じる!!　優くんと出会ったのは運命だと思うの」
　ドクン……。

僕はこの時、少しだけ運命を信じようと思った。運命があるんじゃないかなって少しだけ思った。
「運命か……」
「ん？」
「いや……なんでもないよ。ただ運命ってなんなんだろうって思ったんだ」
「運命は……神様がくれたものだと思うよ？」
「神様？」
「そう神様。神様が選んでくれた道なのよ」
「そっか……　あっ、バス停ついたよ」
「優くんありがとね!!」
「気をつけて帰れよ。家ついたら連絡して」
　百合を乗せたバスが、ゆっくりと進んでいく。
　僕はそれをじっと見送っていた。
　そして、バスが見えなくなると、体の方向を変え、もと来た道を戻る。

　外灯が少ない細い道を１人で帰っていく。細い道の先から、人が歩いてくる。僕は下を向いたまま歩く。すれ違った瞬間、その人が振り返って僕を呼んだ。
「優……くん……？」
　僕は足を止め振り返る。
　あたりが暗くて、顔がはっきり見えなかった。でもよく見ると懐かしい人が立っていた。
「……瞳？」

相沢瞳だった。
「久しぶりだね!!　同じ高校でも全然会わなかったね!?　１年生の時以来じゃない？」
　彼女とは全然連絡を取っていなかった。僕にはナナがいたから。
「瞳は部活？」
「あっうん、さっき終わったんだ」
　僕は携帯を開き、時刻を見た。もう８時を回っていた。
「こんな遅くまで練習してんの？」
「うん!!　だってキャプテンだもん」
「すげぇ!!　でももうすぐ引退だろ？」
「そうだね〜寂しいよ」
「瞳……今、彼氏いんの？」
「いないよ〜バスケが恋人かな……今は」
「そっか……」
　外灯が僕たちを照らす。月が高く昇っていく。
「優くんは……？　彼女いるの？　あっ広瀬さんだよね!!　彼女かわいいよね」
「な……ナナとは……別れたんだ」
「え？」
「今は……百合と付き合ってる」
「そうなんだ……やり直したんだ？」
　瞳の視線が徐々に下がっていく。
「うん……瞳は俺を最低だと思う？　ナナと別れたあと、すぐ百合と付き合って」

「思わないよ……それが恋ってやつじゃん？」
　瞳はもう一度顔を上げ、僕に笑って見せた。
「恋？」
「恋をすると、必ず誰かが犠牲にならなきゃいけないよね。でも誰かが犠牲にならなきゃ恋なんてできないよね」
「そう……かもね」
「優くんは、誰かを犠牲にしてまで小林さんを選んだんだよね？」
「うん……」
「じゃあ、その恋は間違ってないよ。大丈夫だよ」
　僕は百合と付き合うため、ナナを犠牲にした。
「私、考えてみると、優くん以来、恋してないかも」
「まじ？」
「たぶんね。優くんは優しいよね。だから優っていう名前なのかな……んじゃあ、帰るね!!　また話そ」
「うん!!　じゃあな!!」
　瞳はニコッと笑って細い道の先へと進んでいった。
『優しいから優という名前』
　僕は優しい？　そんなことはない。

夢

　僕は百合と前に進んでいた。
　——5月上旬。
　僕たち3年生の頭に浮かぶことは、
【受験】
　この2文字だった。でも、僕は何も考えていなかった。
「優〜お前、進路考えた？」
　学食で歩がラーメンをすすりながら聞いてきた。
　もちろん答えは決まっている。
「何も……」
「だよなぁ〜……沙紀は決まってるし〜」
　僕はカレーライスを一口食べ、歩の隣に座る沙紀に聞く。
「沙紀、進路決めたの？」
「一応ね〜。パティシエになりたいんだ〜。だから専門学校♪」
「パティシエか。沙紀は、お菓子作るの好きだもんな」
「だから太るんだよ……」
　歩がボソッと言う。でもちゃんと沙紀には聞こえていて、沙紀は歩の腹をなぐった。歩の口の中に入っていたラーメンが吹き飛んだ。
「きたねぇ〜……」
　百合は進路とか決めているのかな。百合ならどこの大学も余裕で入れると思うけど。なぜならば、百合はまだ学年

１位を守り続けているから。

 すると百合が定食を持って僕の隣に座った。

「なんの話〜?」

「進路の話〜」

 と３人、口を合わせて言う。

「小林はもう決まってんの?」

 歩に先を越された。

「え〜……」

 ゴクン……。僕は生唾を飲んだ。

「……内緒!」

「なんだよそれ〜!! 隠すなよ〜!!」

「まだ教えない! 早く食べないと授業はじまるよ〜」

「一番お前が遅いから」

 と僕は突っ込んだ。百合はエヘへと言いながら僕に笑顔を向ける。僕はその笑顔に弱いんだ。

　

　——キーンコーンカーンコーン。

 結局、百合の進路を聞けないまま、午後の授業へ。

 得意な数学の授業。僕は聞いていなかった。百合の進路が気になって仕方がなかった。そのせいか、先生は僕ばっかり当てるんだ。

「鈴木〜!! ちゃんと聞け!! お前この問題解いてみろ」

 先生はチョークを差しだす。それを受け取り、黒板の前に立った。スラスラとチョークを動かす。

「これだろ? 答え」

「あっああ……正解だ」
　僕は先生にチョークを渡し、席に戻った。
「優、すげぇ〜」
「俺……天才だから」
「うぜぇ〜その言い方!!」
「優くんすごいね〜!!　私わかんなかったぁ!!」
　僕は百合にほめられると、上へ、上へ昇るんだ。

　──キーンコーンカーンコーン。
　6時間目の終了のチャイムが鳴る。
「おっしゃー!!　学校終わり！　沙紀〜帰るぞ〜!!」
「待って〜!!」
　沙紀は急いで帰る支度をし、歩のあとを追っていく。
「鈴木くん〜百合〜またね」
「バイバイ」
　2人は猛スピードで教室を出ていった。
「相変わらずだな……」
「見てると楽しかったりするけどね」
　百合は隣で笑っていた。
「百合、今日部活？」
「うん〜!!　だから帰っていいよ」
「待ってるよ!!」
「本当？　ありがと〜!!　じゃあ、部活行ってくるね♪」
　百合は元気よく部活に向かった。

部活が終わるまで、まだまだ時間がある。どうしようかと考えた。

僕は久しぶりにあの秘密の場所へと行った。小さな丘を登り、ベンチに座り、街を見下ろした。

久しぶりに来た。僕は以前よくここで考えた。ナナか百合か。百合と答えが出たあとは、まったく来なくなった。

夕映えが僕を覆う。その風景が、とてもきれいだった。あとで百合に見てほしいと思い、携帯で写真を撮った。

——パシャ。

この行動が、僕の夢の第1歩につながった。僕は撮った写真を見た。鮮やかなオレンジ色の太陽が街を染めている。

「きれぇ……」

その風景がとてもきれいで、すぐに保存ボタンを押した。そして僕の心に芽生えた1つの夢。

——もっとこんな写真を撮りたい。

僕の進路は決まろうとしていた。

しばらくすると、鮮やかなオレンジ色の太陽は、鮮やかな黄色の月へと交代していた。

もう部活が終わっていると思い、学校に戻った。校門の前には、百合が立っていた。

「ごめん!! 百合、待った?」

「ううん!! 今、終わったとこ。優くん探してもどこにもいないんだもん〜帰ったのかと思った!!」

「あ〜ごめんね。これ撮ってたんだ」

僕はさっき撮った夕日の写真を百合に見せた。
「うわ〜!! キレイ……」
「だろ？ 百合に見せたかったんだ」
「すごいよ〜!! 優くん、写真撮るのうまいね!!」
「そうかな……」
「私ファンになっちゃうよ!! 気に入った〜」
「じゃあ、送ってあげるね」
「ありがとう!!」
　　僕は百合に写真をあげた。
　　百合はとてもうれしそうだった。僕は君の笑顔だけで幸せです。
　　そして帰り道、思いきって百合に彼女の進路を聞いた。
「百合!! 進路、俺だけに教えてよ？」
「え〜いいよ。でも内緒ね？」
　　百合は百合の夢について話しはじめた。
「私、英語好きでしょ。だから、いろんな国の言語を学びたいの。留学したいんだ〜」
「え……留学？」
「うん……今ね、先生と話し合ってるの」
「な……何を？」
「ん？ 留学についてだよ。もうすぐ、ホームステイが決まるかもしれないの」
「えっ……？ 何？ は？ いっ、いつ？」
　　僕は動揺が隠しきれなかった。
「今月の下旬くらいかな……」

今月の下旬に百合は旅立つの？

今……5月の上旬だ。なぜもっと早く言ってくれなかったの？　そしたら……もっと百合と一緒にいたのに……。

「百合……なんで早く言ってくれなかったの？」

「まだ……決まってないから。先生の許可が必要なの。今会議中なんですって。だからまだ、いいかなって……」

百合はサラサラの髪を耳にかけた。

「百合は……俺と離れて平気なの？　つらくないの？」

「つらいよ……だから、まだ言わなかったの。優くんが反対するんじゃないかって……」

「百合なんかどこへでも行けばいい……」

僕は百合の手を振りほどいて走った。こんな暗い街に、百合を残して。

なぜ百合は僕に相談してくれなかったのかな……。百合は僕と離れて平気なのかな……。

目を開けると僕は部屋のベッドの上にいた。

でも僕は、なぜ百合に「頑張れ」って言ってあげられなかったのだろう？

百合のことを応援してあげればいいのに。僕はまだ子どもなんだ。自分のことしか考えられない、自己中な子どもなんだ。

僕は起き上がり、パソコンの電源を入れた。調べることがあった。それは自分の進路のこと。携帯を手に取り今日の写真を見つめた。僕の夢が少しずつ見えてくる。

僕は……写真を撮りたい。

　百合が僕の撮った写真をキレイだと喜んでくれた。それを見て僕は、百合以外の人にも僕の撮った写真を見てもらいたい。そして喜んでもらいたいと思った。

　僕はパソコンに【芸術大学】と入力し、検索した。

　たくさんヒットした。1つひとつ見ていくとある大学に目が止まった。

【東京芸術大学　メディア造形学部】

　ここで学ぶことは、主に【フォト】【CG】【映像】。僕は【フォト】をクリックする。そして書かれている内容をじっくり読んだ。

　読み終わると、僕に新たな感情があふれだした。

　――この大学に行きたい!!

　僕はこの大学に決めた。

　夢に向かって進むにはこの大学しかないと思った。街中の大学だから、通いやすいというのも、その理由。そして決め手は、写真留学ができること。

　もし留学できれば、百合と一緒に行けるかもしれないと思ったからだ。百合と僕の夢を2人で叶えることができると思ったから。

　でも1つ問題があった。この大学のレベルは高いほうに入る。今の僕の成績では、足元にも及ばない。僕はため息をつく。でも諦めるのはまだ早い。頑張ればなんとかなる。

　僕は自分を信じた。携帯を手に取り、電話をかけた。僕の夢を見つけてくれた百合に。彼女に謝らなきゃいけない。

そして言うんだ。「頑張れ」って。
　——プルルル。
《はい……》
　百合は僕の電話にすぐ出てくれた。
「百合……？」
《優……くん……？》
「ごめんね……百合……俺、頭が回らなくて……」
《ううん……私こそ黙っててごめんね……私、優くんと離れたくないよ……ずっと一緒にいたいよ……》
「俺もだよ……だから俺、百合を応援するから!!!!　百合が安心して留学できるように」
《え？　本当に？》
「百合と離れても俺の気持ちは変わらないよ」
　僕は百合の背中を押した。誰かが僕にやってくれたように。次は僕が誰かの背中を押す番だ。
《ありがとう……優くん》
「百合、聞いて？　俺……夢が決まったよ。俺……写真やるよ。今日、百合が俺の撮った写真をキレイって言ってくれて、めっちゃうれしかったんだ。それで写真をやりたいなって思った」
《素敵な夢だよ、優くんならできるよ!!!!　あの写真すごいキレイだもん!!》
「ありがとな百合……頑張れよ」
《優くんもね……》
「うん、俺は諦めないよ。俺は天才だし。なぁ……百合？」

《ん？》
「百合が旅立つ日まで、俺たちの思い出たくさん作ろうよ」
《うん……たくさん作りたい》
「よし決まりな！　じゃあ、明日までに行きたいとこ決めとくことー‼」
《はぁい‼‼》
「じゃあな……百合」
《じゃあね、優くん》

　僕は新たな道を歩みはじめた。
　これが、神様が僕にくれた道なのかな……。
　百合……。僕は君と約束したこの夢を、何年かかっても叶えてみせるよ。

　僕は先生に進路について話した。
「先生……今の俺じゃ厳しいよね？」
「う〜ん……鈴木くん、１年生の時、成績上位にいたから大丈夫だと思うけど……。厳しいって言ったら厳しいわね」
　先生の言っていることは間違いない。
　定員50名の中に僕が確実に入るためにはやっぱり必死で勉強しなくてはいけないということだ。
　みんな夢に向かって歩いている。僕もその１人だ。
「百合ー。行きたい場所決めた？」
「ん〜決めた〜‼」
　百合はここ最近、休み時間中も勉強している。だから僕たちは、離れた場所で会話をするんだ。

百合がこっちに向かって走ってくる。
「決めたよ〜」
「どこ?」
「えっと〜博物館!!」
「博物館で何すんの?」
「ちょっとね。あと水族館も」
　もし水族館に行くのならば、僕は3回水族館に行くことになる。
　1回目は百合。この時はあまり楽しめなかった。
　2回目はナナ。この時もあまり楽しめなかった。
　3回目は百合になる。
　次は楽しめるかな……。
「おっけ」
「早く行きたいな!」
「じゃあ、今週の土日に行こうぜ?　どっち先?」
「水族館!!!!」
「わかった!!　土日な!!」
「優くんと久しぶりのデートだから楽しみ!!」
　早く週末にならないかな。百合と久しぶりのデート。楽しみで仕方ない。
「あ〜優〜暑いんだけど?」
　歩が僕たちを見ながら、胸元であおぐしぐさをする。
「うるさいって!!」
　百合を忘れないように、僕は百合とのたくさんの思い出を作りたかった。

そして待ちに待った休日。
　今日は百合との水族館デート。天気は快晴。僕の気分も快晴だった。
　10時に駅で待ち合わせ。僕は少し早く来すぎてしまった。当然百合は来ていなかった。しばらくすると、
「優～くん～!!」
　こう僕の名を呼んで僕の前に姿を現した愛しい人。
「百合!!」
　僕は百合に手を振る。百合も手を振り返してくれる。薬指にある指輪がキラキラと輝いていた。
「ごめんね。待った？」
　今日の百合は、髪を巻いていて、ピンク系の服でまとめられていた。
「ヤバい……かわいい……」
「どうしたの？　何それ～!!」
「いや本当だって!!　かわいいすぎ!!」
「あっありがとぉ……」
「さ～行くか!!　はいっ」
　僕は百合に手を差しだす。百合は迷わず僕に手を差しだす。僕たちは手をつないでひとつになった。目的地の水族館までは時間がかかる。
　電車の中で百合はずっとはしゃいでいた。
「何を見る～？」
「百合、それ前にも言ってなかった？」
「だって楽しみなんだもん！　水族館だぁいすき」

「お前ガキみてぇ、だからほっとけないんだよ!!」
「ガキだよ〜だ」

　百合は頬を膨らませて、そっぽを向く。
　そんな百合がかわいいんだ。

「ついた〜!!」

　目的地の水族館に到着。僕たちは入場券を買って、水族館に入った。
　中に入るとまず迎えてくれたのは、イルカ。ガラス越しにそれを見る百合はイルカと会話しているようだ。

「優くん〜!!　かわいい〜」
「すげぇ久しぶりだな〜水族館」

　僕はぐるりと水族館を見回した。あの頃と何も変わっていない。

「ねぇ〜!!　あっペンギン〜!!」
「百合、そんな走るなよ」

　僕は百合のあとについていく。百合の楽しそうな笑顔を見ているだけで十分だ。もう少しで百合は旅立つのかもしれないけど、僕は百合を好きであることに変わりはない。僕はずっと百合だけだ。
　そう思っていると、百合が僕のほうに駆け寄ってきた。

「どした？」
「まだ時間あるからゆっくり見ようかなって。優くんと一緒に」

　そう言うと百合から僕の手を握ってきた。
　僕は強く握り返す。二度と離れないように、強く握る。

「百合〜イルカショー今からあるってよ!! 見る?」
「見るぅ〜!!」
　ピーという笛の音で、イルカたちは水の中から出てきて、見ていると楽しい気分になってくる。百合も僕と同じ気持ちだろう。
　この1秒1秒を大切にしたい。百合との時間を大切にしたい。百合という人間を僕に刻みたい。すぐ百合を思い出せるようにしたい。
　僕は……今でも百合を忘れていないよ。百合との思い出が、過去をたどれば簡単によみがえるよ。
「楽しかったね〜」
「な〜!!　この前はイルカショー見られなかったし来てよかったな!!」
「そうだね」
「間もなく閉館です」
　館内アナウンスが流れる。
「百合、写真撮んねぇ?　携帯で」
「あっうん」
　僕は携帯を横にして、僕と百合が入るくらいまで手を引いた。
「撮るよ?　笑って?」
　——カシャ。
　うまく撮れた2人の写真。僕の思い出の証拠。
　僕たちは帰りの電車の中でずっとふざけ合っていた。僕は百合に携帯を向けて写真を撮り続けた。その写真も保存

した。この時の百合を残しておくために。
「今日は楽しかった!! 明日は博物館ね♪」
「うん、また明日も駅に10時な」
「うん!! じゃあバイバイ」
「バイバイ」

　百合は僕に背を向けて歩いていった。
　その後ろ姿も写真に収めた。
　明日も百合とデート。思い出はどれだけ増えるかな。

　──次の日。
　今日も昨日に引き続き、晴れ。今日も百合とデート。
　僕は早めに起きて準備をして駅に向かう。バスが僕のワクワクした気持ちを運んでいく。
　駅につくと、百合の姿が見えた。彼女は相変わらずかわいい。
「百合、おはよ」
「優くんおはよ～」
　電車に乗り、僕たちの目的地の博物館へ向かった。
「なぁ百合、なんで博物館なんか行きたいの？」
「ついたらわかるよ！」
　百合は理由を教えてはくれない。
　そして電車は博物館のある街についた。入館料を払って博物館に入る。
「百合、まだ教えてくれないの？」
「待っててね。あっあった!!」

百合はあるところに走っていった。そこは……。
「タイム……ポスト？」
　そう、タイムポストだった。
「なんでタイムポスト？」
「タイムポストって、何年後かに手紙が届くらしいんだ〜。少しだけ興味があって……優くんやらない？」
　百合は僕にキラキラと輝いた瞳を見せてきた。
「え〜俺いいよ」
　僕は百合の提案を拒んだ。
「なんでぇ？　やろうよ」
「だってさ、何年たっても俺らずっと一緒じゃん？　こんなん書かなくたっていいよ。百合は俺たちが別れるとでも思ってんの？」
「ううん……別れたくない……てか絶対別れない!!　そうだよね、これからもずっと一緒だから必要ないよね!!」
「だろ〜？　ほかのとこ見ようぜ」
　僕は百合の手を引っ張り、タイムポストから離れた。
　でもね、このタイムポストがなければ……。僕は真実を知らないまま、生きていたよ。

　博物館はすぐに見終わった。
「百合〜今からどこ行く〜？　行くとこないしな〜」
「どうしよっか〜、まだ時間あるしね。家来る？」
「百合の家？　行く!!!!」
　今から向かう場所は、百合の家。

僕と百合との最後の思い出の場所だ。百合と初めてとひとつになった場所。そして、僕の中が壊れた場所だ。でも今の僕なら大丈夫だ。僕は百合を信じているから。僕は百合を愛しているから。

　今、目に映っているのは、百合の家だ。

　洋風でかわいらしい家。間違いなく百合の家だ。何も変わっていない。

「優くんあがって」

「おじゃまします……」

　僕も何も変わっていない。最初に来た時も僕は緊張していた。そして今も緊張している。僕は百合に部屋へ誘導された。百合の部屋を見ると、あの時と変わっていなかった。２年ほど前のあの時から。

「百合……部屋、変わってないね……あの時と同じだ」

　僕は床に座り、あたりを見回す。

「そうよ……だってずっと残しておきたかったんだもん。優くんと初めて結ばれた時から何も変わってないよ」

　僕はうれしくて、うれしくて、ただ百合の言葉を必死になって聞いた。

　僕たちの時間はここで止まっていた。そしてまた、ここから、僕たちの時間は動きだす。

「模様替えしなくてよかった」

「百合……おいで？」

　優しく僕は百合を抱きしめる。

「百合？」

「何?」
　僕は百合の耳にささやく。
「百合……愛してる」
　ゆっくりとした速度で、僕たちの時間は百合の部屋から動きだしている。
「百……合……」
「優くん……ずっと私を好きでいてね?」
「ずっと好きだよ……」
　僕は百合の首筋に"僕のもの"という印をつけた。
　その時、百合はまた泣いたね。そんな泣き虫の百合だから、離したくなくなるんだ。
「優くん〜……」
　百合の涙はあの時と同じ。何も変わっていなかった。ずっとずっと、百合の気持ちも何も変わっていなかったね。
「明日学校だし、帰るな」
「うん〜……」
　百合はまだ眠たそうだった。
「あっ起きなくていいよ、寝てろよ」
「送ってく〜」
「大丈夫だって、俺、平気だから。じゃあな百合」
　僕は百合に軽くキスをして、百合の部屋を出た。寂しい背中を百合に向けながら……。
　今日の月は三日月。空が僕たちを見て笑っている。暗い空に笑う月。その月は悲しそうで、無理やり笑っているように見えた。

気がつけばもう5月の下旬。

百合がもうすぐ留学するかもしれないという不安で、毎日毎日、僕の笑顔が曇っていくんだ。歩と沙紀は百合が留学することは知らない。

「優～、どうした？」

「いや……別に？」

「最近暗いね？ 百合とうまくいってないの？」

今日も僕たち3人は、休み時間、百合の邪魔にならないように、廊下で話をしていた。

「百合とはうまくいってるよ」

「じゃあ、なんでそんな暗いんだよ？」

「……内緒」

「ケチ～」

歩は頬を膨らませ、すねてしまった。そんな歩を見て、僕はついつい笑ってしまった。

「そういえば歩、進路決まった？」

「あ～……あぁ……まぁな」

「歩、決まったよね～」

沙紀がクスクスと笑う。

「まじ？ 何？」

「歩、弁護士になるんだって！」

「バカ!! 沙紀、言うな!!!!」

歩は沙紀の頭を叩く。僕はしばらくの間、何も考えられなかった。

「優……？」

「……えぇ〜!?　べっ弁護士？」
「そんな驚くな!!」
「は？　待って!!　お前、弁護士なんかになれるの!?」
「鈴木くん知らないの〜？　歩はこう見えて意外と頭いいんだよ〜？」
「意外ってなんだ!!　俺、天才なの!!」
「へぇ〜……」
「反応薄っ」
　歩も一応、夢が決まったみたいだ。
　僕たちはみんな、夢に向かって踏みだした。僕も歩も沙紀も。そして百合が一番早く夢に向かって歩いていた。

　1日の授業がすべて終了した。
「優くん〜!!　私、今先生に呼ばれたから、行ってくるね」
「じゃあ俺、教室で待ってるな」
「は〜い!!」
　百合は元気よく教室を出ていった。
　それから何分たっただろう。僕は5分置きに時計を見ていた。百合は先生と何を話しているのだろう。どんどん不安になっていく。
　百合が戻ってきた。
「百合……なんだったの？」
「優〜くん〜!!!!」
　百合が僕に抱きついてきた。
「わっなっ何!!?」

僕も百合を抱きしめる。
「私!!!!　私、留学できる!!」
　こう言って笑顔で僕を見つめる百合。
　えっ……。百合……何を言っているの？
「……いっいつ？」
「1週間後!!　そこから3カ月間!!」
　会えない期間は3カ月。そして百合と別れの日までは、あと1週間。
「……」
「優くん？」
　僕は百合にわざと笑顔を見せた。百合が安心して留学できるように。
「百合……よかったね」
「ありがとう!!　いろいろ準備しなきゃ！」
　百合は楽しそうに留学について話す。覚悟はしていたが、僕はそんな百合が嫌だった。百合は、僕と別れるのは、嫌じゃないのだろうか。僕は今にも泣きそうなのに、百合は僕と同じ気持ちじゃないのかな。でも僕は百合に合わせて話を聞いていた。涙を抑えながら……。
「百合……気をつけてな」
「大丈夫だよ。安心して」
　なぜ僕は寂しいと言えないの。寂しいって言ったら、百合はどんな反応をしますか？　留学と僕……。どっちを選んでくれるのかな……。
　その答えを聞くのが怖いから、僕は寂しいって言えない

のかな。
　なんだ……僕は全然前に進んでない……。全然強くなっていない。僕はまだ弱虫だ。
　百合？　もし僕が、この時君に尋ねていたら、どっちを選んでいた？
　百合の運命を変えたのは、神様なんかじゃない。この僕だ。僕が百合の運命を変えたんだ。僕が百合の人生を壊してしまったんだ。
　百合……。ごめんね……。
　こんなことを言っても、もう遅いね。
　百合と一緒にいられる時間はあと１週間。短い。短すぎる。あとどれくらい百合を幸せにできるかな……。あとどれくらい百合の中を僕でいっぱいにできるかな……。
　僕はこの夜、泣きながら眠った。

　朝起きると体が重い。うまく動けない。
　でもあと１週間もある。百合とあと１週間も一緒にいれると考えたら、なんだか身が軽くなる。そんな気がした。
　そんな思いで学校につくと、歩と沙紀がふさぎ込んでいた。
「……どうした？」
「どうしたじゃねぇよ!!　小林、留学するんだって？」
　歩は僕の肩を揺さぶる。
「……あぁ……」
　僕の視界が揺れている。

「なんで言わなかったんだよ！！！！」
「昨日、決定したんだ」
「あと１週間もないんだぜ!?　それでいいのかよ！！」
「いいんだ……百合の夢だから。俺は応援するって決めたんだ……」
「優……」

　この日から百合は学校を休んだ。昨日パスポートなどの手続きをするとか言っていたから。隣に百合がいない。こんな生活が３カ月も続く。

　僕は……耐えられる自信がなかった。

　百合との時間を大切にしなきゃいけないのに、やはり時間はすぎていく。何日間、百合に会っていないだろう？

　百合とは毎日、電話で連絡をとっていた。

　でも物足りない。電話越しの百合の声は切なくて、はかなくて、苦しい。電話が邪魔だ。百合の顔を見て、声を聞きたい。今の僕には、まだ百合が必要だった。

「百合……準備は進んでる？」
《進んでるよ!!》

　この日も百合と電話で話をしていた。

　あと少しで百合が旅立つ。僕たちに残された時間は、少ない。そんな現実が嫌でたまらないんだ。それでも僕は百合に優しい声で話す。

「ねぇ百合……明日……夕方あいてる？」
《うん……大丈夫だよ？》
「会えるかな……」

《うん、私も会いたい……》
「明日……秘密の場所に連れていってあげるよ」
　僕は明日百合に秘密の場所へ連れていくと約束した。百合に見せておきたいから。こんな狭い街にも、きれいな場所はいくらでもあると。
　ねぇ……百合？　僕はここに来ると横にまだ君がいると思ってしまう。

　次の日の放課後、僕は百合と手をつなぎ学校を出た。
　百合と手をつなぐのは、懐かしい感じがする。ずっとつないでいなかったから。ずっと僕は手を、誰ともつないでいなかったから。
「ねぇ……優くん？　どこに行くの？」
「秘密の場所だよ」
「どこにあるの〜？」
「秘密」
　僕は百合の手を引っ張り、小さい丘を登り、僕の秘密の場所へ百合を案内した。
「ここだよ……百合」
「こ……ここって……あの写真の景色……」
「あの写真……ここで撮ったんだ。百合が留学するまでには、見せたかった。写真よりずっとキレイだろ？」
「うん……キレ〜……優くん……ありがとう!!　連れてきてくれて!!　すごく気に入った♪」
　夕日が沈んでいく。グラデーションになる空。徐々に現

れる月とたくさんの星。

　僕と百合は、そんな景色を、草の上に寝転びながら見た。手をつなぎながら。
「キレイだね……優くん」
「うん……」
「ねぇ……優くん、知ってる？　小さい頃、お父さんに聞いた話なんだけどね。流れ星ってね、誰かの願いが叶う頃に流れるんだって。つまり、この空にあるたくさんの星は、世界中の人たちの願いなんだって」
「……」
「私の願いも、この中の１つなの」
「うん……」
「優くんは……願い事ある？」
「……あるよ」
　僕の願いは、百合とずっと一緒にいることだ。
「優くん……私がいなくなったら寂しい？」
「寂しいよ、でも大丈夫。俺には歩だって沙紀だって、安里だって、ナナだって、和樹だって、瞳だっている。幸もいるし、旬くんもいる……そりゃ、百合と離れるのはつらいよ。でも、大丈夫……」
　僕は百合に行ってほしくない。でも僕は大丈夫なふりをした。一番つらいのは、百合なのに。
「百合……そろそろ帰ろっか……」
「うん……」
　僕たちはゆっくりと小さい丘を下っていった。長く長く

百合を感じるために、少しだけ歩幅を小さくした。百合との時間を無駄にしないように。
　僕は百合を駅まで送っていった。
「じゃあね、百合」
「うん、また明日ね」
　僕は笑顔で手を振った。百合も笑顔で手を振った。
　電車が走りだすと、僕の笑顔が一瞬に消え、涙に変わる。百合も同じだったね。僕だけじゃなかった。

　僕は帰って勉強をはじめた。百合も頑張っているから、僕も頑張る。必死になって勉強をした。でもすぐ問題を解く手が止まってしまうんだ。
　ノートに涙の痕が残っている。そこだけ湿っているんだ。百合のことを考えるだけで、涙が出てくる。
　大丈夫……僕は寂しくない。僕は自分に言い聞かせる。僕は百合にどれだけ幸せを与えられたかな。どれだけ僕を感じてもらえたかな。僕が百合を想うだけ、百合も僕を想ってほしい。
　百合が出発するまであと２日だった。
　横で歩と沙紀と話している百合が明後日にはいなくなる。笑顔で話す百合がもういなくなる。それまで僕は笑顔でいよう。そのあといっぱい泣こう。百合の前で泣いたら、百合が安心して行けなくなるから。
　百合との貴重な時間は、いつもより早くすぎていった。

とうとう来てしまった。今日が百合とのお別れの日だ。

僕は、夜、百合がいなくなるという不安で眠れなかった。

僕は、歩と沙紀と待ち合わせをして空港に向かった。最後に百合の見納めをするために。

空港につくと、百合の両親がいた。

百合のお父さんは、百合に目が似ていた。あの大きな瞳はお父さんの遺伝。そして百合のお母さんは、肌が白くて優しい笑顔の持ち主。百合の肌の白さはお母さんの遺伝。あの優しい笑顔も。

「こんにちは、僕は、鈴木優です」

「あら、あなたが優くん？ 百合からいつも聞いているわよ。今日、学校あるのにわざわざありがとうね」

「大丈夫です!! 百合のほうが大事ですから」

空港にだんだんと人が増えていく。百合との時間はもう残されていなかった。

「百合、そろそろ出国ゲートに行きなさい」

僕は百合とまったく話せずにいた。百合を見ていると泣けてくるんだ。

「待って!!」

百合は僕のほうに近づいてきた。そして僕を抱きしめた。

「百合……」

僕も百合を包む。

「優くん？ 寂しくなったら、あの秘密の場所に行って夜空を見上げて？ 私、いつでも優くんの隣にいるから、一緒に夜空を見上げているから」

僕の目から我慢していた涙が流れた。
「ねぇ……優くん？　……勉強、頑張って？　夢も叶えて？　私も頑張るから」
「うん……うん……」
「あとね、これだけは言っておくね……」
「な……に？」
「私……優くんのこと……」
「まもなく、搭乗を開始いたします……」
　アナウンスが響く。
「百合!!　早くしなさい!!」
　すると百合は僕にキスをした。しょっぱくて、切なくて、でも今までしてきたキスの味と違った。
　百合が笑顔でゲートに入っていった。百合の言葉を最後まで聞くことなく……。
　すると、ポケットにある携帯が震えた。
　僕は携帯を開く。
　メールだ。
　受信フォルダを開けると、百合からだった。そのメールには、こう書いてあった。
【愛してる】
　これが最後に百合が言いたかった言葉。
【愛してる】
　僕の人生の中で一番幸せな言葉だった。
　百合……俺も愛してるよ。
　百合は夢に向かって、旅立った。

僕は、百合が乗っている飛行機を見つめていた。
「優……寂しいか？」
　そう歩が僕に聞く。
「ん？　寂しくないよ……」
　だって、僕にはこの言葉があるから。

　そのあと僕たちは学校に行った。
　隣には百合がいない。
　僕は百合が座っていた左側をずっと見ていた。
　すると目に浮かぶんだ。真剣に授業を受けている百合が。百合が僕に気づいて笑ってくれて、そしてまた黒板に視線を戻す。
　百合との約束を守って夢を叶えなくちゃ。百合が帰ってきたら、驚かせてあげるんだ。
　こんな立派な人間になったよって、胸を張りたい。強い人間になったよって。だから百合も諦めないで。百合、あなたは僕の一番の人だ。
　僕は百合にふさわしい人間になるよ。
　3カ月でどれだけ成長するかな。ふさわしい人間になったら、僕は百合を守るからさ。
　僕と百合は、夢に向かって走っていく。

最終章

運命

　百合は僕から離れていった。

　百合は夢に向かって走っていく。僕も百合と同じように走りだした。でも百合がいないと、僕は何もできなかった。百合の笑顔が見たくて、見たくて……。

　百合がいないだけで、こんなにも世界って、つまらなかったっけ？　こんなにも、寂しいっけ？　百合は僕の中で、一番輝く人なんだ。

　今日も僕は百合のいない学校へと行く。

　教室につくと、まだ慣れていないせいか、やっぱり百合を探してしまう。

「おはよ〜優。慣れたか？」

「……全然」

「3カ月頑張れよ!!　頑張ったら、もうずっと一緒じゃん？」

「そうだな!!」

　僕は歩の言葉に少しだけ勇気づけられた。

　3カ月たてば百合に会える。たった3カ月だ。百合と別れてからの1年半に比べれば、どうってことない。

　百合……僕は百合の約束ちゃんと守るよ。百合がいない間、勉強頑張るから。百合も頑張ってね。

　気がつけばもう、中間テストの時期になっていた。

「今から中間テストの範囲を配ります」
　先生がホームルームの時間にプリントを配っていた。
「うわ!!　なんだこれ。広すぎじゃね～!?」
「……こんなにできるのかな……」
　３年生になるとテスト範囲が広くなる。
　僕はあせりを感じた。志望大学を目指すためには勉強しなくてはいけないのに、今の僕にできるのだろうか？　不安が募る。
「でも俺、頑張んなきゃ……」
　僕は上を目指した。少しずつでいいから、成績を上げることにした。
　足早に帰宅すると、すぐに机に向かいペンを動かす。
　夕飯までの数時間、僕はただひたすら問題を解いていた。
「……疲れた」
　僕は夕飯を食べ終え、ベッドに横たわった。そして携帯を手に取る。
　この携帯は百合と連絡を取るのに一番早い方法だったのに、今は何もできないただのガラクタとなっていた。百合のメールを見返す。やっぱり一番目につく言葉。
【愛してる】
　それだけで今の僕には十分すぎる言葉。
　百合に勇気をもらえる気がするんだ。百合に「頑張って」って言われている気がするんだ。
　僕は百合のために頑張る。テストまでの１週間、死ぬ気で頑張った。自分でもわかるくらい、成長していた。

──キーンコーンカーンコーン。

　テストが終了した。

「優〜……全教科、自信ある？」

「……微妙」

「お前そう言って結構できてるからな〜‼」

「本当だって‼」

「まぁいいけど〜そういえばこれからどっか遊びにいく？テストも終わったことだし」

「ごめん、俺パス‼　ちょっと行くとこあるから‼」

　僕は急いで帰る支度をする。

「んじゃまた今度な〜。じゃな‼」

　僕は学校が終わったあと、行く場所があった。

　電車に乗り街へ向かう。1人で秘密の計画を練っていた。

　僕が入った店は、以前ナナにあげたマフラーを買ったブランドショップだ。

　でも今度は目的が違う。僕は指輪を探した。

「どの指輪が百合に合うかな……」

　僕がひそかに考えていた計画は、百合の誕生日に指輪をあげることだ。

　今しているペアリングとは別に、ちゃんとした指輪をあげる。百合と初めてひとつになった時『いつかちゃんとしたものをあげる』って約束したから。

　僕は百合に合う指輪を探した。

　光に反射してキラキラと光りを放つ数々の指輪たち。それらが僕の目に映ると、僕の目までダイヤモンドのように

光り輝く。優柔不断な僕は、なかなか決められない。
「指輪ですか？　どのようなのがお好みですか？」
　店員が話しかけてきた。
「ん〜……決まってない……です」
「そうですか……このような指輪はどうでしょう？」
　店員が１つの指輪を僕に見せた。
「これ……」
「カルティエのラブリングです。若い人たちに人気なんですよ。シンプルでキレイで」
　思わず見とれてしまった。
　百合に似合いそうで、僕はその指輪に惹かれた。
「これっていくらしますか？」
「10万円ほどですね」
　僕は値段を聞いて肩を落とした。今までのバイトで貯めた給料は10万円にも満たない。買えないという言葉が頭の中を駆けめぐる。
「また今度来ます……」
　僕はがっくりと肩を落として店を出た。
　せっかく百合に似合う指輪を見つけたのに……。でも百合を喜ばせたい。
　僕は以前働いていたバイト先に電話をかけた。頼むと明日から来てほしいとのこと。百合に会えるまでの３カ月間、僕は死ぬ気で勉強をし、死ぬ気でバイトをすることにした。
　すべて百合のため。僕の毎日は勉強とバイトでいっぱいいっぱいだった。でも百合のことはいつも想っていた。

「優〜!! 順位が張りだされた!!」
　今日は中間テストの順位発表の日だった。
　僕たちは掲示板へと向かう。掲示板の前は人だかりで見られる状態ではなかった。
「すげぇ人だな」
「気になるし!!」
　僕と歩は人垣の間から見た。僕は見たんだ。僕の名を。
【5位　鈴木優】
　一瞬自分の目を疑った。そして目をこすりもう一度見た。
「……歩……」
「あ？　何？」
「俺の名前ある……」
「は？　まじ!?　どこに？」
「あそこ……」
　僕は自分の名前に指をさした。その指の方向を見る歩。
「あっ!!　まじだ!!　5位とかすげぇ〜な!!」
　僕は驚きを隠せなかった。
「ヤベ〜!!　うれしいかも!!　百合に報告してぇ」
「優、すげぇな!!　ラブパワー？」
「かもな！」
　僕の顔にたちまち笑顔があふれる。
　もしラブパワーがあるとしたら、僕は信じるよ。

　僕は無意識のうちにこの場所に来ていた。僕と百合の秘密の場所に僕はいた。

百合が空港で言ったように、僕は草の上に横になって星を眺めていた。隣に百合がいるように思える。隣を見ると百合がこっちを向いて笑顔を見せてくれるんだ。
　そしてまた夜空を見上げる。
　百合が言っていたね。このたくさんの星は、みんなの願いだと。あのきれいで一番輝いている星は、百合の星かな。
　僕はずっと星を眺めていた。星を見ていると飽きないから。いや違う。隣に百合がいるから。

　僕は家に向かって歩きだした。
「ただいま」
「優、おかえりなさい。百合ちゃんから手紙が届いてるわよ。部屋に置いておいたから」
　僕は急いで階段を上り、部屋に向かう。
　その間の僕は笑みであふれていただろう。『百合』と聞いただけで、僕はこんなにも変わる。これはやっぱりラブパワー、つまり愛の力なのかな。
　──ガチャ。
　僕は部屋に入ると室内を見回した。そして百合の手紙を探した。
　百合の手紙は机の上に置いてあった。ゆっくりと丁寧に封筒を開けていく。
　久しぶりの百合の字。それだけで僕の心は満たされていく。そして何枚かの手紙を広げて読んだ。

優くんへ
　久しぶり☆　元気ですか？　私は元気だよ〜。
　カナダはすごく暑くて大変……。
　でも楽しいし、勉強になるよ♪
　でも優くんがいないと寂しいです。
　私、ホームシックになっちゃって、すごい泣いたんだ。
　でももう大丈夫!!　いつも優くんとのペアリングを見て思い出しています。

　百合の字はとてもきれいで、読んでいる僕をすごく落ちつかせる、温かい字なんだ。
　僕は続きを読んだ。

　優くんは勉強頑張っている？　夢に向かっているかな？
　私はこっちに来て、もっともっと英語を勉強したいって思ったよ。
　やっぱり好きなことは好きなんだね。私、頑張るよ。
　優くんも頑張ってね。私応援しているから♪
　優くんは寂しい？　私がいないと。ちょっと自惚れかな。
私早く優くんに会いたい。
　会って抱きしめたいよ……。
　早く優くんに会えるように、帰国の日を決めました!!
　帰国の日は8月27日です♪　私の誕生日！
　お昼の便で帰ってくるよ!!　待っててね！
　優くんに会える日を楽しみにしています。

それじゃあ、またね。
愛してる。

百合より

　封筒の中から1枚の写真が出てきた。
　ホームステイ先の家族と笑顔の百合が写っていた。
　色白だった百合が肌が少しだけ日焼けをしていた。そんな笑顔の百合がかわいかった。
　百合が帰国する日は8月27日。百合の誕生日だ。指輪を渡すのに、ぴったりだ。
　僕は机に置いてあるカレンダーの27日を赤いハートで囲った。そしてその横に写真を置いた。
　百合……。僕も寂しいけれど、百合が頑張るなら僕も頑張るから。百合は僕のこと忘れないでね。
　今日、僕によいことがたくさん起きた。
　でもよいことがある反面、この先に悪いことも起きるなんてことはまだ僕は知らないんだ。

　今日は百合が帰国する1週間前。
　僕は、あのブランドショップの指輪の前に。
「ラブリングください」
「あっはい。どちらのラブリングにされますか？」
　目の前には、ゴールドとシルバーの指輪が並んでいる。
　百合に似合う指輪の色はどっちだろう？
　僕は悩んでいた。悩んだあげくシルバーにした。

「今すぐもらえますか?」
「在庫ありますので、大丈夫ですよ」
　店員が営業スマイルで僕を見る。
　まるで、早く買えと急かしているみたいだった。
「じゃあ……お願いします」
「何号にされますか?」
　また僕は悩むハメになった。百合の指輪のサイズを知らなかった。
　前にあげたペアリングは、少し大きかったからサイズを小さくしようと考えていた。
　でも、どこまで小さくすればいいだろう?　小さすぎて、入らなくなったら嫌だし……。
　百合に最初にあげたペアリングは9号だった。僕は悩み、7号にした。
「7号ですね?　お待ちください」
　店員が奥のほうに入っていく。しばらくしてまた戻ってきた。
「お待たせしました、こちらの商品ですね?　ラッピングはされますか?」
「お願いします」
「カードはおつけしますか?」
「何も書かないでカードだけください」
　少し時間がたつと、きれいにラッピングされた小さな箱が出てきた。
　僕はお金を払い、店を出た。百合への指輪が手に入った。

家に帰って袋からカードを取りだし、カードに文字を書いていく。

　百合へ
　誕生日おめでとう。
　これからはずっと一緒だよ。
　愛してる。

　これを見た百合は喜んでくれるかな。喜んでくれたら、僕はよかったって思うんだ。
　僕は百合が最後にくれたメールを見る。
【愛してる】
　それを見た僕も呟く。百合と同じく「愛してる」と。
　世界には、愛がいくつあるのかな？　みんな恋をして、誰かを愛して、それだけで幸せだと思う。恋をするだけ泣いて、愛するだけ傷ついて、でもそれは、幸せなことだと思う。僕はそう思うよ。
　たとえ、遠く離れた場所に、好きな人がいたとしても、愛があるなら、距離なんてどうってことないよ。もし耐えられなかったら、それはそれだけしか、その人を愛せなかったっていうこと。自分が負けたということだ。
　僕は、いまだに百合が好き。
　３カ月離れていても、百合が一番ということは変わりないどころか逆にどんどん好きになっているんだ。
　百合……。この張り裂けそうな想い、早く隣で聞いてよ。

「今日なんの日が知ってる？」

と、世界中の人に質問したい。

だって今日は、百合が帰国する日だから。

待ちに待った、百合が帰国する日なんだ。そして百合の誕生日。

百合に会ったら、抱きしめて「おめでとう」と言おう。

僕は時計を眺める。今は8時15分。

百合は昼の便で帰ってくると手紙に書いてあった。でも僕は待ちきれなくて、家を飛びだし、空港に向かった。小さい袋を手に持って。

電車に揺られながら、少しずつ空港に近づく。

僕は今、ほほ笑んでいる。百合に会えるという、喜びがあるから。

1つひとつ電車が駅を通過していく。近づく空港。近づく百合。まだ時間は10時。でもあと数時間もすれば百合は僕の腕の中にいるだろう。

勝手に想像する僕は変だろうか。仕方ないよね。愛しい人が帰ってくるから。3カ月ぶりに会えるのだから。

そんな僕を電車は運んでいく。目の前には、空港が見えはじめた。

時計の針が10時半を指していた。まだまだ百合は来ない。僕は空港内の到着ロビーで待つことにした。

すると携帯が鳴った。

〜〜♪

「はい？」

《あっ優? 俺、歩〜。何時頃になりそう?》
「昼ぐらいかな?」
《そっか……なぁ……優?》
「ん?」
《もう……絶対に離すなよ、小林をさ》
「……ははっ大丈夫だよ……絶対に離さねぇから!!」
《おし!! じゃあ、また迎えに来てほしい時、連絡してよ。いつでも飛んでってやるからさ》
「さんきゅ……歩」
《おう!! じゃな〜》

　僕は何回、歩に救われただろう。何回、歩に励まされただろう。数えきれないほど、歩に助けられた。
　歩、感謝するよ……。
　もう少しだ。百合に会えるのは。
　百合が帰国する時間は、11時50分。1時間を切った。
　時計の針が動いていく。1秒、1秒。1秒ってこんなに長かったっけ? それでも近づいていく。百合に。
　僕は大きな液晶テレビの前に座って、待つ。
　次第に、ザワザワとしてくる空港内。
　この人たちも誰かの帰国を待っているのだろう。うれしさでいっぱいなのだろう。僕と同じなんだろう。
　液晶テレビに映された天気予報士が、今日の天気について話している。
「今日は全国的に晴れでしょう」
　百合と会うには最高の日だ。

テレビの左上を見た。11時47分になった。あと3分で百合が僕の前に現れる。

でも運命は違った。こんな運命……望んでいなかった。

僕は立ち上がり、出国ゲートの前に行った。

あと1分……あと30秒……。

あと10秒……あと3秒……。

あと1秒……。

すると突然、薬指にはめてあった指輪が、スルッと抜けた。絶対に外れなかった指輪が、簡単に抜けていった。

何を意味をしているのだろうか……。僕は落ちた指輪を拾い、薬指にもう一度はめた。

到着時刻から50分をすぎても……ゲートから出てくる人はいなかった。

すると液晶テレビの画面が変わった。画面に写ったのは厳しい表情のアナウンサーだった。

「速報です……」

ねぇ……？　なぜ……？　なぜなの？

答えてよ……。ねぇ……。

空港内がザワついている。さっきとは違う空気で。僕のまわりには泣きだす人や、叫ぶ人、さまざまな人がいた。

僕はただ立っているだけ。

「速報です……バンクーバー空港217便の飛行機は……」

この人は、デタラメを話しているのかな……。この人は、何を言っているのかな……。今の僕には、理解できない。

「……バンクーバー空港217便は……墜落しました……」

それは百合が乗っていたはずの飛行機だった。
　頭が真っ白になっていく。
　僕は、テレビの前で、ただ立ってその速報を聞いているだけで精いっぱいだった。
「事故の原因は、エンジントラブルによる〜」
　顔色を１つも変えないで話し続けるニュースキャスター。僕はそのニュースキャスターに怒りを覚えた。
　込み上げてくる涙を必死に抑えながら。僕は、テレビに向かって叫んだ。
「百合は……百合は帰ってこないのかよ!?……なんでそんなことになるんだよ……なんでだよ……」
　さらに僕を苦しめる言葉が、ニュースキャスターの口から出た。
「この事故での生存者は今のところ不明です」
　神様……それは百合がもういないってことですか？　ねぇ神様……百合はもうこの世には、いないのですか？
　僕は必死に抑えていた涙を流した。ゆっくりと、しょっぱい涙を……。
　フロントに向かうと、抗議する人たちが群がっていた。
　人をかき分けてフロントに問う。
「なんで……なんでですか!?　どういうことですか!?」
「申し訳ございません、今こちらでお調べしています」
　僕はこの言葉を聞いて、これは現実なんだと確信した。

「優くん……？」

誰かが僕の名を呼んだ。僕はゆっくりと振り向いた。
　そこには百合が立っていたんだ。
「百……合？」
　僕は百合のほうに歩いていった。涙を手でぬぐいながら、百合のいる場所へ……。
「百合？」
　百合は笑顔だった。
「やっぱり……嘘だよ……ね」
　そして百合は笑顔で消えていった。

「百合……？　百合……」
　まわりを見回しても百合の姿はない。
「百合……お願いだから……出てきてよ……俺の前に現れてよ……お願い……抱きしめてよ……キスしてよ……笑顔を見せてよ……。ねぇ……お願い……」
　僕はその場に泣き崩れた。
　あの日、僕はなぜ百合を引き止めなかったのだろう。あの日で、百合の笑顔を見るのが最後になるのだったのなら、僕はなぜ行かせたの？　あのキスが最後になるのだったら……僕はなぜ行かせたの？　あの日に聞いた百合の言葉が最後だったら、僕はなぜ行かせたの？
【愛してる】
　輝いていた僕の世界が、一瞬にして暗い世界に変化した。頭の中には"百合が帰ってこない"ということだけ浮かんでいた。

墜落について伝えるテレビ。真剣そうに話しているだけで、本当はどうでもいいと思っているであろうニュースキャスター。
　この日、僕の世界は止まった。
　百合の誕生日に、いろいろな思い出を作ろうとしていたのに。僕は涙を流すことだけしかできなかった。
「百合……なんで……頼むから……頼むから……戻ってきてよ……俺……百合がいないとダメなんだ……百合がいないと……ねぇ……百合……」
　僕の言葉は、はかなく散る。
『運命って信じる？』
　百合が昔言っていた言葉。もしこれが運命というなら、僕は信じない。百合がいない世界なんて、いらないから。
　僕は百合がいないとダメなのに……なぜ、神様はこんなことをする？　僕が嫌いなら、僕だけをいじめればいい。なぜ関係ない百合を、連れていくの……。百合は、僕の太陽なのに……。
　空港内のさわぎがだんだん静まっていく。
　そんな中、誰かの足音が聞こえてくる。近づいてくる足音……百合？　僕は期待するんだ。
「優！！！！」
　この声は歩だ。僕は急いで涙を拭く。
「優……」
「……あ……ゆむ……」
　歩は泣き崩れている僕に触れた。僕は歩に尋ねたんだ。

「百合が……いないのかな……俺……百合を抱きしめることはできないのかな……」

僕の目から、少ししょっぱい液体が、流れる速度を上げて、床に落ちていく。

「優……」

歩は僕を抱きしめた。

彼から伝わる体温が僕の心を癒していく。

「歩……俺わかんねぇ……世界が……世界が暗くて……意味わかんねぇんだ……どこに道があるのかとか……わかんねぇんだ……」

歩の涙が僕にかかる。

「百合……に会いたい……」

「優!!!! 落ちつけ! まだわかんねぇだろ……」

「……やめろ!! やめてくれ……きっと百合は……」

僕は歩の腕を振り払い、走りだした。

暗い世界を。道がわからない世界を。走れば百合に会えそうな気がして。僕は走り、電車に乗り、百合がいそうなところを目指した。そこに行けば、百合に会えると思って。百合の笑顔が見られると思って。

百合……。百合は僕の太陽だったよ。キラキラと輝いていて、僕が進む道を照らしてくれた、あなたは太陽でした。

僕はどのくらい走っただろう？

ついた先は、学校だ。百合がここにいそうな気がして、勝手に足が動いていた。

僕は教室のドアを思いきり開けた。
「百合……？」
　百合はここにいなかった。
　次は図書館。百合はいなかった。屋上にもテニスコートにもどこにもいなかった。
　そして僕は２人の秘密の場所に向かっていた。
「百合……」
　僕は横になり、空を見上げた。
　きれいな青空。雲１つない、快晴。僕の心とは真逆の空。そんな空が憎い。僕の目から、涙があふれてくる。そして流れるんだ。
　僕は無理やり笑顔を作った。
「あ〜百合におめでとう言いたかったな……百合を抱きしめたかったな……百合にキスしたかったな……百合に……百合に……。ありがとうって言いたかったな……」
　僕は小さく体を丸めて、声を押し殺して泣いた。
「運命なんて残酷すぎる……運命なんてなければいいんだ。百合に会いたい……」
　百合は、苦しかっただろう。痛かっただろう。泣いただろう。僕が百合の代わりになってあげたかった……。百合の痛みは僕の痛みだから。
　日がだんだんと傾いていく。
　僕の目からはまだ涙が流れていた。
　この日が夢だったらいいのにって思う。もし運命がなかったら、今頃、僕たちは笑っていたのかな。その前に出

会ってなかったかもしれない。
　～～♪
　何も聞こえなかったこの場所に、僕の携帯電話が鳴った。陽気でうるさい曲。こんな曲なんて聞きたくなかった。
「……」
《優!?　今どこにいんだよ!?　早く戻ってこいよ……》
「……空を眺めてる……なぁ……歩？」
《なんだよ？》
「運命って信じる？」
　僕は鼻をすすり、歩に聞いた。
《運命？……あまり……》
「俺……百合と出会ったのは運命だと思うんだ……」
《うん……》
「運命って残酷すぎる……もし百合に１秒でも会えるっていうなら、俺は人を殺せると思う。俺、自信ないんだ……これから百合がいない世界を１人で歩いていくの……」
《う……ん》
「俺……百合がすごく……すごく……すごく大好きだったんだ……今でも変わらないくらい……大好きなんだ」
《優、戻ってこいよ……お前が心配だ……》
「いつか……百合を忘れられる日は来るのかな……」
　──ピッ。
　僕は電話を切った。
　いつか……百合を忘れる日が来るとしたら、そんな日は来なくていい。百合という女性を、忘れたくないんだ。

僕は重い足取りで家に向かう。
──ガチャ……。
「……た……だいま……」
「優‼　どこに行っていたの⁉」
　母さんが心配そうな口調で話す。
「……考えてた……」
「少し部屋で休みなさい」
　僕は首を縦に振って自分の部屋に戻っていった。
　そしてテレビをつけた。ニュースはどれもあの事故のことばかりだ。
「驚きました」
「エンジントラブルということで、もっと早く気づかなかったのでしょうか？」
　ニュースキャスターが険悪な面持ちで話す。
　僕はただ見ているだけで、精いっぱいだった。
　そしてある話で、僕は暗くて深い世界に落ちていくんだ。
「え〜今回の事故による生存者はいないということですが、現在入ってきている情報によると、悪天候のため遺体の収容作業が難航しているようです」
　それは、遺体が見つからないことがあるってこと……？
　僕は部屋から飛びだし、リビングに向かった。
　リビングのテレビには、ちょうどその事故のニュースが流れていた。
「母さん……百合の遺体……見つからないの？」
「……墜落したとこが海だったらしいのよ……しかも飛

機全体が焼けちゃってね……時間はかかるだろうし、絶対に遺体が見つかる……とは言えないわね」
「じゃあ、百合は今どこにいるかわからないってこと!?」
「ええ……」
　世界がまた狂いだした。
「どういうこと……だよ!!　なんで百合の遺体……ないんだよ……どれだけ俺を苦しめればいいんだよ……」
「優……百合ちゃんは……海の中で眠っているの……」
「嘘だ……俺は信じない」
　僕はリビングから出ていった。そしてまた部屋に戻った。
　テレビを消して、電気も消して、僕は1人になった。でも1人になっても涙は止まらない。
　携帯を開き、フォルダを開けた。
　そこには、3カ月前に撮った百合がいた。水族館でのツーショット。2人ともいい笑顔をしていた。
「……やっと見れた……百合の笑顔……」
　写真の中の百合は、すごくかわいくて、かわいくて……抱きしめたくなる。でも……百合はもういない……。そんな現実が嫌で、僕は泣くんだ。
　百合との思い出が、この携帯に残されている。

「優……?」
　ドアの向こうから幸の声が聞こえた。
「入ってもいい?」
「……」

——ガチャ。
「優……」
「へへ……ダサいよな。俺が泣くなんて」
　僕はベッドの横にあったティッシュを2、3枚取り、涙を拭いた。
「……ううん……」
「……なぁ……幸……」
「何？」
「この胸の穴はなんだろう……」
　僕は胸に手を当てる。
　伝わってくるのは、僕が生きている証の心臓の鼓動だけ。
「……」
「この穴の存在は百合なんだ……この穴は百合で満たされる。ほかの誰でもない」
「うん……そうだね」
「幸……俺、百合を幸せにできたかな？」
「できたよ……。だって……その携帯の写真を見ればわかるよ」
　幸が僕の携帯を指さした。
「2人ともいい笑顔してる。百合ちゃんのこんな笑顔……見たことなかったよ？　それは幸せだからできる笑顔なんじゃないかな？　優が引きだした、笑顔だよ……きっと」
「……」
「百合ちゃんの笑顔の引き出しを開けたのは……優……あなたよ？」

幸の言葉に拭いた涙がまた流れる。
「百合ちゃん幸せだったよ……絶対……優に愛されて……幸せだったよ？　信じようよ……」
「……幸……俺……百合がいてくれれば幸せなんだ……百合がいればそれでいいのに……。もう無理なのかな……」
「優……？　何を言っているの？　百合ちゃんは優の中にいるじゃない……笑顔の百合ちゃんが……百合ちゃんは、今の優の姿を見たら……悲しむよ、きっと……」

幸は僕を励ましてくれた。僕の背中を押してくれた。

僕はふとテーブルの上にあった、新聞を見た。

1面に事故のことが書かれていた。

見出しを見てみた。

【死者245名。日本人乗客147名】

この中に百合がいたんだ。

そしてその記事を読んでいくと、死者のリストが書かれていた。一番早く見つけた名前。

【小林百合（17）】

僕は百合の名前を一番早く見つけた。

間違っているよ……百合は17歳ではない。百合はもう18歳だよ……。百合の名前に僕の涙が染み込んでいく。

「……百合……ぅぅ……百合……」

呼んでも、呼んでも、僕の声は虚しく消える。

百合の死を、受け入れなくちゃいけないのに、受け入れられない自分がいる。幸が一昨日言っていたように、百合は僕の中にいる。そう思いたいのに、無理なんだ。

数日後、僕は朝食を済ませ、制服を着て葬儀場に向かう。
　葬儀場には喪服や制服を着た人たちがいた。
　受付を済ませ中に入ると、読経の声や、すすり泣く声が聞こえた。式場に入ると、同じ学校の生徒たちが、僕に振り向く。そして、同情の目で僕を見るんだ。
　僕は自分の席に向かう。僕の席は歩の隣。僕は着席した。
「……優⁉」
「……うん」
「来ないかと思った」
「今日で百合と最後だから……」
　僕は遺影を見た。
　その遺影は、僕たちが最初に行った時の水族館の写真だった。あの時に撮った写真だった。
　百合の笑顔は、輝いていた。あの携帯の写真と同じ笑顔をしていた。
　ねぇ……百合。僕は君の笑顔の引き出しを、開けられたかな……。

　時間だけがすぎていく。
　でも、僕は今日は絶対に泣かないと決めたんだ。笑って百合に……さよならをしようとしていた。
　百合の遺体はここにはない。でも火葬場に棺桶は運ばれていった。
　僕は外に出て、百合が運ばれていくのを見送った。
「なぁ……歩？　俺……百合に出会えてよかったよ……後

悔なんてしてない」
「うん……」
「百合は俺といて幸せだったかな……」
　歩に幸と同じ質問をした。
「……幸せに決まってんじゃん」
　歩も幸と同じ答え。
「俺……それだけでいいわ」
「優……これ……」
　歩が差しだしたのは、1つの袋。
「空港に置き忘れてたからさ。中を見たら、カードが入ってて。優のだったからさ」
「……さんきゅ……」
　僕はそれを受け取った。
「歩……やっぱ俺には時間が必要かも……な」
「時間？」
「今すぐ百合を忘れろって言われても無理なんだ……百合を忘れられない……」
「そりゃそうだろうな……」
「歩にはわかるか？」
「え？」
「愛する人を亡くしたつらさ」
「……」
　みんなにわかるかな……。心から愛する人を亡くした僕の気持ち。
「じゃあさ、太陽なくなったらお前どうなる？」

「……暗くて不安になって、道がどこにあるかわからなくてパニックになるかな……」
「それと一緒なんだ。百合は俺の太陽だった。だから百合を亡くした俺は、道がわかんないんだ」
「優……」
「いつか……俺の道に光を照らす人……見つかるかな……」
「見つかる……絶対」
「いつか……百合を超えられる人と出会いたい……」
「優ならできるよ……」
「さんきゅ……」
　僕はまた暗い道を歩きだした。

　家につくと、歩から受け取った百合へのプレゼントを開けた。僕はカードを見る。
　もし、百合がこのカードを読んだら、百合は笑ってくれるかな……。僕をもっと好きになってくれるかな。
　僕は優柔不断だから、指輪を買うのにも迷ってしまった。この性格……少しは直ったかな……。百合と出会って、百合を愛して、僕は何か変わったかな。
　この指輪は、百合の薬指にはめるつもりだったのに、意味がなくなってしまった。
　光に反射する指輪が、切なく、何かを訴えかけているようだった。この指輪は、大事にしまっておけばいいかな。
　百合のプレゼントの指輪は、机の引き出しに閉まった。もう開けられることがないように。

最近よく僕の携帯電話が鳴るんだ。
歩から【大丈夫か？】
沙紀から【また元気になったら遊ぼうね】
安里から【優……元気出せよ】
ナナから【優？　すごく心配】
和樹から【泣くなよ】
瞳から【空を見上げたら、すっきりするよ】
みんなからのメールのおかげで、最近やっと落ちついてきたんだ。ありがとう……。

　——ピーンポーン。
　家のチャイムが鳴る。今日は母さんも幸もいない。家には僕1人だけだった。
「……はい」
　僕は玄関に向かった。外にいたのは、
「優くん……今、いいかしら……」
　百合のお母さんだった。
「あっはい……あっ、あがります？」
「いいのよ、今から外に出られる？」
「はい大丈夫です……」
「じゃあ……ついてきて？」
　僕は鍵をかけ、言われるままにおばさんについていった。
　ついた先は、百合の家だった。
「あがって」
「おじゃまします……」

向かった先は、百合の部屋。
「優くんに……見てほしいものがあったのよ」
　僕の目の前に出された1冊のアルバム。
　僕は最初の1ページを開けた。そこにはさまざまな僕の姿があった。
「これ……」
「百合が撮ったのよ。優くんには内緒でね」
　写真の横には、メッセージが添えられていた。
【優くんの寝顔♪　かわいい】
【優くんと初めてのツーショット。すごい緊張した〜】
　などといろいろ書かれていた。それを見た僕は、涙を流すんだ。
「百合……ね、優くんと付き合っている時、すごく幸せそうに話してくれてたの。あの子、本当に幸せそうだったわ」
「……百合……」
「見て？　この笑顔……親の私ですら見たことのない笑顔を見せているの……優くんに……」
「……ぅぅ……」
「百合は本当に優くんが好きだったのね……」
「おばさん……」
「優くん……ありがとね……百合を幸せにしてくれて……感謝しているわ……」
「俺も感謝しています……百合を……育ててくれて……」
　そう言うと、おばさんはニコッと笑った。百合にそっくりな笑顔で。

百合……。君が幸せだったなら、僕はそれでいい。

　百合がいない毎日が、すぎていく。卒業の季節が近づく。
　僕は今日も学校にいた。百合がいない学校に、僕はいる。そんな毎日が当たり前になりつつある自分が嫌になる。百合を忘れたくない。
「優？　お前、受験するの？」
「あぁ……なんで？」
「推薦でも行けたじゃん!!　なんで？」
「俺は試したいんだ。自分の力を。百合との約束を、守りたいから」
「そっか……小林はすごいな。優をこんなにも変えるんだからさ」
「百合は俺の太陽だから」
　今も変わっていない。百合は僕の太陽だ。

　そして今日も僕はここにいる。
「ねぇ、百合……俺、不安なんだ。受かるかなって……大丈夫だよな」
　空に向かって話すんだ。百合に聞こえるように。すると風が吹くんだ。百合が答えてくれるように。
「百合……聞こえる？」
「どちら様かしら？」
　誰かに声をかけられた。
　そこには、優しそうなおばあさんが立っていた。

「えっ」
「ここは私の土地なのよ」
「あっ、勝手にすみません……」
「いいのよ、いいのよ。あなた毎日ここに来てるわよね、うれしいのよ」
「俺……ここ好きなんです」
「うれしいわ、ここは私の主人が残していった場所なのよ」
「ご主人さんが？」
「ここのベンチでね、よく街を眺めていたのよ……でもね、去年亡くなったわ……それから、もうベンチに座らなくなったの」
　おばあさんは目を細めて遠くを見た。
「そうだったん……ですか」
「だから、ここが好きって言ってくれるとうれしいの」
「あっあの‼　お願いがあるんです」
「何かしら？」
　僕は百合がこの世界にいたという証拠を残しておきたい。
　もちろん僕の心には、残っている。でも、みんなに見せたいんだ。
「ここに……桜の木を植えさせてください」
「桜の木？」
「はい……ここ……殺風景だから。桜の木を……」
「そうね、寂しいものね。わかったわ、桜の木を植えてあげるわ。そのほうが主人も喜ぶだろうしね」

「ありがとうございます!!」
　百合、桜の木……見えるかな……。

　卒業の日がもう目の前に迫ってきていた。
　桜のつぼみが膨らみはじめる。
「鈴木くんちょっと来て?」
　そんなある日、先生に呼びだされた。
「なんですか?」
「あなたに卒業式の答辞を頼みたいのよ」
「答辞……ですか?」
「そうよ、あなたに頼みたくて。思ったこと書いてくれればいいから」
「はいわかりました」
　答辞……何を書けばいいのだろう。何を言えばいいのだろう。僕はまだ卒業したくない。百合との思い出が消えちゃいそうで、嫌なんだ。でも必ず時はすぎる。

　胸には花、赤いじゅうたんに、大きな花瓶にさされたたくさんの花。今日は卒業式なんだ。
「俺、離れたくないよ〜!!」
　歩が僕の隣でだだをこねている。
「また会えるって!!」
「俺のこと忘れるなよ〜!!!!」
「忘れるかよ、歩には感謝してるからな。お前がいなかったら俺、ここにいなかったな、絶対!!」

「優……お前……」
　歩の目が徐々にうるんでいく。
「歩……今までありがとな」
「泣かせるな〜‼」
　歩は違うほうを見て、涙を拭いていた。
　僕は今日、卒業します。百合……見ているかな。
「答辞、3年2組、鈴木優」
「はい」
　僕は壇上に上がる。
「答辞……桜が咲きはじめ春も盛りになる頃、僕たちはこの学校に入学しました。
　右も左もわからない幼い気持ちで。
　今から話す答辞は、この式にふさわしくないものかもしれないけれど、今の僕の気持ちで述べさせていただきます。
　僕はこの高校生活で初めて恋というものを知りました。
　人を好きになり、僕の中の何かが変わりました。
　次に僕は人を愛しました。さらに僕は変わりました。
　人を愛することだけで、こんなにも人は変わるということを学びました。
　僕はそのことを教えてくれた人に「ありがとう」と言いたいです。
　しかし、僕は愛する人を亡くしました。
　いっぱい泣きました。
　つらくて……つらくて……死にそうでした。
　でも助けてくれた人がいます。それは、この高校で出会っ

た友達です。
　励まされて、僕はすごくうれしかったです。
　みなさんは、今……人を愛していますか？
　愛しているのなら、とことん愛してください。
　なくさないように、愛してください……。
　最後になりましたが、僕たちのためにこんなにも立派な卒業式をあげてくださり、本当にありがとうございました。
　心から感謝して答辞といたします」

　読み終えると、会場は拍手であふれた。泣く人もあれば、優しく笑う人もいた。そんな光景を見て僕は──笑った。
　卒業式が終わった。
　外には、写真を撮っている人が大勢いた。
　僕は、教室にいた。席に座って、ただ思い出していた。
　目を閉じれば、笑顔の百合がいて、僕に話しかけてくれる。隣の席で授業を受ける百合がきれいで、僕は恋をする。歩と沙紀と百合と僕で仲良く会話をしている光景が、目に映る。「百合……」と呼んだら、「何？」と振り向いてくれる。百合……君は何も変わっていないね……。
　ゆっくり目を開けると、さっきまでの光景が、一瞬にして消えるんだ。
　教室には僕、ただ１人。今日でここに座るのは、最後だ。百合と送ってきた高校生活も、今日が最後。
　僕は、教室をあとにした。
　門に向かって歩いていく。すると、門には、歩、沙紀、

ナナ、安里、和樹、瞳がいた。
「……みんな……」
「なぁ〜にびっくりしてんだよ!!」
「いや……別に？」
「優、行こうぜ？」
　僕は卒業した。そして歩きだした。学校に百合との思い出だけを残して。

　きれいな桜の花が咲きはじめる。
　僕は、丘の上の桜に話しかけていた。
「百合……見て？　僕に桜が咲いたよ……」
　百合……見えるかな？　僕……夢に1歩近づいたよ。
　百合……百合は桜みたいだったね。きれいで、ピンクがよく似合う人だったね。でも桜の花びらは、ヒラヒラと散ってしまう。百合も、散ってしまったね。
　ねぇ……百合……。もし……僕の声が……聞こえるなら……言ってもいいかな？
　君に、僕の気持ちを。君に伝えたかったんだ。伝えたかったのに、君は僕の前に現れなかった。
　僕はまだ受け入れていないよ。君がいないということを。信じたくない。信じようとしたくない。僕の心の中に、君はまだ眠っているから。スヤスヤと気持ちよさそうに、眠っている。
　百合……聞いて……。僕……君が好きなんだ。
　世界中君を探しても、君は絶対に見つからない。でも僕

は君が好きなんだ。半端な気持ちじゃないよ……。もう昔の僕はいない。

好きっていう気持ちは、すごく不思議なもの。目で君を追ってしまう。それが好きってことだと僕は思う。

僕は百合が好きだよ。でもそれ以上に愛している。愛は、好きがあふれてしまったものだと思うんだ。

百合……僕は君を愛している……。世界が止まっても、世界が壊れても僕は君を愛している。

そう言った時、桜吹雪が僕を包んだ。

ねぇ……百合……。聞こえたのかな？

真実

　百合と別れて5年の月日が流れた。
　5年後の春。桜が散りはじめる頃。
　僕は今日もこの桜の木の下で百合を想う。
「百合……見えるか？　もう5年もたつんだな……俺、幸せだったよ。百合に恋して、百合を愛して。今でも百合は俺の一番だから……」
　5年もすぎると、ここから見る景色は、少しずつ変わっていた。ビルがたくさん増えて、あまり好きじゃない。でも百合を想う気持ちは変わっていないよ。
　僕は大きな箱と、白い大きな紙を持って丘を下る。

「ただいま」
「優おかえりなさい。疲れたでしょう？　何賞だったの？」
「特別賞だった」
「優、すごいね〜。もうプロみたいなもんじゃん？」
　興奮しながら幸が言う。
「あれ？　幸、帰ってきたんだ？」
「ちょっとね〜」
「旬くんとケンカしたらしいわよ」
「もぉ〜お母さん!!」
　幸は、3年前に旬くんと結婚をした。そして、子どもも産まれた。

「空(そら)〜今日もかわいいな」

　今年で2歳になる旬くんと幸の子どもの空だ。世界は確実に動いていた。
「優、早く休みなさい？　疲れているでしょう」
「はいはい」

　僕は疲れた体を休めるため部屋に行った。

　僕の部屋には、たくさんの写真が飾ってある。数々のトロフィーや、賞状も飾られていた。
「はぁ〜……疲れた」

　僕はベッドに横になった。

　1人になって考えるのは、やっぱり百合のこと。5年たっても、1日も百合を、忘れたことなかったよ。

　〜〜♪

　すると突然、携帯が鳴る。
「はいは〜い」
《あっ優？　俺》
「歩か〜久しぶり」

　電話の相手は、歩だった。
《久しぶりだな!!　元気だったか？》
「おう、元気元気。沙紀は？」
《沙紀は、最近忙しいみたいよ？》

　沙紀は専門学校に行き、お菓子の勉強をして立派なパティシエになり、今はホテルで働いている。そして、まだ歩と付き合っている。
「歩、寂しいんじゃね？」

《大丈夫〜あっ、今日報告あるんだ。俺、沙紀と結婚することにした！》
「えっ、まじ？　結婚？　いつ？」
《あぁ、６月くらいかな》
「そっか!!　おめでとう!!　結婚式には呼べよ？」
《当たり前じゃん？》
「歩が結婚とかウケるな」
　僕は窓から空を眺めた。今日もきれいな青空だった。
《んだそれ!!　優は……彼女できたか？》
「いや……できない……」
　僕の視線が徐々に下がっていく。
《なぁ……優？　忘れろとは言わないから、小林より好きになれる人、見つけろよな？》
「あぁ……見つけるよ……絶対……」
《おし!!　約束な!!》
　——ピッ。
　僕は携帯を枕の横に置き、再び空を見る。
　歩……。沙紀と結婚するんだ。あの２人付き合って長いもんな。僕も２人は結婚すると思っていたから、すごくうれしい。
　でも何か……置いてかれた気分になる。
　歩も沙紀も夢を叶えている。ナナは、保育士になるため短大に行き、ちゃんと保育士になった。安里はサッカーをやるため、ドイツに留学中。和樹は、栄養士になるため勉強をしている。瞳は、体育教師になるため教育実習中。あ

みは、好きな人との子どもを産み、母となった。

　みんな前に進んでいた。僕は……どうかな。進んでいるかな……。

　ふと僕は机の上を見た。

　すると、そこには見覚えのある字で書かれた手紙が置いてあった。僕はその手紙を手に取った。差出人のところに【百合】と書いてあった。

　百合からの手紙だった。

　そんなはずはない。百合から送られてくるはずがないんだ。百合はもうこの世界にはいない人だから。でも手の中にあるのは、間違えなく百合の字。誰かの悪戯かな……。僕は母さんに聞いてみた。

「母さん……これ机の上にあったんだけど」

「優の手紙でしょ？　お母さん、宛先しか見てないからわからないわ。宛先は優の名前でしょう？」

「うん……」

　これは夢じゃない。現実なんだ。

　百合からの手紙が、僕に届いた。百合と別れて5年。百合がいなくなってもうすぐ5年の、今日。

　僕は気づかなかった。今日が何日かということに。今日は、4月27日だ。

　僕は手紙を持って勢いよく家を飛びだした。

　そして走っていく。百合との思い出が詰まっている場所へと。疲れている体を無理やり動かして、無我夢中で走っていく。

僕が目指した場所は、学校だ。
ここには、百合との思い出が眠っているから……。
夕方の学校は、誰ひとりいなかった。日曜日のせいか。もう二度と来ないと思っていたのに、百合と聞いたらここに来てしまうんだ。ここには百合がまだ眠っているから。
僕は、1年2組に向かう。僕たちがはじまった場所だ。
教室につくと、迷わずあの真ん中の列の前から4番目の席に座る。
オレンジ色に染まる教室は、何も変わっていない。あの頃と同じだ。
僕は、持っていた手紙を机の上に置いた。百合から届いた一通の手紙。僕はなかなか開くことができなくて、ただ見つめるだけ。何が書かれているか、すごく不安で怖かったから。
百合はもういないのに、届くことはもうないはずなのに、今、目の前にある百合からの手紙。字は確かに百合の字。もしこの手紙の内容を知ることによって、僕が違う世界に落ちるのなら、見ないほうがいいだろう。
でも僕は手紙に手を当てた。そして丁寧に開けていく。封筒の中には何十枚という便せんが入っていた。
深呼吸をし、手紙を開いていく。

親愛なる優くんへ。
こんにちは！
びっくりした？　びっくりするよね。

実はね、デートで博物館に行ったじゃない？

その時、タイムポストがあったのを覚えている？

優くんはやりたくないって言って終わったけど、私はどうしてもやりたかったからあとでこっそりやったの。だから手紙が届いたわけ。びっくりでしょ？　手紙が届く日も決められるから、4月27日にしてもらいました！　私たちの記念日だもん。ちゃんと届いているといいな〜。

今、優くんがこの手紙を読んでいる時、私、優くんの隣にいるかな……。隣にいたらいいな。

もし隣にいなかったら、私、優くんを幸せにできなかったってことだよね……。

ねぇ……優くん？　今から私の話……。聞いてくれるかな？　私の想い。手紙だから文がおかしくなるかもしれないけど、ちゃんと書きます。あなたとの出会いを。優くんがこの話を聞いたあと、何か思うかもしれない。ちゃんと伝わるかな？

あなたと出会ったのは、桜が散りはじめてきたあの日。

入学式で私はあなたを見ました。すらっと背が高く、とてもかっこよくて、私はあなたに一目惚れをしました。あなたの視線が私のほうに向けられて、私は違うところを見てしまいました。あなたの瞳に吸い込まれてしまいそうで、緊張してうれしくて。これが恋というものでした。

優くん……気づいてた？　私もあなたに恋をしていたということ。

私はその場所から離れ、教室に向かいました。私は真ん

中の列の前から4番目の席。隣の人は鈴木優。どんな人だろう？　と思っていたの。そしたら、その日一目惚れしたあなただった。私の鼓動は加速しはじめ、息ができないくらい、緊張していたの。

　私の高校生活は楽しくなると思った。隣にはあなたがいたから。あまりにも緊張して、隣を見ることはできなかった。あなたがかっこよくて。あなたが眩しすぎて。もう私はすでにあなたの虜(とりこ)だったんだ。これが私とあなたとの出会い。あなたに会えるためなら早く学校に行きたかった。もうあなたに夢中だったの。壊れそうなくらい。

　でもね、不安になることが多かったの。あなたが教室にいるだけで、まわりの女の子たちが騒いでいたから。かっこいいとか、付き合いたいとか。いろいろ言っていました。あなたは私を見てくれないと思っていました。私は友達になった沙紀に相談していたんだ。沙紀は真剣に私の話を聞いてくれた一番の親友。

　すると、神様が私にご褒美をくれたんだ。それは、学級委員決め。

　私は当たりを引いてしまった。すごくブルーになった。そして、学級委員の人が前に呼ばれました。男の子は誰かな？　と思い、横を見るとあなたが立っていました。

　優くん。私ね、あなたとの距離を縮めたかった。誰よりも早く縮めたかった。あのクジは神様からの贈り物だと私は思う。

　優くんもそう思いませんか？　きっとあのクジは、私た

ちの距離を縮める鍵だったんだね。

　私たちの初めて交わした言葉覚えている？

　私が初めてあなたに言った言葉『学級委員、よろしくね』って。すごく緊張したんだ。もしかしたらシカトされるんじゃないかって。でもあなたは『うん』と一言だけ言ってくれたね。それでも私は十分だったよ。

　それから何もないまま、すぎていく。いつもみたいに窓側で沙紀と話していた時、沙紀が彼氏の斉藤くんに呼ばれた。沙紀はうれしそうに斉藤くんのほうに行ってしまった。私は外を眺めていたの。そしたら沙紀が私の名前を呼び手招きをした。私は緊張しながらも笑顔で沙紀のほうに行った。そこにはあなたもいたから。そして私とあなたの距離が一気に縮まったよね。あなたが私のメアドを聞いてきた時、私はうれしくてうれしくて、死にそうだったんだ。紙に連絡先を書くと、ちゃんと受け取ってくれました。夜が楽しみで、早く学校が終わってほしかったんだ。

　でもね、その夜……来たメールは、あなたからではなく、あなたの友達の木田くんからだった。私……泣いちゃったんだ。これは親友の沙紀にも話していないこと。

　翌日、私はあなたに尋ねた。

　あなたは困った顔をしていた。あなたからのメールを期待していたのに、私はあなたから好かれていないと思った。あなたは私が嫌いなんだと思った。この恋は叶わぬ恋だと思いました。

　私の不安はどんどん募っていった。それは相沢瞳さんの

存在。彼女はきれいでかわいくて、なんでもできて、女の私から見ても惚れてしまうのがうなずける人だった。私は勝てないと思った。相沢さんなら、あなたとお似合いに見えたの。

そんな中、学級委員が教室に残って、作業をするようにと先生に言われた時、私の鼓動はおかしく鳴るんだ。でも会話がなくて、あなたは１人で作業していた。私、勇気を振り絞って聞いたの。相沢さんのこと。あなたは少し動揺した。この時、私は諦めようとした。叶わぬ恋なら何しても無駄だから。あなたの一言で、私の心は粉々になった。

あなたは私に木田くんをすすめてきた。私はあなたしか見ていないのに、なぜだろうと思った。次第に涙が出てきたけど必死に止めた。あなたと私の歯車は、なかなかかみ合ってはくれない。

それから私たちのすれ違いがはじまったよね。でも私は優くんをずっと想っていたよ？これは本当に本当だから。諦めると思っていても、諦められないの。逆にどんどん好きになっていった。あなたに好きな人がいたとしても、私はそれでもいいって思ったの。

いつもどおりに学校に来たら、まわりの様子が少しおかしかった。廊下を歩いていると、横を通る人たちの会話が聞こえてきた。

「鈴木くん、相沢さんの告白、断ったらしいよ」って。

私ね、それを聞いた時、小さくガッツポーズしたの。嫌な女でしょう？　教室に行くと話題はそのことばかり。で

も私の顔は笑顔であふれていた。私、優くんを想うだけで幸せだった。

でも優くんは私にもっと幸せをくれたよね。

優くんの告白……とても心に響いたよ。ただ背中に私の名前を書いただけで、私は幸せだった。私の名前が【ゆり】で本当によかった。夜空にはたくさんの星が顔を出してくれて、世界が開けた気がしたよ。あなたのおかげで、私の世界が……。輝いた。

私たちの記念日は4月27日。私は忘れないよ。ずっと一緒だと願った。でも、私の手で幸せをめちゃくちゃにした。

優くん……ごめんね……。私のせいで、あなたを傷つけた。言い訳かもしれないけど、私の話を聞いてね……。確かに、私、優くんと付き合っている時、心のどこかにまだ先輩の存在があった。ここの高校に入った理由も先輩がいたから。先輩のこと、好きだったし、忘れられなかったの。

優くんと水族館のデートの時、朝、先輩に呼ばれたんだ。なんだろうと思ったら、ただ写真を撮ろうって言ってきたの。私……断れなくて、写真を撮ったんだ。

数日後、写真をもらったけど、どうすることもできなくてベッドの下に隠したの。あの時、私が写真なんか撮らなかったら、優くんはずっと私の隣にいてくれたかな……。

優くんと初めてひとつになった時、私、決めたの。あの写真を捨てようって。優くんだけを愛そうって。8月27日は、私にとって最高の誕生日だったから。

優くんにもらった指輪も、優くんにもらった、あなたの

痕も。全部、全部、愛しかった。でも優くんはつらかったよね。私のせいで、優くんを苦しめて、本当にごめんね。謝っても無駄だと思う。私は優くんだけだったよ。

　私、あのあと、写真捨ててたんだ。でもそれは意味がなかった。先輩はもう1枚持っていて写真を使って私を脅した。先輩はね、別れ方が嫌だったみたいなの。

　覚えている？　私と先輩がもめている時、優くんは間に入って止めてくれたよね。あの時、先輩が優くんに目をつけたの。そして私と優くんが付き合うようになって、余計、私たちを苦しめようとした。

　私……優くんだけはやめてって言った。

　そしたら、私を脅すようになった。なぐられたり、無理やり寝かされたり。でも我慢したの。私……優くんの笑顔だけでいいから。優くんの笑顔を見ることができれば、私はそれだけでよかった。

　私が泣き疲れて眠ってしまった時、先輩に指輪を盗まれてしまった。私は優くんに悪いと思って代わりの指輪をつけた。私がバカだったから、優くんをいっぱい傷つけて。

　私ね……優くんに幸せになってもらいたかった。私に幸せを与えてくれたから……。私……優くんに信じてもらいたかった。でも私がしてきた行動は、信じてもらえないような行動だった。

　わかっている。わかっていた。すべて私が悪いんだもの。優くんは、別れを選んだよね。間違ってなんかなかったよ。私を信じられないのは当たり前だもん。私は最低だから。

優くんは、私と別れて変わったよね。髪の色やピアス。でもね、私の気持ちは変わらなかった。そんな優くんを見てもやっぱりかっこよくて胸が締めつけられるの。

　私は優くんを忘れられなかった。

　あなたのぬくもり、あなたの声、あなたの愛。別れたあとの私にまだ残っていたあなたの余韻。忘れることなんかできない。だから私は毎日部活と勉強に励んだ。男の人は優くんで最後にしたかったから。優くんが私につけてくれた愛を最後にしたかった。優くんは、私のこと嫌いになったでしょう？　私は都合がよすぎるから。だからみんなを苦しめてしまう。

　2年生になってのクラス替え。私、少し期待したんだ。優くんと同じクラスかなって。でも違った。新しい教室に入っても、あなたの姿はなくて、私……泣きたくなった。あなたの笑顔が見れないと思うと、とてもつらくて……。

　そんな時、私に告白してきた人がいた。それは優くんと同じクラスの土屋安里くん。肌が黒く焼けていて、笑うとかわいくて、その笑顔が優くんに似ていたの。私、この人なら、好きになれるかなって思って付き合った。

　でも、やっぱり好きにはなれなかった。安里くんの笑顔と優くんの笑顔がかぶってしまったの。まだ私の心には優くんがいた。

　彼に悪いって思ったから、別れようとした。でも安里くんは、それでもいいって言ってくれたの。安里くんは優しかった。私は最低なのに、安里くんは優しかった。

8月27日。優くんと初めてひとつになった日。私は安里くんにお祭りに誘われたの。本当は行きたくなかった。優くんとの記念日だから。

　でも、そんなのは理由にならないから、私はお祭りに出かけた。すごい人出だった。そして、駅の前で優くんの姿を見たの。誰かを待っているようだった。目が離せなくて、優くんのほうをずっと見ていたら、浴衣姿のかわいらしい子が来て、優くんと2人で歩いていった。すごい衝撃で、倒れそうだった。息ができなくて、つらくて涙が出たの。

　私は、安里くんから離れていった。1人になりたかったから。人込みをかき分けて、静かなところを目指した。そんな人込みの中、私の手を握る人がいた。忘れていないあの感覚。私の愛しい人の手。

　優くんの手だった。

　久しぶりの優くんの感触。優くんは静かな場所に連れていってくれた。そして久しぶりに「百合」って名前を呼んでくれた。すごくすごくうれしくて、すごい速さで涙が流れた。優くんともっと話したかった。でも安里くんからの電話が鳴った。涙が止まらなくなりそうだったから、私は優くんから離れ、安里くんにさよならを告げた。やっぱり優くんを超える人はいないのだと確信した。

　それからの私は、優くんしか見れなくなっていた。

　でもね、噂で聞いてしまったんだ。優くんと広瀬さんが仲がいいって。私、広瀬さんを知らなかったから、教室まで見にいったら、そこには仲良く会話をしている2人の姿

があった。相沢さんと少し似ていたけど、大人っぽくて、私なんかより全然いい。そんな広瀬さんに笑顔を向ける優くんがいて、私はヤキモチを妬いた。私はまだまだ子どもだったの。

そして迎えた修学旅行。私は楽しみではなかった。1人でいると、いつも泣いてばかり。弱い人間だったんだ。

もし私の隣に優くんがいたならば、私は笑って楽しんでいると思った。でも今、優くんが笑顔を向けているのは私ではなく広瀬さん。私は彼女になりたかった。自分で勝手に壊したのに、こんなにも後悔をする。矛盾だらけだ。

修学旅行で、私はあるお店に入った。そこには、優くんがいたの。

急に強く鳴りだす私の心臓。急に赤く火照る私の頬。まだあなたが好きっていう証。優くんと広瀬さんが付き合っていると聞いて、私の心は大きく揺れた。私が優くんを想っていると知ったら、広瀬さんが悲しむと思ったの。

だから私は、この気持ちを封印した。優くんが選んだ人なら安心だから。私は遠くから見つめるだけ。

優くんと広瀬さんが手をつないで学校に来る時が一番つらかった。

私はよく保健室で泣いていた。泣いたって優くんの笑顔は戻ってこないのに、涙があふれてしまうの。私……優くんを本当に愛していたから。

月日は勝手に流れる。私の心も勝手に膨らんでいく。

破れそうで、この気持ちを聞いてほしかった。でもこの

気持ちを誰にも聞いてもらえないまま、3年生となった。3年生……。私に春が来た。優くんと同じクラスになれた。

あの頃と同じ、真ん中の列の前から4番目の席。隣はあなた。1年生の時と変わりない私の気持ち。でも優くんは変わっていたよね。優くんの心には私はいないってわかっていたから。私だけ浮かれてバカみたいだね。

そしてあの時が来た。それは学級委員決め。また同じになれるように願ったの。私は"当たり"だった。

でも神様は、甘くない。当たったのは優くんの後ろの席の園田くん。私は彼に「よろしくね」と言った。

本当は、あの頃みたいに優くんに言いたかった。あなたを好きという私の気持ちは、あと一滴垂らすと、あふれてしまうところまできていた。もういっぱいだったの。だから職員室にいたあの時、追いかけていって、気持ちを伝えたかった。でもそこには広瀬さんがいて、私の入る場所はどこにもなかった。一瞬だけ見せた、広瀬さんの不安そうな顔が頭から離れてくれなかった。広瀬さんも不安なんだ。私は何もできない無力な人間だったの。

数日後、私が友達に頼まれたジュースを買いに行って、体育館の横を通ると、ボールの弾む音が聞こえた。体育館をのぞくと、一生懸命になってリングに向かってボールを投げている優くんの姿があった。その姿が、とてもかっこよくてさらに好きがあふれていく。

優くんは私に気づいてくれた。でも優くんから出た言葉によって、私は沈んだ。優くん言ったよね……。『今はナ

ナシかいない』って。その言葉を聞いた途端、逃げだした。聞こえなかったふりをして。私は下を見て走っていた。

そしたら誰かにぶつかったの。顔を上げるとそこには広瀬さんがいたんだ。謝って走り去ろうとしたら、広瀬さんが私にこう言ったの。「優のこと好き?」って。私はうなずくことしかできなかった。

すると、広瀬さんは笑って「ありがとう」と言ったの。広瀬さんは私に怒ることもなく、ただ笑った。私は広瀬さんは強い人だなぁって思った。優くんが惚れた理由もわかる気がするよ。

私ね、ずっとお守りを持っていたんだ。

それは、優くんがくれた指輪。ずっと離さなかった。身につけることはなかったけど、ただポケットにしまってあった。ポケットの中が、唯一、優くんを感じられる私の大好きな場所。それを聞いた優くんはどう思うかな……って思っていた。

ある日、私はポケットに手を入れた。でもそこには指輪がなかった。私は何回もポケットの中を探したの。でもやっぱりなくて、私は探し回った。そして、最後に行った場所、それは教室。もう日が暮れそうだった。

教室には、優くん、あなたの姿がありました。優くんは私が探し物をしていると、すぐ気づいてくれたよね。だって優くんの手の中に私が探していた指輪があったのだから。私、すごく動揺したんだ。恥ずかしくて。もう気持ちは抑えることができなくなっていました。だから私は言っ

たの。優くんが好きって。

　意味のないことをしたと思った。優くんには広瀬さんがいるのに。でも優くんは私を抱きしめてくれた。あの頃と変わらない温かいぬくもりで。私は涙が出た。もうこんなことはないと思っていたから。再び包み込まれる私の体。だんだん熱くなっていく。私は幸せだと思ったの。そして、優くんは私を選んでくれた。

　すごく、すごく、幸せ。広瀬さんには悪いと思った。でもね、私……広瀬さんに感謝したい。ありがとうと言いたいな。私と優くんがまたひとつになれたのは、広瀬さんのおかげだから。叶わぬ恋だと思っていたものが、叶った。

　私ね、何事も諦めちゃダメだと思うの。叶わないと思っているから、叶わないと思う。叶うって思っているから、叶うんだと思うの。

　ねぇ……優くん？　前にも聞いたよね……。運命って信じる？　って。私……やっぱり信じる……。私と優くんが出会ったのはやっぱり運命なんだよ……。神様が私たちを引き会わせてくれたんだよ。そして恋をして愛して。運命がなければ、私たち、恋なんかできてなかったよ。愛してなんかいなかったよ。私……運命を信じるよ。

　ごめんね……優くん……。私が勝手に留学するとか言って。本当は優くんと一緒にいたいよ。あなたの笑顔が見られないなんてつらすぎる。私……優くんに行くなってちょっとだけ言ってほしかったな……。そしたら考えたかもしれない。でも私の夢だから、優くんは背中を押してく

れたよね。ありがとう……。

　留学まであと少しだけど、残り少ない時間を、大切にしたいな。

　優くん？　優くんは夢は叶った？　私ね……優くんなら叶うと思うよ。

　優くんは気づいていないかもしれないけど、優くんは、人を幸せにする力を持っているの。優くんのおかげで私は幸せを手に入れられた気がする。

　優くんに出会っていなかったら、本当の幸せって何かわからなかった。幸せって、ただ笑顔を見れるだけで幸せって知らなかったよ。優くん……ありがとうね。

　私がもうすぐいなくなるって聞いた時……どう思った？　寂しいって思ってくれたなら、それだけで私はうれしい。

　でも不安なことがあるの。ずっと誰にも話していないことなんだ。それは、私が寝ている時に見た夢の話。怖くて、怖くて、涙が出たの。

　昨日、見た夢の話。

　それはね、私……空港にいたの。カナダの。日本行きの飛行機に乗っていた。大勢の日本人や、外国人が乗っていて、私、窓側の席に座っていたの。そして、離陸した。日本までは10時間くらいかかるから、その間は眠っていた。

　そしたらね、「百合」って呼ぶ声がしたの。紛れもなく、優くんの声。私は起きてまわりを見回した。優くんがいるはずもないのに、私はまわりを見回した。そしてまた眠りについたの。

そして、あと少しで日本につくという時、飛行機が揺れたの。何が起きたのかと、乗客の人たちが騒ぎだしたの。その瞬間、薬指につけていたペアリングが落ちたの。それと同時に、飛行機は火をふいて、燃えたの。そして墜ちていった。深い、深い、海へと。

　私……何回も優くんの名前を呼んだんだ。優くんの声が聞きたかったの。でもね、何も返ってこなかった。

　そしたら、私は日本の空港にいた。目の前には泣き崩れている優くんがいた。私は優くんの名前を呼んだの。でも優くんは気づいてくれなかった。優くんは、テレビに向かって何か言っていた。私の名前を言っていた。私は、遠くから見ることしかできなかった。

　でもね、優くんは私に気づいてくれたんだよ。しかも、優くんは、私に向かって「百合？」と聞いてきた。涙をいっぱい流して。

　私は、優くんを不安にさせないように笑ったの。そしてどこかに消えていった。

　そこはね？　空の上。空の上に私がいた。そこにはね？　いっぱいの優くんとの思い出があったの。優くんの笑顔や優くんの寝顔や、優くんのすべてがあったの。まるでアルバムのようになっていた、優くんのすべて。私はそれを見ると笑顔になるの。優くんが大好きだから。優くんの笑顔が一番好きだから。

　ずっと先に誰かがいたの。私は歩いていった。そこにはね、私の両親と同じぐらいの年の人が2人いたの。どこと

なく誰かに似ていた。でも思い出せなかった。そして私は、その人たちに尋ねたの。
「空の上って変ですね。もっと思い出したいことたくさんあるのに、思い出せない」
　って。するとね「空の上には大好きなものしか映らないのよ」って答えてくれたの。映っていたのは、優くんだけ。私の大好きなものなんだ。そしたら、涙が出ちゃったの。すると、その人たちが私を抱きしめてくれた。私に声をかけてくれた。
「ねぇ……見て？」
　私が顔を上げると、そこには、男の子と女の子が映っていた。
「この女の子ね、あなたと同じ年頃なのよ？」
「かわいいですね」
「そう？　私たち、この子たちを置いていってしまったの。すごく後悔しているわ……」
「……ここはどこなんですか……？」
「……知らないほうがいいわ」
　私の夢はここで途切れたの。起きると、目に涙があった。
　この夢がもし本当なら……私、怖いな……。私、優くんの声が聞きたくて、何回も電話をかけようとしたけど、できなかったの。
　ねぇ……優くん……怖いよ……。優くんは……私がいなくなったら泣いてくれる？
　ごめん……変なこと書いたね。でもね、私がいなくても

ちゃんと生きてね？ お願いだから、泣かないで笑ってね。
　私ね、優くんの笑顔が好きなの。あなたの笑顔があれば、私には十分だから、笑ってね。
　いきなりこんな手紙を出してびっくりしたと思う。でもね、私の気持ち知ってほしかったの。改めてね。優くんが好きだから、私、優くんのすべてが好きだから。
　ずっと見ているから。優くんのこと、ずっと愛しているから。

　　　　　　　　　　　　　　　　　　　　　百合より

　百合の手紙はここで終わっていた。
　百合の手紙には、僕が知らない真実が隠されていた。
　ねぇ……百合？ 僕、知らないでいたよ。百合の気持ち。百合の本当の真実。ごめんね……。ごめんね……。
　今さら謝っても百合は戻ってこない。でも、この手紙が送られてこなかったら、僕は何も知らないままだった。
　百合……百合が見た夢の話で１組の夫婦が出てきた。僕、その人たち知っているよ。百合……ごめんね……。そしてありがとう……。
　この涙が枯れるまで……。

　百合からの手紙が届いてから、僕の心は少し軽くなったんだ。
　今日も僕の中は快晴。僕は百合のお墓の前にいた。

「百合？　元気か？　そっちは暑い？　寒い？　こっちはもうすぐ夏が来るよ。季節がすぎるのは早い。あっ、そうそう。歩と沙紀……結婚するって。来週の日曜日。百合も来れたら来てよ」

　僕は百合に話しかける。返事はないけど、百合は空の上で聞いていてくれていると思うから、僕は声に出して言う。
「百合……今度、俺が撮った写真見せてあげるよ……」

　僕は百合の前から立ち去った。
　　～～♪

　陽気なメロディーを奏で、携帯が鳴った。
「はい？」
《あっ、優？　私、ナナ!!》

　ナナとは最近連絡を取る。歩と沙紀の結婚式について話すためだ。
「どした～？」
《結婚式のことなんだけど～駅に９時くらいにしないかって安里くんが言うんだけど大丈夫？》
「あ～うん、それでいいよ!!　ありがとな」
《何か最近、優、元気だね？　いいことあったの～？》
「別に何もないよ？」
《ふぅ～ん。まぁいいや!!　じゃあ、また来週ね!!》
「はいは～い」

　ナナは、やっぱり僕のエスパーだね。
　でもこれは僕と百合の秘密だから、話せない。

「ただいま」
「優〜おかえり。旬、来てるよ〜」
「旬くんが？」
　幸は相変わらず家に遊びに来ることが多かった。今日は旬くんもいるという。旬くんに会うのは久しぶりだった。旬くんは今、医者になって、忙しくて会えないんだ。
「おっ優、久しぶりだな」
「旬くんも元気そうだね。空は？」
「お前そんだけかよ、まぁ、空はかわいいから仕方ないけどな!!」
「……親バカ」
「うるさい!!　つうか優、お前すごいんだって？　写真コンテスト入賞したんだろ？」
「ああ……たいしたことないけどね」
「でもすごいじゃん。青春だね〜」
「意味わかんねぇし!!」
　僕は旬くんたちとの会話が終わると部屋に戻り、写真の整理をしはじめた。
　僕が写真をはじめて、もう撮影した数は数えきれないくらいになっていた。撮るものは、全部風景。風景以外のものを撮りたいのだが、なかなか被写体が見つからない。
　この中に百合が気に入ってくれる写真があったらいいな。そしたら百合は僕を誉めてくれるかな……。
　最近、夢の中に百合が出てくる。泣きたいけれど、百合が手紙で言っていたように、笑うんだ。百合は僕の笑顔が

好きと言ってくれたから。僕は笑顔を枯れさせない。

でも、日々は確実にすぎていく。

「優〜!! 起きなさい!! 今日、歩くんの結婚式でしょ!?」

部屋の外から母さんの怒鳴り声が聞こえた。僕は携帯を手に取り、何時かを見た。7時50分だった。ナナと安里との待ち合わせは9時。

「ヤベぇ!!」

僕は朝食を急いで済ませ、歯を磨き、昨日出しておいたスーツを着る。時計の針は8時25分。

「優!! ご祝儀、忘れてるわよ!!」

「あ〜!!」

僕はご祝儀を持って急いで駅に向かった。バスに乗って駅を目指す。

移り変わるバスからの景色は、百合を思い出させる。僕は笑うんだ。まだ百合が生きているって思ってしまうんだ。

百合はこの街で生きている……。

駅につくと、スーツ姿の安里と、かわいいドレス姿のナナがいた。

「あっ優!! おせ〜ぞ」

「わりぃ!!」

急いで走ってきたせいか、体が暑い。僕は少しネクタイを緩めた。

「優!! 元気だった？」

ナナが笑顔で言う。
「おう元気だった!!　てか安里、サッカー留学してんじゃねぇの?」
「あ〜そうだよ〜!!　歩のために帰ってきてやったよ」
「まじか!!　お疲れ!!」
　僕は笑いながら安里の背中を叩いた。
「本当だよ。じゃあ、広瀬、優、車に乗れよ。歩の親父の秘書が迎えに来てくれたらしいわ」
　僕たちは車に乗り込む。
「ていうか久しぶりだね〜!!」
「本当。卒業しても全然会わねぇしな!!」
「狭い街なのにな」
　みんな二十歳をすぎて、さらに大人っぽくなっていた。僕もその１人だ。
「つうか優、さらにかっこよくなったな〜!!　広瀬、ちょっと後悔?」
　安里はナナに怪しい笑みを向ける。
「安里、バカッ。やめろ!!」
「優はいつでもかっこいいよね」
「……さっ、さんきゅ……」
　ナナのことは好きだが、百合を超えることはない。やっぱり百合は一番上にいるから。

　あっという間に結婚式場についた。受付を済ませ、歩と沙紀を探した。すると歩がこっちに向かってくる。

「今日はありがとな!!　みんな来てくれて!!」
「いいって!!　あれ？　沙紀は？」
「今、化けてる！」
「化粧していると言え!!　お前ら夫婦になるんだぞ？　大丈夫かよ？」
「大丈夫だろ〜。なんだかんだ言って10年ぐらい付き合ってるしな!!」
「愛があれば大丈夫!!」
　僕の表情が、だんだんと暗くなっていくのが自分でもわかる。また思い出していたようだ。
「優は、彼女作んねぇの？」
「どーだかねぇ。できるかな……」
「本気で応援してるからさっ!!　あっ俺そろそろ行くわ!!」
　僕はふと外を見る。憎いくらいに真っ青な空。憎いくらいに真っ白な雲。そしてその空を自由に飛ぶ、鳥たち。
「恋……か〜……」
　僕は大きなため息を漏らす。
「何？　優は恋しないの？」
「……ナナ……うん〜……無理かも」
「忘れられないよね……」
　ナナの視線がだんだんと下がっていく。
「ナナは？　いるの？」
「うん……実はね……和哉に会ったの」
「和哉って……初恋の相手？」
「うん……保育士になった時、和哉も保育士になってたの。

そして……謝ってくれた……」
「……そか……付き合ってんの？」
「まだ……そこまではいってないの……」
「頑張れよ!!」
　僕はナナの髪の毛をくしゃっとして笑顔を見せた。
「優は、笑顔が素敵ね。私好きだよ、優の笑顔!!」
「百合も言ってくれた。だから笑うんだ」
　僕は泣かないよ。百合が笑うなら僕も笑い続けるから。
「優！　はじまるみたいだから行こ？」
　僕は式場に向かう。音楽とともに、沙紀が現れる。
　ウェディングドレスを着た沙紀は、とてもきれいだった。
少し恥ずかしそうだった。
「沙紀きれいだね～」
　そして沙紀は歩の隣に進むと、牧師が誓いの言葉を問いかける。
「一生愛すことを誓いますか？」
「誓います」
　2人のやりとりを見ていると、その光景に憧れている自分に気がついた。
　あの2人が、もし僕と百合だったら、僕はすぐに誓う。百合はすぐに誓ってくれるかな……。僕は涙が出てきた。
「……優!?」
「ごめん……あははっ……百合を思い出しちゃった……」
「思い出していいよ。そのほうが小林さんはうれしいと思うよ」

ナナ……君は気づいている？　まだ僕の薬指に百合とのペアリングがあるということ。
　　順調に結婚式が進んでいく。
「ここで、新郎様のご希望で、鈴木優さまに祝福の言葉を頂戴させてもらいます」
「は？　俺？」
「鈴木さま、どうぞ前へ」
　　一斉に拍手が起こる。僕は恥じらいながらも前に行く。
　　歩を見ると笑っていた。
「あのバカ……」
　　僕はマイクの前に立った。目の前には、たくさんの人がいて、僕を見ている。頭の中がおかしくなる。
「あ……えっと……いきなりで何を言っていいかわかんないんですが、歩と沙紀おめでとう。本当にうれしいよ。2人には高校時代、いっぱい助けてもらいました。励ましてくれたり、勇気くれたり、笑わせてくれたり。本当に感謝しています。俺が……彼女、百合を亡くした時も、励ましてくれたりして……本当に……ありがとう」
　　目の前がボヤける。
「優……？」
「歩と沙紀と百合と俺は、本当に仲がよくて、毎日楽しかった……。ありがとな……歩……沙紀。百合も今、空の上で見てるよ。お前らの愛をさ。以上です」
　　言い終わると拍手で会場があふれた。
　　歩と沙紀を見ると、2人とも泣いていた。

歩……。沙紀……。本当におめでとう。

　歩と沙紀が結婚して、数カ月。
　僕は今この地に立っている。まわりには、たくさんの外国人。右も左もわからなくなるようなビル群。そう、ここは、百合が留学していたカナダだ。
　３カ月この地で過ごした百合を、知っておきたかった。前にカナダから届いた百合の手紙と写真を持って百合を探していた。住所を頼りに。
「あの……この住所わかりますか？」
　僕は苦手な英語を使い、住所を頼りにホームステイ先を探す。
「この住所なら、この道をずっと行けばつくわよ」
「ありがとうございます」
　僕はひたすら言われた道を歩く。
　この道を百合が歩いたかなって思うだけで、僕は笑顔になる。
　すると一軒の家が見えてきた。目の前には海が広がっていた。住所を見てみた。確かにここだ。百合がホームステイしていた家だ。
　僕はインターホンを鳴らす。
　──ピー。
　日本とは少し違うインターホンの音。その音で誰かが歩いてくる。
「……はい？」

中から優しそうな目をした、ブロンド髪のきれいな女の人が出てきた。写真で百合の隣に写っていた人だった。
　間違いない。この家だ。僕は聞いてみたんだ。
「小林百合という人を知っていますか？」
　それを聞いた女の人は、笑顔で答えてくれた。
「もちろん知ってるわ。ホームステイに来ていた子だもの。あなた……もしかして優？」
「えっ……はい……優っていいます」
「中に入って？」
　僕は家の中に案内された。
「座って？」
「あっはい」
　僕は大きなソファに座る。
「私、ティファニーっていうの。ホストマザーだったのよ。あなたの話をよく百合から聞かされたわ。写真を見せてくれたの。だから、あなたを見た瞬間わかったわ。事故のことは、もちろん知っているわ。つらかったでしょう？」
　僕の目からは泣かないと決めていたはずなのに、涙が出てきた。
「はい……あの……教えてください……百合がここで過ごした３カ月を……」
「いいわ、百合ね、最初ここに来た時は、まだ慣れていないせいか、毎日のように泣いていたわ。あなたの写真を見ながら。いつも『会いたい』って言っていた。私たちにはどうすることもできなかったわ」

「はい……」
「でね、私、聞いてみたの。あなたのこと。そしたらあの子、笑顔で話してくれてね。本当に好きだったのね。会話が途切れることなかったから。それから、だんだん慣れていってみんなと仲良くなったのよ」
「百合はどんな子でした？」
「かわいくて、いい子でね。本当にみんな百合のことが好きだったわ。また会いに来るって言っていたのにね……残念だわ……」

ティファニーは目に涙を浮かべた。
「ついてきなさい」
ティファニーは僕を家の裏に連れていった。
裏には広大な海が広がっていた。
「百合はこの海を見て『この先に優くんはいるかな』と言っていたわ」
次々に流れる涙。百合も僕と同じことを思っていたんだ。
「……百合は……幸せでした？」
「幸せそうだったわよ」
僕はそれだけで救われる。
「泊まっていきなさいよ。まだあなたと話がしたいわ」
「飛行機の時間があるので……」
「そう……残念ね。またいらっしゃい。絶対よ!!」
「はい!!　ありがとうございました!!」
僕は深くお辞儀をして、笑顔でそこを立ち去った。百合が離れているところでも、僕の話をしてくれていただけで、

僕はうれしかった。

カバンからカメラを取りだし海を撮った。

百合……待っていて……。日本に帰ったら、君にこの写真を贈るからさ。

僕は空港に向かう。僕の百合を探す旅は終わった。

僕は百合のお墓の前にいた。

「百合……見えるかな。写真をたくさん撮ってきたよ。百合が前に見た風景を。百合はここから俺を想っていたの？　俺の名前を呼んでいてくれたの？　ねぇ百合？　あの海キレイだったよ。いつかさ……２人で見に行こうよ……手をつないで……時にはキスしながらさ……隣には笑顔の百合がいて……俺も笑うからさ……俺……泣かないって決めたのにな〜……全然無理だ……百合……約束破っちゃった……ごめんね……」

僕は百合のお墓に涙の痕をつけていく。

その涙の痕は、お墓に染み込んでいくんだ。

〜〜♪

すると突然、電話が鳴った。

《優!!　あんた今どこにいんの？》

「幸？　どうしたの？」

幸の声は、かなりあせっていた。

《あんたが前、写真コンテストに出していた写真を見て、出版社の人があんたに会いたいって!!　今すぐ家に帰ってきな!!》

僕は急いで家に帰った。
　僕は気づかなかった。夜空にある1つの星が流れたということに。
『この空にあるたくさんの星は、世界中の人たちの願いなんだって』
　百合……。百合……。僕の夢へのゴールが見えはじめたよ。百合が僕に教えてくれた、百合が僕に与えてくれた、進むべき道の先が見えたよ。
　僕は必死になって家へと向かう。
「たっ、ただいま」
　僕は息を切らして客間に入った。
「こんにちは、あなたが鈴木優さん？　出版フォトフレンズの進藤(しんどう)です」
「初めまして」
　僕の夢の扉がまた1つ開いた。僕は新たに歩きだした。

　あれから2年後。
　今、僕がいる場所は美術館。僕の写真展覧会があるから。
　僕は2年間で、プロになったけど、あまり実感はない。毎日変わらない生活だからだ。僕は自分の作品を見て回る。
「この鈴木さんの写真って癒される～」
「だよね!!　なんか素敵だよね」
「どんな人かな？」
「きっといい人だよ」
　僕はその会話を聞いて笑う。

もし、あの時、写真を撮っていなかったら、僕は写真に出会わなかった。もしあの時、秘密の場所を知らなかったら、僕は迷っていた。もし僕が、あの時、百合に出会わなかったら、本当の幸せなんかわからなかった。もし、あの時……百合がいなかったら、僕はただつまらない人生を送っていた。
　すべては百合にある。百合がいてくれて、百合の言葉で僕はこんなにも成長をした。百合がこの世界にいて、百合がこの世界から消えたけど、百合は誰かに幸せを贈りに来たんだね。
　百合は素敵な人でした。

　その日、僕はある家に向かった。
　僕の人生で一番大切な日だから。
　──ピーンポーン。
「はい」
　中から出てきた人は、僕の最愛の人の母親。
「こんにちは……今日……命日ですよね……」
「優くん……」
　今日は百合の命日で、百合の誕生日。
「毎年ありがとう……あがって？」
「はい、おじゃまします」
　僕は百合の仏壇の前に座った。
「百合……久しぶり……今日はプレゼントを持ってきたよ。本当はね、百合が帰国した時に渡したかったんだけど……

見える？」
　僕が見せたものは、あのカルティエのラブリングだ。
「どう？　百合に似合うと思ったんだ」
　僕は仏壇の上にそっと置き、手を合わせた。ゆっくりと目を開け、遺影に目をやる。すると百合のお母さんが、僕に言ってきた。
「百合は幸せものだわね。素敵な指輪をもらえて、毎年会いに来てくれて。でも……優くん？　彼女……百合以来、作ってないんでしょう？　作らないの？」
「運命が……変えてくれると思うんです。その日が来るまで待ちます」
「そう……百合の分まで幸せになってね」
「はい‼」
　僕は笑顔で言った。そして僕は百合の家を出ていった。

　僕はカメラを持って、秘密の場所に来ていた。
　夕日が僕たちの街を染めていく。そんな街をカメラに収めた。
「百合……何も変わっていない……や……あの時と同じだ。百合……俺の時間は止まっている……動かないんだ……自分は進んでいると思うよ。でも……恋のほうは……一向に進んでくれない……百合を思い出しちゃうからかな……」
　僕はまたたきはじめた星を見た。あの星は、前に百合と一緒に見た時もあった。何も変わっていない。この景色も。この夜空も。

僕はそんな世界に涙を流す。すると、どこからか声が聞こえた。
「なんで……泣いているの？」
　僕は声が聞こえるほうを向いた。
　そこには、見知らぬ女の人が立っていた。僕は彼女を見た。僕は彼女の瞳に吸い込まれていく。
「……運命って信じる？」
　百合……。今の僕に運命って信じる？　と尋ねたら、すぐに答えるよ。
　僕の運命がこの僕と百合との秘密の場所から動きだした。止まっていた世界も少しずつ動きだした。運命って不思議なもの。

　——あの運命の出会いから3年後。
　百合と別れてから10年がたっていた。
　僕は今日も秘密の場所にいる。
　桜の木は毎年きれいに花を咲かせる。
「百合……歩と沙紀にね、2人目が産まれたよ。男の子だって。歩、すっごい親バカなんだ。安里は有名なサッカーチームに入ったよ。ナナは、初恋の人と幸せな日々を送ってるってさ。和樹は、栄養士になって忙しいって。瞳は先生になってバスケ教えているよ。俺は……フリーカメラマンになったんだ。これからいろんな写真を撮りたいなって思っている。間違ってないよね……？　百合……俺、今、幸せだよ」
　僕は笑顔になった。

すると、丘の下から小さな女の子が、まだ慣れない足取りで駆けてくる。その子を追いかけて、ここで運命的な出会いをした彼女も走ってくる。そして彼女は僕に向かって大きな声で叫んだんだ。
「パパー!!　受け止めてー！」
　小さな女の子は笑顔で僕に駆け寄ってくる。2つに結んだ栗色の髪を揺らして……。僕は女の子に向けて、両手を広げた。そして叫んだんだ。
「おいで……百合……」

エピローグ

ねぇ……百合?
僕は、毎日、君の名前を呼ぶだろう。

ねぇ……百合?
僕は、毎日君を想うだろう。

ねぇ……百合?
この涙が枯れるまで、僕は泣き続けるだろう。
永遠に……。

FIN.

あとがき

このたびは、私の処女作を手に取ってくださり、ありがとうございます。

本書『この涙が枯れるまで』を執筆し始めたのは、私が16歳の時でした。
あれから10年の月日がたちました。
いろいろと住む世界が変わり、嫌なこと、辛いこと、幸せなこと、大好きなことがたくさんありました。
10年前と容姿も時代も何もかもが違う。
ですが、〝人を好きになる〟。
これだけは変わりませんでした。

10年前も恋はしていましたし、今も恋をしています。
人は不思議ですね。恋をすると、人を好きになると、毎日が楽しく、楽しみになる。
でもそれと同時に、「あの時、あぁしておけばどうなっていたのだろう」と少し後悔も生まれる。

後悔する恋をしたって、それは自分の力になる。
失敗したっていい。泣いたって挫けたっていい。
これから先にする恋を後悔しない恋にすることができたら、それはプラスマイナスゼロです。

無理にプラスにしなくてもいいのです。
　大丈夫です。
　自分の行動、勇気は素晴らしいものです。

　好きな人がいる人は、その人に「おはよう」と声をかけるだけでも１日がいいスタートになります。
　彼氏や彼女がいる人は「好きだよ」と言うのが恥ずかしかったら、手を握るだけでも幸せな時間になります。
　恋って、本当に不思議ですね。
　こんなにも自分が強くなり、こんなにも毎日が輝くのだから。
　本書を通して、恋をすることの難しさ、儚(はかな)さ、尊さ、愛おしさ、素晴らしさを知って頂けたら私は幸せです。

　10年前に発売された小説を再び文庫の形として残してくださったスターツ出版の皆様、本当に感謝しています。
　ありがとうございます。
　まだまだ私は書きたいものがたくさんありますので、これからも小説を書き続けていきたいです。
　本当にありがとうございました。

　　　　　　　　　　　　　　　　　2017.5.25　ゆき

この物語はフィクションです。
実在の人物、団体等とは一切関係がありません。
一部、飲酒に関する表記がありますが、
未成年者の飲酒は法律で禁止されています。

ゆき先生への
ファンレターのあて先

〒104-0031
東京都中央区京橋1-3-1
八重洲口大栄ビル7F

スターツ出版(株)書籍編集部 気付
ゆき先生

新装版 この涙が枯れるまで
2017年5月25日 初版第1刷発行

著 者	ゆき
	©Yuki 2017
発 行 人	松島滋
デザイン	カバー　石塚麻美
	フォーマット　黒門ビリー&フラミンゴスタジオ
D T P	朝日メディアインターナショナル株式会社
編　集	相川有希子　酒井久美子
発 行 所	スターツ出版株式会社
	〒104-0031 東京都中央区京橋1-3-1　八重洲口大栄ビル7F
	TEL 販売部03-6202-0386（ご注文等に関するお問い合わせ）
	http://starts-pub.jp/
印 刷 所	共同印刷株式会社
	Printed in Japan

乱丁・落丁などの不良品はお取替えいたします。上記販売部までお問い合わせください。
本書を無断で複写することは、著作権法により禁じられています。
定価はカバーに記載されています。

ISBN 978-4-8137-0258-0　C0193

ケータイ小説文庫　2017年5月発売

『新装版 狼彼氏×天然彼女』ばにぃ・著

可愛いのに天然な実紅は、全寮制の高校に入学し、美少女しか入れない「レディクラ」候補に選ばれる。しかも王子様系イケメンの舜と同じクラスで、寮は隣の部屋だった!! 舜は実紅の前でだけ狼キャラになり、実紅に迫ってきて!? 累計20万部突破の大人気作の新装版、限定エピソードも収録!!
ISBN978-4-8137-0255-9
定価:本体590円+税

ピンクレーベル

『だから、俺にしとけよ。』まは・著

高校生の伊部は、遊び人で幼なじみの京に片思い中。ある日、京と女子がイチャついているのを見た伊部は涙ぐんでしまう。しかも、その様子を同じクラスの入谷に目撃され、突然のキス。強引な入谷を意識しはじめる伊部だけど…。2人の男子の間で揺れる主人公を描いた、切なくて甘いラブストーリー！
ISBN978-4-8137-0256-6
定価:本体580円+税

ピンクレーベル

『あたしのイジワル彼氏様』みゅうな・著

高2の千嘉の初カレは、イケメンでモテモテの恭哉。だけど彼は、他の女の子と仲よくしたり、何かとイジワルしてくる超俺様彼氏だった！ 本当に付き合っているのか不安になる千嘉だけど、恭哉はたまにとびきり甘くなって…!? 最強俺様イジワル彼氏に振り回されっぱなしのドキドキラブ♥
ISBN978-4-8137-0257-3
定価:本体590円+税

ピンクレーベル

『星の涙』みのり from 三月のパンタシア・著

友達となじめない高校生の理緒。明るくて可愛い親友のえれなにコンプレックスを持っていた。体育祭をきっかけにクラスの人気者・颯太と仲よくなった理緒は、彼に惹かれていく。一方、颯太はある理由から理緒のことが気になっていた。そんな時、えれなが颯太を好きだと知った理緒は…。
ISBN978-4-8137-0259-7
定価:本体590円+税

ブルーレーベル

書店店頭にご希望の本がない場合は、
書店にてご注文いただけます。